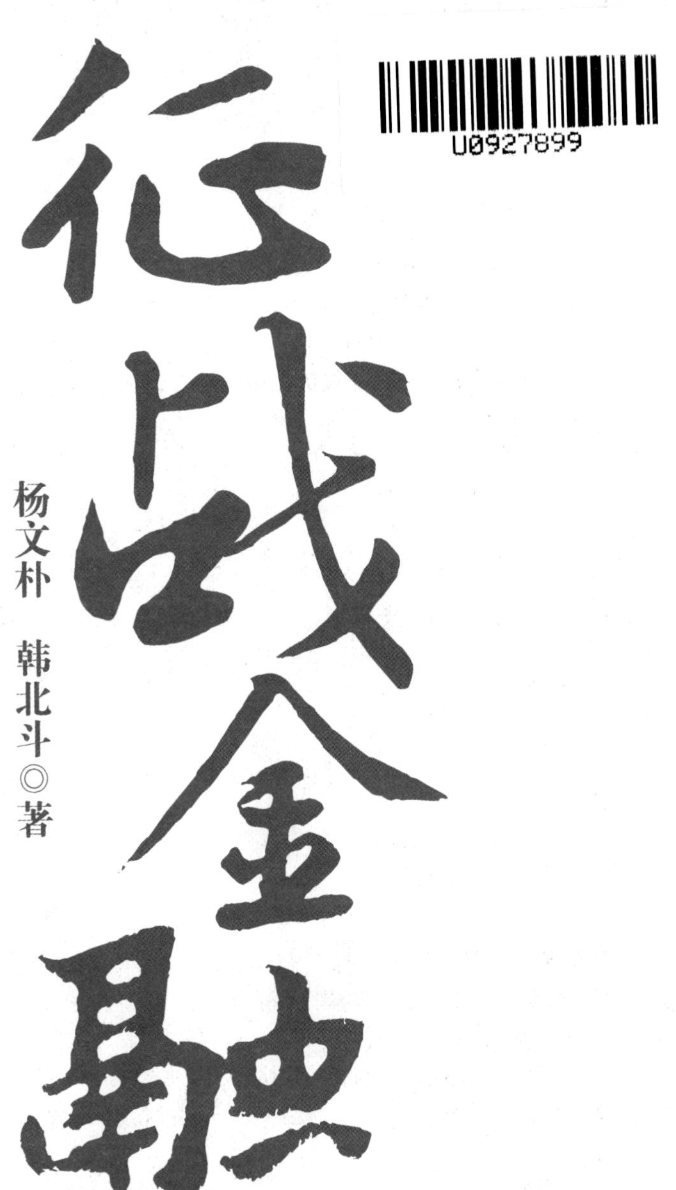

杨文朴　韩北斗◎著

中国经济出版社
CHINA ECONOMIC PUBLISHING HOUSE
北 京

图书在版编目（CIP）数据

征战金融／杨文朴，韩北斗著.

北京：中国经济出版社，2017.7

ISBN 978－7－5136－4617－8

Ⅰ.①征… Ⅱ.①杨…②韩… Ⅲ.①长篇小说—中国—当代 Ⅳ.①I247.5

中国版本图书馆 CIP 数据核字（2017）第 035440 号

责任编辑　杨　莹
责任印制　巢新强
封面设计　久品轩

出版发行　中国经济出版社
印 刷 者　北京科信印刷有限公司
经 销 者　各地新华书店
开　　本　710mm×1000mm　1/16
印　　张　21.25
字　　数　324 千字
版　　次　2017 年 7 月第 1 版
印　　次　2017 年 7 月第 1 次
定　　价　58.00 元
广告经营许可证　京西工商广字第 8179 号

中国经济出版社 **网址** www.economyph.com **社址** 北京市西城区百万庄北街 3 号 **邮编** 100037

本版图书如存在印装质量问题，请与本社发行中心联系调换（联系电话：010－68330607）

CONTENTS

目录

第一章

厉兵秣马，金融大潮来袭

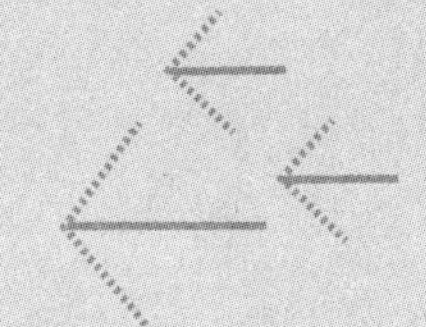

周逸群为了妻女，为了家庭，毅然放弃留英的机会，离开奋斗了十年的英国。虽然略有遗憾，但是一想到温柔的妻子，可爱的女儿，他觉得一切都值得！然而，机场的无人接机，家里的无人理会，让周逸群不仅失落万分，更是惊觉自己十年的婚姻如同海市蜃楼，如同细软流沙，够不着又抓不住……曾经山盟海誓的爱人，却因一个出国名额争吵不休，直至最后结束这场看似美满实则荒唐的婚姻。

婚姻是一座围城，城外的人想进去，城里的人想出来。

——钱钟书《围城》

20世纪90年代初期，中国正处于社会主义市场经济体制目标模式下手段多样的宏观调控阶段。

这一阶段，我国经济的市场化程度开始迅速提高，经济总量不断扩大，微观经济主体的活跃程度也在提高，我国已开始告别短缺经济时代。但同时，在有效供给不足的大背景下，经济过热也导致通货膨胀的风险积累。

此时的宏观经济政策，是在社会主义市场经济体制基本框架逐步建立过程中，运用行政、经济和法律并重的手段来治理通货膨胀。政府开始注重运用经济和法律等间接手段来管理经济活动，注重不同政策间的配合使用，并注意保持政策的稳定性、连续性，但同时却又缺乏必要的应变性、灵活性，在亚洲金融危机这样重大的外部意外事件冲击面前，就显得无所适从。

归　途

巨大的轰鸣声响彻天穹，像是在澄蓝的明镜上划开了一道锋利的刀口，白色的尾巴被甩在几万公里以外的云端，成为连接两个世界的桥梁。经过十几个小时的长途飞行，飞机终于在大陆的这头叫嚣着降落在宽阔的机场上，缓慢地停住了。

周逸群西装革履的随着人群走下了舷梯，一股闷热的故土气息扑面而来，围绕住周逸群按耐不住期待和喜悦的内心。

六月份的北京已经渐渐显露出酷暑来临之前的预热，正午娇纵的艳阳更是灼热难挡。习惯了伦敦一年到头温暖湿润的气候的周逸群刚感受到北京太阳的炙烤，衬衫下面的肌肤就已经汗水涔涔。

20 世纪 90 年代初的中国正处在建立社会主义市场经济体制的时期，国家宏观调控的作用越来越明显，此时的中国更像是一个尚且稚嫩却具有极大潜力的孩子，资源配置也正趋于合理化，经济体制变革也有了明确的目标和理论基础，经济正在高速发展。自改革开放实施以来，彻底打开了国门，走进了全球化经济的浪潮里，世界各国对中国庞大的市场、丰富的物质资源可谓觊觎已久，一场金融风暴正在默默酝酿，一触即发。中国经济抛出了橄榄枝，全世界发达国家的资本便如同猛虎争食一般蜂拥而至。

金融行业在当时的中国可谓是炙手可热的新兴行业，国内的发展前景十分广阔，人们常用“经济金融化”和“金融全球化”来形容金融业的发展。银行业务多样化、金融服务市场化、金融服务网络化、全能化等，这对我国的金融业来说，无疑是一个发展机遇。各大金融企业、银行可谓是求贤若渴。周逸群于 1978 年考入滨海大学国际金融专业，毕业后，被英国 W 银行看中，招为实习生。一年后，周逸群被该银行正式录用，任外汇交易员。在此期间，他工作表现出色，业绩优异。并攻读了伦敦商学院金融硕士学位，拥有长达十年的工作经验。

周逸群满怀着壮志和憧憬来到了伦敦这个繁华的大都市，他十分珍惜这个来之不易的机会，迫不及待的能够一展身手。

伦敦在 20 世纪时是世界最大的国际金融中心，是闻名世界的伦敦金融城（The City of London），成为拥有国际间最集中的资金和金融人才的资源地之一。

方圆一平方英里的伦敦金融城如同一个巨大的中心磁场，以其优越的经济环境吸引着众多金融人士纷纷赴此大展拳脚，他们都想要凭借努力在金融城获得一定的地位和声望。

在九十年代的中国，金融行业可谓是炙手可热的新兴行业，发展前景十分广阔，国内对此类人才求之若渴。

自居国内的年迈的父亲几次传来书信，希望他不要贪恋国外的灯红酒绿，有朝一日能够回国效力。他也明白，叶落归根，国外的繁华终究不是他的归宿，他的身心全部都居于生育他、培养他的祖国。在那个辽阔热闹的国度里，生活着他最爱的妻子女儿、慈祥正直的父亲，他们都在等待他回家。

1992 年，邓小平南巡，中国改革开放进入新阶段。周逸群远在万里之外的伦敦读到邓小平南巡讲话的报纸后，内心涌起一股想要马上回国的冲动。这些年来，他一直特别留意和关注改革开放的政策导向。

经过十年的艰苦磨练，周逸群如同一个坚强刚毅的士兵，在辽阔的异域沙场练就了一身精炼的武艺，他迫不及待地想要回到金融人才奇缺的祖国，利用自身多年的实操经验和扎实的专业功底，投入中国的现代化建设中，大展宏图，报效祖国！

于是，他下定决心辞职离开了 W 银行，告别伦敦，踏上了回国的旅程。

一想到结束了十年的异国生活，能够拥抱祖国，回归家庭，见到心心念念的妻子和女儿，他便加快步伐急匆匆地赶往了机场出口大厅。

冷　遇

依照广播的提示，他寻找到托运行李的转盘，取出了自己的行李。四顾人来人往的大厅，有满目琳琅的便利店，显示中文通知的 LED 灯不断循环，还有很多倍感亲切的亚洲面孔，这些久违的感动使周逸群恍若隔世，仿佛游离失所多年之后突然找到了熟悉的家园。

镇定一番心绪后，他迫不及待地找到电话亭，拨通了家里的电话。周围往来的人群无不说着亲切的乡音。逸群本以为可以第一时间见到妻子和女儿，然而，持续单调的“嘟嘟”声逐渐冷却了他对回家热烈的渴望。

无人接机，他百爪挠心。也难怪，石兰正在上班，女儿要去幼儿园。

又不是第一次回国了，想了想，他就像绅士一般淡然地坐上出租车独自离开了机场。

回到家收拾好行李物品后，石兰带着女儿悠悠回来了。

“爸爸，你回来了！”悠悠一推开门就发现了他，踉跄地跑着一头钻进了周逸群的怀抱。

周逸群一边用胡茬轻轻揉搓着小悠悠的脖子，一边开心地笑着：“爸爸不在的这段时间，悠悠乖不乖？”

“悠悠乖。”

“那悠悠想爸爸没？”

“想！”女儿眨着天真的大眼睛不假思索地说。

“来，看看爸爸给你带了什么好吃的。”周逸群拿起一盒包装精美的金色瑞士三角巧克力递给悠悠。

悠悠看不懂英语，用稚嫩的小手摆弄着盒子：“这是什么？”

“这是巧克力，”一旁从未开口的石兰说，“悠悠有蛀牙，不能吃巧克力。”不知是对谁说话，她一把将巧克力从小悠悠的怀里抢过来放在了桌子上。

“走，悠悠，我先给你洗头。”石兰自顾自地带着悠悠走进了洗手间。

周逸群刚打算和久别的女儿玩耍一会儿，却受到了妻子的冷遇，一时间竟有些不解，愣在原地不知所措，他呆呆地躺在沙发上望着头顶洁白的天花板，心底似乎有无数只蚂蚁爬过，密密麻麻地在沉闷的心口留下奇痒难耐的印记。

自己这十年来殷切期盼着的骨肉团聚的幸福一下子就被妻子堵在了门外。环顾四周，房间里几乎没有了他生活过的痕迹，时间已然改变了许多事情，逸群越想越不是滋味，但旅途的疲惫敲打着瘦削的身躯，于是他回到卧室，重重地躺在床上睡着了。

半梦半醒中，逸群感觉到女儿悄悄地爬上床靠近自己，温热的呼吸徐徐吹在脸颊上，他一把揽过悠悠半湿的头发，嘴角微带笑意，又沉沉地睡去了。梦中，逸群仿佛回到了和石兰初识的那天，一路走来的点点滴滴也如电影般一幕幕的出现在梦中。

回　忆

周逸群和石兰是在大学里相知相识的。那时的逸群成绩优异，前程似锦，石兰则温柔娴静，亭亭玉立。

那时的娱乐方式非常少，唯一能够选择的就是每周六晚饭后大学食堂里的交谊舞会，他们就是在舞会上相遇的。

主办舞会的同学在食堂师傅把最后一个盛着食物的大盆端进后厨、吃饭的同学们接近尾声的时候，便开始搬动桌椅布置会场了。他们熟练地将中间场地腾了出来，露出光洁的地板，两个大大的黑色音响分列两侧，一插上电源，音乐声骤然充溢着整个大厅，悠扬的旋律在房梁间回荡。

原本简朴的食堂在音乐声中奇迹般得高雅起来，气氛被熏染得使人感觉如同身临一个真正的舞厅一般。

漂亮的女孩子们挺胸抬头，步履蹁跹，飘扬起美丽的裙摆，随着优美的华尔兹乐曲旋转；男生们也不逊色，翻找出时下最流行的歌曲，自由发挥，花样百出。

周逸群年少时学过小提琴，音乐的熏陶赋予他优雅的举止，肢体良好的协调性更让他成为舞会的焦点，他在人群的中央尽情舞动着，徜徉在舞曲的旋律中。

一张张年轻的脸上挂着热情又轻快的笑容，那是青春的张扬，既美妙又珍贵，像是参加一场少数民族的篝火晚会，活力四射，热闹非凡。

不知不觉，舞场中央的这个青年已经成为了站在旁边的石兰的关注目标。

石兰一直以来对这个才华横溢的青年十分关注，青睐有加。女生们看到男生跳得欢快，不甘示弱，全部跳进了舞场里。石兰也跳到了逸群的面前。

很快，他们交谈了起来。两个人男才女貌，一见钟情。

最开始的时候对彼此的心意都不确定，只是经常在一起玩，他们会一起坐几个小时的公交车去海边散步，一起在图书馆复习准备期末考试，一起爬山郊游。

随着他们的感情逐渐升温，二人自然而然地走到了一起。

逸群是系里公认的学霸，才貌兼得，自然有许多小女生对他心生倾慕，他经常会收到各种各样的情书和纸条，粉红的信笺上用羞涩的笔触写着少女的心事，通常还会摘录有张爱玲的爱情名言或是席慕蓉的诗句，凄婉动人。

自从逸群和石兰走到一起后，他每收到这种书信都会随手放置在一边，有时候被石兰不小心发现了，她也只是笑笑，从不斤斤计较。

学习紧张的时候，石兰一清早就提着热水壶早早地排队等候打水，然后在上自习时默默为逸群倒上热水。

逸群喜欢打球，代表院系参加篮球比赛时，石兰也经常去给他加油打气，递水擦汗。

在熟识之后，逸群更加倾心于石兰的大方动人，他对石兰也很贴心。

七十年代的爱情像芬芳馥郁的白玉兰般纯洁美好，无忧无虑地绽放在大学这张丰富滋润的温床上。不谙世事的青春一旦触碰到爱情摩擦出火花，就攀藤直上，迅速成熟起来。

两年后，他们决定把对方介绍给彼此的父母认识。去逸群家之前，石兰担心逸群的父母不喜欢她，专门买了合适的新衣，剪了新发型，内心像揣着小鹿一样怦怦直跳，惴惴不安又很害羞。

逸群把手覆在她的手背上，让她安心。逸群也很紧张，但更多的是喜悦，他了解父亲的脾性，像石兰这样乖巧懂事的女孩，父亲是从来都是喜欢的。他对儿媳妇也没有别的要求，无非是能孝顺父母，贤惠体贴就可以。

果然，逸群的父亲对石兰感到很满意，和她从赞颂兰花的诗词直聊到兰花的种植技巧，还特意为她作了一幅兰花图，盖上了自己的名章，送给了石兰。

石兰受宠若惊，逸群哭笑不得地跟她解释，父亲当过教师，酷爱研究古诗，逢人就爱跟人聊两句，高兴了就会赋诗作对，挥毫泼墨，可见父亲很喜欢她。石兰听言就放心了，她一听逸群的父亲是文人，更是敬重有加。

他们的爱情得到了双方父母的同意，顺利地发展着。

拿到毕业证的那天，他们终于获得了解放，石兰羞涩地对逸群提出了结婚的想法。

逸群有些吃惊，他认为工作还没有着落就结婚总归太着急了，他以前一直想等到两个人的事业稳定后再结婚。不过，他和石兰的感情早已成熟，结婚是早晚的事。

虽然他心中有所犹疑，但当他望着石兰期待的眼神时，情不自禁地答应了。

逸群幸福地抱起她在房间里转着圈，大声笑着叫着，仿佛此刻已经拥有了全世界。

由于经济拮据，只有一张双人床，一块瑞士表，一辆自行车，两个人就携手迈入了婚姻的殿堂。那时，他们决定不管未来有多少风雨、多少苦难，都要共同面对，不离不弃。

就在一切顺理成章地发生以后，谁也没有料到，天公不作美，接踵而至的毕业方向无情地打乱了他们的生活。

周逸群收到了英国 W 银行的 Offer，石兰则留在滨海老家的学校教书。

眼看新婚夫妻马上就要天各一方，残忍的现实使周逸群开始犹豫不决。

此时，父亲把逸群叫到房间里，语重心长道："孩子，去英国工作是个千载难逢的机会，一旦错过，你会后悔莫及的。你是顶天立地的男子汉，好男儿志在四方！不要忘记你以前的志向。"

逸群望着和妻子的婚纱照透露出不舍的神情。

“当年闹革命的时候，我们所有人都服从分配，听从指挥，没半句怨言……”老爷子开始回忆他以前的事，并开导逸群，“家庭很重要，但是关键时候要懂得取舍，等你稳定下来以后，再团聚也未尝不可。不要错失良机，误了大好前程。”

“爸，我知道了。”听了父亲的规劝后，逸群咬牙下定了决心。

“我们周家人做事从来正直磊落。记住，靠自己的能力打拼出一片天地才是男子汉该做的事。”

由于逸群一年只能回家一次，故而和石兰的每次见面都很难得。

犹记得 1983 年的 9 月，逸群接到石兰十万火急的电话。

电话里，石兰要求逸群能快点回来，语气非常急迫。

“不行，你一定要尽快回来啊。”

“兰，我也很想你，想回去陪你，但这个月我真的抽不出身来，等下个月，下个月我一定回。”

“可是……”

“兰，体谅一下我。”

“逸群，”石兰突然郑重其事地说，“我有很重要的事要和你说。”

“什么事?”

“我怀孕了。”

电话这头的逸群不敢相信：“什么?”

“我说我怀孕了，已经三个月了。”

听筒里传来的声音像是突然把逸群吸了进去，瞬间天旋地转，他在一个奇妙的世界里欢呼雀跃，踏着心脏撞击胸口的鼓点剧烈晃动。

他控制不住激动的心情，喜悦的泪水在眼眶中打转：“天呐！难以置信，我居然要做父亲了！不行，我必须得回去，你在家一定要注意饮食，好好养胎，等我回去!”

逸群请了假，他管不了那么多了，他即将成为一个父亲，迎接一个新生命的到来，他此刻必须陪在妻子身边。

于是，他当天就坐上了赶回滨海的飞机。

逸群一见到石兰，就开心地用力把她抱起，随后突然想到她现在不易运动，又小心翼翼地将她放下。

他抚摸、亲吻着她微隆的腹部，随着她的呼吸起伏感受着生命的奇迹。这里面有一个小小的生命，是他们爱情的结晶，是上帝赐给他们的礼物，不久这个新生命就会来到人世，然后慢慢长大，陪他们变老。

石兰也因为即将身为人母而感到兴奋，她期待这个孩子的到来能给她的生活带来幸福的改变。

七个月后，在逸群的细心呵护和陪伴下，孩子顺利出生了。当他将孩子轻轻抱在怀里的那一刻，他感觉自己真正长大了。不再是孤身一人，他肩负着对整个家庭，对下一代的责任。

“是个女孩，我们叫她什么?”

“青青子衿，悠悠我心，但为君故，沉吟至今。就叫悠悠吧。”逸群的脑海中第一时间浮现出这首诗。

“好，就叫悠悠。”

阴差阳错

可惜悠悠诞生后，他们仍旧聚少离多。

这十年来，周逸群谨记父亲的教诲和训戒，努力在事业上拼搏奋斗。

孰料，悠悠的诞生也并未使距离遥远的两个人更加接近，反而成为了石兰独自承受的重担。他们饱受了骨肉分离的折磨，逸群也时刻忍受着远游在外的煎熬，同时对石兰心怀愧疚。

对于周逸群来说，果真如钱钟书所写的那样，“出国这段光阴，对家乡好像荷叶上泄过的水留不下一点痕迹”。但他仍旧深切盼望着自己回国后，与妻子能够重燃新婚时如胶似漆的爱情火焰，恢复正常的婚姻生活。

一家团圆后，幸福美满生活的场景也在脑海中想象了无数遍。

没想到石兰对他的态度冷若寒冰，她坚持要和逸群分房睡，说悠悠年幼，晚上一个人睡觉会害怕。

看着单纯可爱的女儿，逸群不忍心拒绝。

独守了几夜的空房后，一天，石兰回到家，带来了她要去海南出差一周的消息。

周逸群的心又受了重重的一击，他不明白石兰的想法是什么，为什么一次又一次地回避他，好像是故意的一般。重新团聚后的感情竟比远隔重洋时还要疏远，夫妻二人如隔参商。难道她对自己的感情已经被时间磨灭掉了？

他痛苦万分，打算和石兰好好谈一谈。

晚上，逸群等到悠悠酣然入睡以后便轻声把石兰唤出了卧室。他们走到星光暗淡的阳台上。

逸群心事重重地抽着烟，对石兰说："石兰，我们需要谈一谈。"

停顿了一会，他又道："你觉不觉得我们之间出现了什么问题？时隔十年，我好不容易从英国回来了，而你我之间竟然如此疏远。我想问问你是怎么想的？"

他认真地望着夜空下石兰略微憔悴的侧脸。

石兰没有马上回答，而是凝视了一会儿空荡孤寂的黑夜："逸群，我们分别的时间太久了，可能我一时有些不习惯。"

逸群掐灭了手中明亮的烟头："我不希望你去出差，我们需要多呆在一起增进感情啊。"

"我们，还有感情吗？"石兰的眼里充满了凄冷。

逸群低下头："即使你对我已经没有了感情，但夫妻之间的情分还在吧？我们更应该呆在一起，多花点时间找回当初的感觉。"

"我只是想出去走一走，"石兰突然望定了他，"你不在的这几年里，我一个人很累，现在你终于回来了，可以替我分担，所以，我想暂时放松一段时间，希望你能理解我。"

二人不约而同沉默了，沉寂的时间被微风打破凝滞，捉摸不定的晚风卷着寒意飒飒吹来，六月的夜晚居然冷得使逸群不由得打了个寒噤。

然后，他们各自回房休息了。

石兰独自抚养悠悠的这些年确实非常辛苦。悠悠尚年幼，接送、衣食都需要人无微不至地照顾，这些都落到了石兰一个人的身上，长期的孤单无助使她感到心神疲惫，难以排解。甚至有段时间，石兰还经历过前单位处长的骚扰，精神上更是受到恐惧的严重折磨。

想到这里，逸群有些能够理解石兰的心情，也许她真的需要静一静，逸群决定慢慢等待她的恢复。

而此刻的孤单又让他回想起在伦敦度过的无数个寂寞的夜晚，咀嚼起那些难以适应异国他乡的生活，因思乡黯然垂泪的日子，让他辗转反侧，难以入眠。

取　舍

《围城》里曾把婚姻比作一座“围困的城堡”，“城外的人想冲进去，城里的人想逃出来”。而长期异地的婚姻则是一座失去稳固根基的城堡，一旦有任何一方想要冲出去，那么城堡就会如同用沙子垒成一般顷刻崩塌。

石兰如愿去了海南，留逸群陪伴悠悠生活。

逸群反复认真思考了他们的婚姻状态，虽然经历了十年之久，但竟然如同海市蜃楼，虚幻得像一场梦，而今正在慢慢从指缝中流走。逸群想要抓牢飘忽不定的它，修补曾经的缺憾，重新建立起一座坚强的堡垒。

不料两天后，横空而降的一个机遇使他们的婚姻遭受狂风暴雨的无情摧残，摇摇欲坠。

周逸群目前处于待业状态，但是已经有很多单位想要挖掘他，比如美国的F银行，他们已经派人联系到了周逸群，希望他能加盟，去纽约工作。

F银行的外汇资金部的总经理西蒙，是一个老道精炼的中年男人，他似乎对年轻有为的周逸群十分赏识。

他们在电话里约定好了见面。

“周先生，先前略微告诉您了一些情况，我们F银行最近在挖掘全世界顶尖的金融人才，据我所知，您目前是处于待业状态对吧？”西蒙爽朗地笑着，眯起了双眼。

“没错，西蒙。”

“不知您有没有意向到我们银行总部的所在地，也就是纽约工作？”

周逸群一时有些惊诧，稍后迟疑地说：“西蒙，我在英国已经工作了十年，刚回国和家人团聚，实在是不能再离开中国了啊。”

西蒙不紧不慢地倚在座椅靠背上：“哎，这个您不用担心，我们银行容许员工携带家属，而且待遇绝对不会比您先前的单位差。相信以您的工作经验，早就了解了我们银行的具体实力，请您务必要慎重考虑。”

周逸群对异国的生活早已厌倦，如今让他再度前往另一个国家，重新适应新的工作和生活，是一种难以忍受的折磨。况且他现在想要全心全意地去经营自己的婚姻和家庭，不想再背井离乡，风雨飘摇。

虽然能够去美国工作是一个机遇，但他觉得家是他的堡垒，哪里有征战哪里就有堡垒，国家现在是需要他的时候，他又怎么能够为了一家之私而违背以身报国的心愿？

于是他决定考虑一段时间再做决定。

万万没想到的是，出差回来的石兰得知这个消息后惊喜万分，对周逸群重新关心亲昵起来，还一边催促他赶快答应这次的出国工作机会。

午饭时间，石兰又提起这件事，周逸群很认真地对她说：“石兰，我很累，不想再出国了。”

石兰放下碗筷，惊讶地看着他：“为什么？这是多么好的机会啊，对你和孩子都有好处。”

悠悠看见妈妈的反应，瞪着黑漆漆的双眸不敢做声。

“国外的生活太艰难了，我们待在属于我们的家里安安稳稳地生活不好么？”逸群不耐烦地说。

石兰的脸上显然有了愠色：“周逸群，你在国外艰难，我们就不艰难吗？你三番两次撇下我和孩子去追求你的事业，从来不曾顾及我们的感受。悠悠现在上小学，正是接受西方教育的好机会。我一个人带着悠悠生活，里里外外无人帮衬，为的是什么？不就是有朝一日能给孩子更好的教育，家人也能过上好的生活吗？”

逸群看到素日里温婉安静的石兰突然换了脸色，心里有些发怔，他放下碗筷，心平气和地安抚她：“石兰，我也是为了我们的家着想啊。你没有出过国，你不了解国外。我……”

石兰听到这话陡地站起来，身后的椅子重重倒在了地上。被吓坏的悠悠哇地哭了，逸群急忙让悠悠回到自己的房间。

“是啊，我不了解。你在外面过着锦衣玉食的上等生活，留我和悠悠在家过苦日子，你又回来嫌我没见识？当年那么多人追求我，为什么我选择了你？就是看中你有前途，现在好不容易熬出头，可以过好日子了，你说放弃就放弃，想过我的感受吗？想过悠悠的未来吗？”

说着，她的眼泪夺眶而出。

“这个事情我们不是早就讨论过了吗？父亲还年迈，怎么能抛下他一个人呢？现在国内的金融业很有发展前途，我回国就是想为国家工作，就算国外再好，毕竟这才是我们的家。而且，重新从一个地方开始新的生活要面临什么样的困难，你想过吗？你如果想让悠悠接受西方教育，可以等她长大点，我们把她送出国去。出国是一件大事，没有万全的计划和准备，不能草率做决定。我们在美国无亲无故，没有人能帮助我们，就算做好了准备，你确定你会习惯那儿的生活吗？悠悠会习惯吗？而且，我已经在国外呆够了，不想再承受这样的压力了。”周逸群说出自己的想法。

“周逸群，你还是这么自私。”逸群知道石兰这些年压抑的情绪，积攒的委屈终于爆发出来了，他不想说话，只见石兰毅然决然地离开了餐厅，向房间走去。

“石兰，你要干什么？”逸群赶上前拉住她。

“我过够了这种变态的生活，既然你不能给我好的生活，那我跟你在一起还有什么意义，你不答应我们就离婚！”

逸群听到石兰急切之下的这番言语，也受到了刺激，气愤得涨红了脸：“石兰，我在国外过得什么样的生活你知道吗？你根本就不了解这种感受。你对我发脾气做什么？原本我回来是想补偿你的，可是自我回家你就对我百般冷漠，一听到可以出国才佯装嘘寒问暖，你心里还有没有我这个丈夫？”

石兰根本不想听他讲话，挣开他的双手就回到了房间里。随着争吵的结束，悠悠的哭声也渐渐平息了。

人们说，争吵是婚姻的润滑剂。当双方把压抑已久的委屈、不快都倒干净，加以耐心地沟通调和，两个人的矛盾会更容易化解，关系也可以随之进一步升华。

而石兰的这场发泄并没有给逸群留下沟通的机会，逸群认为等她气消了自然就没事了。他回到房间，翻来覆去地思索，衡量这次机会给他们的生活带来的利弊。

从他的事业的角度来说，他在世界各国的金融界都积累了不少人脉，他从国外镀金回来，工作资历在国内的金融界算是稀缺人才，现在中国的金融业刚刚起步，他有很大的发展空间，最终的事业还是在中国。而如果去了美国，一切都是从零开始，而且美国的金融界人才济济，全世界顶尖的人才都汇集在那儿，逸群担心自己在那儿并不能够脱颖而出，只会平庸无为。

况且从他们家庭的角度来说，石兰四年前调到北京工作，朋友圈已经建立起来，一切都是轻车熟路，自己虽然有十年时间基本上没有在国内，但是以前积累的人脉还是有的，并且他在国外镀金回来，又有了一个更高的平台，可以结识更多更优秀的人。而去了美国，也是一切从头开始，会像他去英国时一样，经历很多的困难，文化不同，生活单调，非常孤独，没有安全感。身为一个华人，无论你多么优秀，也是难以融入国外主流社会的。这是他不愿再经历的，也不想石兰和悠悠也经历跟他一样沉重难熬的异国生活所带来的压力。

思前想后，他还是认为选择放弃，无论于他还是于石兰而言都是更加合适的选择。一来他可以有暇对石兰进行补偿，二来不用再调整适应，他们的生活会相对轻松一些。

第二天，他找西蒙声明要放弃这个机会，西蒙错愕的眼神反而让他的心头放下了一个沉重的担子。他累了，只想回家。

然而，待他回到家，等待他的却是空荡荡的房间，石兰带着女儿和一部分物品悄无声息地离开了。

房间里只剩下他一个人。

背道而驰

周逸群没想到石兰竟然如此决绝，他疯狂地到处打听她们的去处，去石兰的单位找她，在幼儿园门口等悠悠放学，想要挽回他的妻子和女儿，而石兰却像变了一个人一样，态度坚定，不给逸群留任何余地，他的精神濒临崩溃。

也许多年的分别早就将爱情消磨殆尽，只剩下一副责任的空壳，又也许石兰的决绝是在长久的孤独和畸形的婚姻中形成的，她在经历过无助的痛苦后将对婚姻的留恋和坚持狠狠地摔在地上，在心底否定了成千上万次。

十年的时光足够让她对这个男人由最初的一见倾心到后来的牵挂惦念。随着时间的流逝，惦念逐渐被拉扯成一份遥不可及的盼望，盼望着盼望着，就在一次一次的失望后演变成了绝望。这时，即使盼望终于成真，再多的补偿也挽回不了一颗已经冰冷的心。

但是逸群不甘心，他不能接受这样的结果，他坚信两个人只要好好沟通，互相退让一步就能够回到最初恩爱的时光。

之后的两个月内，周逸群想尽一切办法与石兰联系，百般努力下终于得到了她的回应：周六下午两点，XX 咖啡厅见。

看到这条信息，逸群欣喜若狂：兰回心转意了！从容的外表难掩内心的激动，他想，兰果然对自己还没有完全失望，他一定要让分散的家庭步入正轨。

可是当离婚协议书白纸黑字摆在咖啡桌上时，逸群的心再次跌入谷底，满腔希望瞬间化为乌有，随着大厦的倾颓而烟消云散。

石兰平静地小啜了一口黑咖啡，苦涩缠绕上舌尖，挥之不去。

“我认真考虑过了，有些事一旦发生，就再也回不去了。”

周逸群的世界听不见其他声音，只有犹如咀嚼玻璃一样发出的令人头皮发麻的尖锐声响。

“你不在身边的这些年里，我有无数次认真地想过。我们的关系早已难以维持下去了。你有选择你想要的生活的权利，我也不应该把希望全部寄托在你的身上。悠悠还小，虽然跟我生活了这么久，但是她不能没有父亲，更何况她是你父亲的心头肉，我不忍心带她离开，只要你答应我每个星期让她跟我待一段时间就行。我们的关系就到此为止了，你看看，如果没有什么问题的话，就在协议书上签字吧。”石兰面不改色地说出了这段与婚姻告别的话，她越是平静，在周逸群眼里就越是可怕。一字一句都像针扎一般刺痛着他逐渐凉透的心。

他已经说不上话来，艰难地从牙缝里挤出一句：“你……已经决定了?”

石兰点点头，望向窗外，给他留下难过的空间，以免伤害一个男人的尊严，这是最后的慈悲。

因为懂得，所以慈悲。

婚姻需要两个人共同细心经营，任何一方想要逃离，都会让这个堡垒难以维坚，化作连绵的流沙缓慢逝去。好聚好散，是她主动为婚姻划下的句号，而他只能接受的份。

周逸群与石兰在这场婚姻里像是用绳子系在一起的两辆背道而驰的汽车，即使绳子再结实，如果汽车不能够调转方向，双方只顾各自向前，那么总有一天，绳子会断，汽车会失掉仅有的联系，分道扬镳。

如今，石兰像一辆固执的车子，一心一意想要往前，绳子已经被她拉扯到韧性的极限。逸群既心寒又心有苦衷，他不愿违背自己的心愿，也无力挽回，只好任由绳子断裂，任由石兰绝尘而去。

“好。”周逸群心灰意冷，他拿起桌上的笔将纸上的空白处填满，然后站起身离开了。

八月的北京就像喜怒无常的新生儿，中午还是阳光明媚，下午就雷电交加，阴晴不定的天气恼人心肠。

此时的咖啡馆外已是倾盆大雨，不断冲刷着隔开两个世界的玻璃大门。

周逸群推开门，走入了空茫茫的雨中世界。呼啸的雷鸣犹如万马奔腾，命运的轨迹风驰电掣地划过乌云密布的长空。无论大雨如何泼洒，都丝毫不能在他的心里激起任何波澜，他紧闭着沉默的双唇，任由雨水如注般贯穿他的躯体。

周逸群将自己置身在无边、无尽、无声的涤荡里，慢慢从长达十年的梦境中醒过来。他珍惜这段婚姻，却改变不了两个人渐行渐远的事实，如果感情已经不复从前，那即使他再怎么忍让求全，都没有了意义。

他最后能做到的，只有让婚姻的结束看上去平和体面，至少不那么狼狈，终于，他想要放下这段感情，放过自己。

滂沱的大雨更加凶烈，毫不留情地砸在他的胸前、肩上、鞋上，渗透进体内。他不顾伤痛，继续冒雨前行着。

他将这场雨视作他与过去的隔断。在人生的长河里，漫漫人生路上，还有一场场更加残酷的厮杀等待着他顽强奋战。

第二章

巧寻出路，外资支持出口

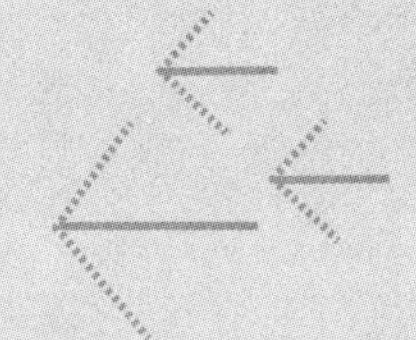

婚姻的失败并没有击垮周逸群，职场上的他依旧风生水起。1994年，周逸群加入了中国华都发展银行。同时，银行接受了一个艰巨的任务——探索新的利用外资的方式。银行的领导们面对如此大的压力，无不焦急万分。正当大家都毫无头绪的时候，周逸群的上级领导张志和向行长推荐了他，千里马终于遇到了伯乐！周逸群斗志满满地接下了领导给的任务，他的机会来了，终于可以施展拳脚了！

世有伯乐，然后有千里马，千里马常有而伯乐不常有。

——韩愈《杂说四》

1993年6月，中国政府决定采取两方面的措施来实现宏观经济的稳定，保证持续增长的势头不致中断。一是一系列应急措施。1993年6月，宣布了稳定经济的“十六点计划”，包括金融、财政和投资等几个方面。这一计划的实施，使过热的倾向得到缓解。二是根本性措施。在这次调整中，中共中央认识到克服经济失衡的根本出路在于深化改革。1993年11月，中共十四届三中全会通过的《关于建立社会主义市场经济体制若干问题的决定》中，最重要的突破是：第一，明确提出“整体推进、重点突破”的新的改革战略，不只在边缘地带进攻，而且要在国有部门打攻坚战，要求在20世纪末初步建立社会主义市场经济制度。第二，为财税体制、金融体制、外汇管理体制、企业体制和社会保障体系等重要方面的改革拟定了方案，绘制了蓝图。从1994年开始，中国政府在上述诸方面采取了一系列重大的改革措施。由此，中国的改革进入了一个整体推进的新阶段。

外资新政

刚回国的周逸群原本踌躇满志，对未来充满了美好的设想，他只觉得前途一篇光明。谁料首先等待着他的竟然是婚姻破裂的晴天霹雳，这让周逸群一度陷入了人生的低谷期。他深刻地感受到物是人非的无可奈何和强留无益。在幻影坠灭的深渊里，他最终只能将全副心力投入到工作中，等待时间使无形的伤口愈合。

正值壮年的周逸群一直在等待一个时机，具体是什么，他也说不上来，但是他十分清楚，以自己的能力，他绝不会久居人下，寂寂无名。

他的预想大体没错。

周逸群通过应聘成功加入了中国华都发展银行，被安排到外汇资金部资金交易处作副处长，这成为了他一生中最重要的一次转折。

王耀奇是中国华都发展银行的行长，1995 年他受邀参加国内有关利用外资促进出口的高峰论坛。

钓鱼台国宾馆是坐落于中国北京海淀区玉渊潭东侧的一处古代皇家园林。钓鱼台国宾馆是中国国家领导人进行外事活动的重要场所，也是接待各国元首和重要客人、举行大型会议的重要场所。

那里山水秀美，建筑宏伟庄严，鳞次栉比，是独一无二的钟灵毓秀之地。

此时，富丽堂皇的钓鱼台迎来了一行西装革履的人，他们神采奕奕，轻声交谈着走进会议大厅。他们都是来自国家有关部委、银行、大型企业的领导人。

宽阔明亮的会议大厅喜气洋洋，不仅有色彩艳丽的装饰物衬托，每个在座的人的脸上更是流露出的欢欣之情。

自 1978 年改革开放以来，国家的经济得到了快速发展，这是各行业人士共同努力的结果。我国通过引进外资来支持本国的经济和出口贸易发展，获得了极大的成果。

但是，利用外资的同时也付出了很大的成本，那就是需要支付高额利息。目前，国内资金紧张，如何降低利用外资的成本成为当前面临的最大难题。

领导们相继发表演讲。

一位领导提议探索出一种新的利用外资的方式，既能够利用外资支持出口，同时又能减少甚至减免利息。

该领导的发言引起在座一片哗然。在国内，要达到这三种目的意味着一种前所未有的利用外资模式。所有人都是毫无头绪。

而此时的王耀奇内心却不由为之一动，他认为这的确是一种很巧妙的方式，而具体怎样做还需要大家集思广益，并付诸实践。

回到银行后，王耀奇立即主持召开了行务会议，与会的皆是中国华都发展银行的高层领导。

年近六十岁的王耀奇是一位资历深厚的老银行家，老当益壮、风姿飒爽，多年来保持着高度的职业素养，亲切热情的外表下足智多谋，有股让人捉摸不透的感觉。

会议一开始，大家进行了热烈的讨论。

王耀奇首先发言："服务国家重大战略是金融机构的重要责任。我们银行现在面临的是外资利用方式的创新，一旦成功，在国内将具有开天辟地的首创意义。但是我们都没有这方面的经验，需要集思广益，所以我想先听一听大家的意见。"

在座的高层领导们不自觉紧张了起来。

他们有的双手叉在胸前，作沉思状；有的则微蹙着眉，双唇紧闭。

王耀奇首先询问了华都发展银行的常务副行长严秉贵："严副行长，您有什么高见吗?"

严秉贵朝王耀奇笑了笑，朝着众人说："如今我们国家经济虽然大踏步地前进着，但是也不可避免会遇到瓶颈，我们要走得稳，就得不断创新，要找到一条新出路。通过利用外资来支持出口，意味着我们得从外资银行入手，这就需要问我们的牛副行长了。"

王耀奇点了点头，望向经常与外资银行打交道的牛金水："牛副行长?"

牛金水不知道在想什么事情，太过专注，没有听到王耀奇的呼唤，仍然望着桌子上的笔记本出神。

"老牛，问你话呢!"坐在一旁的严秉贵故意在他耳边大声喊到。

牛金水被吓得一哆嗦，差点跌下了椅子，滑稽憨厚的样子令大家忍俊不禁。

气氛一下子轻松了下来。牛金水不好意思地摸了摸自己的头道："我认为，最重要的是与外资银行的沟通，沟通好了一切都好说!"

他操着一口标准的北京话，表现出一副胸有成竹的样子。身边又有人轻笑起来。

王耀奇将目光又放到副行长张志和身上："张副行长怎么认为？"

张志和相比其他人较为年轻，却谦逊有礼，对待下级也很尊重，最重要的是拥有多年的银行信贷业务经验。

张志和看到其他几位德高望重的领导都齐刷刷地盯住了他，神色略微有些局促："我也认为先与外资银行沟通商议一下比较妥当。"

看到大家都赞同与外资银行沟通的意见，王耀奇便给大家分配了任务。

瓶颈时期

接下来的一个月，他们分别会见了好几家外资银行的高层：美国、英国、德国、法国、日本等，结果都不尽如人意。

有的银行表现得非常热情，表示愿意与中国华都发展银行合作，但是迟迟没有进一步商谈的意向；有的则说两行合作事宜关系重大，需要内部开会商讨，也没有了下文；也有的银行说筹措资金比较困难而直接拒绝了合作的提议。

眼看时间一天天过去，王耀奇不禁有些焦急，他又迅速召开了行务会议，将大家再次聚集到了一起。

这次会议的氛围有些凝重，在座的人噤若寒蝉。王耀奇更是不苟言笑地陷入沉思中。

最终他咳了一声，打破了沉寂："目前的问题十分棘手，我们会见了多家外资银行都没有什么结果。有些与我们打交道的外资银行高层对具体的银行业务所知甚少，有的则因为资金不充裕，爱莫能助。看来我们还需要进一步商讨。"

“王行长，我提议在我们外汇资金业务部找一位外汇资金交易专家来担任代表，与各外资银行进行谈判。”张志和突然开口说到。

王耀奇兴奋地把眼睛瞪得格外大：“这的确是一个好方法，值得一试。”

“张副行长，外汇资金部有哪些合适的人选?”严秉贵微笑地看着张志和。

张志和就是当初亲自招聘周逸群进入中国华都发展银行的领导，他对周逸群的能力看在眼里，十分赞赏。

他随即若有所思地说：“我认为外汇资金交易处的副处长周逸群同志比较适合，他有过多年的外汇资金交易经验，精通业务，业绩也一直很出众，这个人选非他莫属。”

一旁的牛金水显得十分活跃当即表示：“我们出口信贷部也可以选派人员来帮助周逸群同志进行信贷方面的谈判。”

王耀奇经过深思熟虑后随即做出了决定：“好！就先交给他去做。牛副行长，你从出口信贷部挑选一个较为出色的人协助周逸群同志工作。这样可以互相配合，确保谈判的顺利进行。”

听到王耀奇这番话，在座的其他人都如释重负。

新机遇

此时的周逸群正坐在办公室里，全神贯注地撰写外汇资金交易处处长孙筱交待他完成的中国华都发展银行外汇资金部1995年外汇资金交易工作计划。

自从加入华都发展银行工作后，本应成为处长左膀右臂的周逸群经常招致孙筱莫名的不满和刁难。她常将繁重的任务交给周逸群独自处理，自己不予插手，还不时对周逸群的优秀表现冷嘲热讽。

想到这里，他无奈地摇摇头，对自身正在遭受的不公正的冷遇感到力不从心。

一阵敲门声中断了他的思绪。

行长秘书蒋天笑面带微笑，抱着资料夹礼貌地走了进来："周副处长您好。"

"有什么事吗？蒋秘书。"

"王行长劳驾您去他办公室一趟，有重要的事要与您商议。"

行长找自己有什么事？他还从来没有单独会见过自己，难道最近的工作出了什么问题？不对，最近也没干过什么重要的工作，更别说出错了。

周逸群这样想着，急忙放下手中的工作，赶去了行长办公室。

具有现代设计感的玻璃书橱旁，王耀奇正在饶有兴致地摆弄他的石楠木烟斗。棕黑色的手柄闪耀着锃亮的浮光，柄中间部位镶嵌着一圈金红相间的金属片，斗槽外壁则凹凸有致，色泽暗沉古旧。

内行人一看就知道这是块陈年的老楠木，属上等材质，价值不菲。周逸群也边看边暗暗赞叹。

看到周逸群来到面前，王耀奇连忙从黑色转椅上站起身迎接，热切地招呼他坐下，并寒暄了一番。

周逸群有些受宠若惊，他回身走到茶几旁的红木沙发上坐下，试探地问："王行长，您找我来是有什么重要的事？"

王耀奇将烟斗置之一侧，把银行的计划原原本本向他详细叙述了一遍，然后他目光如炬地盯着周逸群道：

"经过行务会议决定，由你来担任本行的谈判代表，负责与外资银行进行具体谈判工作。"

听到这里，周逸群内心一阵翻涌，行领导竟然把如此重大的任务交给了自己！他一时有些不敢相信，充满讶异地望着滔滔不绝的王耀奇。

"小周，这个任务非常重要，组织决定交给你，是对你能力的肯定，你可一定不要辜负行领导对你的信任。谈判过程中有任何进展或者问题，你都要及时向我汇报！"

王耀奇语气亲切而坚决，使周逸群认识到任务的迫在眉睫。

“您放心，王行长，我一定全力以赴！”

“我会安排外汇资金部全力配合你的工作，另外，出口信贷部也会派一名经验丰富的人协助你工作，务必要保证万无一失。”

“没问题！”

斗志昂扬

上级对周逸群的信任和重用激起了周逸群的满腔热血。这些年对工作的全情付出让他积累了高于常人的职业技能和经验，他的卧薪尝胆和忍辱负重，都是为了能够有一天遇到伯乐的垂青，获得与他能力相符的回报。现在，他觉得这个机会来了。

渴望挥旌斩戟、鸣金报国的精锐战士历经千辛万苦，终于获得了一酬壮志的机会，他在心中立誓，一定要获得这次战争的胜利，圆满地完成任务，以此来证明自己！

周逸群居住的小区位于北京海淀区最繁华的地段，与银行仅有二十几分钟的车程。他每天回家路上经过的都是繁华似绵的都市景色。

车窗外，华灯初上，往来的人群、车辆川流不息，衣着鲜亮的人们行色匆匆，面带倦色，仿佛都被生活的巨掌推送着、逼迫着蜷缩在看似井然有序实则脆弱得不堪一击的都市一隅。这个正在飞速发展的城市犹如一个纵横交错的巨网，为渺小的芸芸众生编织了一个华丽的人间幻境。

周逸群回到家已经是深夜了。女儿正在沉沉地睡着。周逸群轻轻走到床边替她掖好了被子。

三月干燥的春风仍然不减寒冬的凉意，肆意侵袭进半开的玻璃窗，使得窗帘不停地敲打在学习桌上，听上去像是有节奏的低音鼓点，一支笔被飘动的窗帘打落。

悠悠被吵到轻哼了几声，翻个身继续睡去。

周逸群始终心怀愧疚。自从石兰离开，他的工作也日渐繁忙，对悠悠没有做到无微不至的呵护和关心。一方面，他担心父母离异会给女儿幼小的心灵造成无法弥补的伤害，另一方面，他想努力工作赚钱，给予她所能得到的最好的一切。

他坐在床边静静守候着睡梦中的女儿，像一个垂暮的英雄守护着他最珍贵的宝物，直到黎明冲破黑暗的层层笼罩将朦胧的曙光带临人间。太阳光束灌注进闭塞的房间，周逸群起床收拾起昨日的疲惫，来到镜子前，面前这个容光焕发的中年人已经不是昨夜暗自哀伤的“老人”，他精心挑选了一套高档精致的深蓝色条纹西装，搭配着一条红色领带，以及擦的发亮的牛津皮鞋。

今天他要去会见日本西京银行驻华代表处首席代表山口龙一——他曾经打过交道的一位老熟人。

周逸群接到任务以后，面临的第一件要做的事就是选择一家合适的外资银行。他搜集了美国、欧洲各国以及日本等外资银行的资料，对其进行多方比对。

美国的银行很少做信贷业务；欧洲各国的银行有的热衷于投资银行业务，有的则资金不够充裕。

昨夜，正当周逸群一筹莫展时，他突然想到曾经打过交道的日本的银行，随即灵光一闪：日本的银行资金实力雄厚，在世界上可谓名列前茅，更重要的是他们乐于与中国打交道，是有望实现合作的银行的首选。他急忙找到了日本的银行的资料，细心地翻阅着。很快，他锁定了目标——日本西京银行。

周逸群在英国 W 银行工作的 10 年里，结识了许多国家的银行高层领导，不知不觉地积累了广阔的人脉资源，其中就包括日本西京银行的行长黑田寿男。于是，他决定先与西京银行驻华首席代表山口龙一取得联系，他拨通了山口的私人电话。

“喂，是山口先生吗？我是周逸群。好久不见，您身体还好吗？您最近有时间吗？我想跟您约个时间见一面，谈一谈有关业务合作的事情。”

电话的另一边传来了山口愉快的声音：“周先生，好久不见，我很愿意和您见面。”

他们在电话里约定了见面的时间和地点。

第二天一早，周逸群提前来到了约定的西餐厅，找了一个靠窗的位置坐下。

优雅的西餐厅里，一位钢琴家正在熟练地弹奏着肖邦的《夜曲》，轻松柔美的曲调如同窗外洒进的阳光流淌在周逸群的周围，他静静地阖上双眼享受这片刻的安逸。

突然，乐曲声戛然而止，他猛地睁开眼睛，随即被眼前的人吓了一跳。

他看到对面的空座上出现了一个皮肤洁白、素面朝天、神色急躁的女孩。

女孩正盯着他看，看上去不太友善。

周逸群有点不解：“小姐，你是？”

“你好，我就是肖萌。我不说废话，实话跟你讲，我是被我妈逼来的，我压根不想相亲！也没有结婚的打算。之所以来赴约是因为母命难违。我的择偶要求很高，一般男人我还真看不上。虽然你的条件还不错，但是离我想要的差远了，我想你也不会看上我，所以我们干脆不要浪费时间了，你说呢？”

这个自称肖萌的女孩不顾周逸群诧异的反应，劈头盖脸地一口气说完，最后还很不情愿地询问对方的意见以示礼貌。

周逸群觉得这个女孩很有意思，突然计上心头：

“你怎么知道我看不上你？”

女孩目瞪口呆，瞬间脸了红，刚才还振振有词的她被周逸群一句话噎了回去。

“我，我不知道，你……”

肖萌显然没有意料到和自己“相亲”的人会有这样的反应。

周逸群从头至尾打量了她一眼，大概二十五六岁年纪，一身黑色运动装掩盖住娇好的身材，浓密的长发束之脑后，玉面脂粉未施，却如出水芙蓉般清丽可爱。

显然为相亲做了“精心”的准备，看样子还是个孩子啊。

周逸群哈哈一笑，不忍继续欺瞒：“你好，肖萌。我叫周逸群，其实你认错人了，我不是你的相亲对象，不过我很高兴认识你。”

他露出毫不介意的笑容，友好地伸出了右手。

“什么?”肖萌听言，尴尬地再次涨红了脸，她急忙站起身，低下头：“对不起，周先生，请原谅我的冒失！不好意思!”

还未等周逸群开口，她就转身匆匆离开了。

周逸群望着她慌张的背影，反被逗笑了。

不一会儿，山口也从外面走了进来。

山口龙一总是爱穿一身浅灰色的日制西装，熨烫得干干净净，精细平整，没有一丝褶皱。他的眼睛目光格外有神，扫视着大厅里的人群，终于他发现了正坐在窗边的周逸群。

“周先生，您今天看上去心情很好。”

“有吗?”周逸群想起刚才的女孩，不由得开心了起来，“您气色也不错!”

二人一见面就热情地握手交谈，像是多年不见的老友。

点完餐后，周逸群直奔主题：“今天约山口先生见面，除了叙旧以外，还有一项重要的合作事宜，想听听山口先生的看法。”

周逸群将华都发展银行的合作意图向山口做了大体的说明。

“我们想争取西京银行的资金支持来帮助中国出口贸易的完成。这项合作的预期结果是实现双赢，既能够支持中国的出口贸易，又可以解决西京银行的资金出路，但是具体的合作方式还需要谈判才能确定……”

山口认真地听了周逸群的介绍，流露出兴奋的神情：“我个人对周先生介绍的合作项目很感兴趣，回去以后我会尽快向总行汇报请示。”

两个人边吃边聊，在融洽的气氛中结束了这次会面。

再遇见

见面后的第二天，山口首席代表就打电话告诉周逸群，西京银行同意与中国华都发展银行商谈合作，总行派他与周逸群进行谈判。

周逸群激动地将此消息告诉了王行长。

“小周，干得好！接下来的工作至关重要，一刻也不能放松。我立马让出口信贷部门调派的人联系你，你们要多多交流，齐心协力。希望你们合作愉快！”

王行长挂了电话不久，周逸群办公室的门就响了起来。

“请进。”

一阵淡淡的百合芳香破门而入，周逸群抬起眼向前望去。

他见到一张熟悉的清丽的脸，在散置两侧的黑发的映衬下更加白皙。她今天改头换面，一身时尚的紧身职业装勾勒出玲珑的体态，两腮双唇皆化了淡淡的红妆。是肖萌。那个在西餐厅错认自己的女孩。

“是你？”肖萌看到坐在办公桌后的周逸群，正在挪步的身体瞬间石化在原地，一副哭笑不得的表情，不知所措。

周逸群心中也一惊，随后站起身走到肖萌的面前，再次伸出了右手。

“你好，肖小姐。”

窗外和煦明媚的春光倾泻在地上、办公桌上、周逸群伸出的右手上。温暖的空气中散发着肖萌带来的清香，像是置身在漫山遍野的花丛中，沐浴在清淡却沁人心脾的花香里，心情也随之愉悦起来。

肖萌也慢慢伸出了她的右手。

中国华都发展银行和行长派周逸群与西京银行进行谈判，为了确保万无一失，特意派了一个出口信贷部门的人来协助他的工作，这个人就是肖萌。

周逸群翻看着手中西京银行的资料，一边的肖萌则静静望着手边热气腾腾的紫砂茶杯。

“你们部门以前有和西京银行打过交道的人吗？”

“没有。”

“这样啊……”周逸群突然想起来，“对了，你的职位是什么？”

“我是出口信贷部的高级客户经理。”

“你是高级客户经理？”周逸群瞪大了眼睛。

“是啊。”肖萌漫不经心地回答。

“恕我直言，你这么年轻，怎么会……”

“我不年轻，我三十多岁了。”

“什么？”周逸群更吃惊了。自己一直以为她只是二十出头的小丫头，没想到她已经三十多岁了，单从外貌真是看不出来。

“周先生，我想为那天的事跟您道歉……”肖萌从刚开始一直为此事心神不宁，现在终于开了口。

“哎呀，我都忘了有这回事了。不过你看上去一点都不像三十岁。”

“难道像四十吗？”

“像二十岁。”

“哈哈，我要是二十岁的话，家里人就不会逼我相亲了。”肖萌做出一副无可奈何的神态，“周先生，您不懂这种感受。”

“怎么不懂？我现在也被逼婚呢。”

“您还没结婚？”

“有过一次婚姻，还有一个女儿。”

周逸群没想到第一次与一个刚认识不久的人聊起自己的婚姻，竟像是在聊别人的故事一般，云淡风轻，内心竟没半点波澜。

“对不起，周先生。”

“没关系。我们先来谈谈怎么与西京银行的山口先生进行谈判吧。”

……

这种利用引进外资来支持出口的尝试在国内是首例，并无规则可循，所以周逸群只能硬着头皮摸索。他一时感觉无从下手，既要支持出口，又不用借款还息，该如何做到两全其美呢？

西京银行是日本的外汇专业银行，资金十分充裕，他们想要找到资金出口，以获得丰厚的收益，正符合华都发展银行的合作标准，但是西京银行也从未做过此类业务。

两个银行都是首次尝试，实在是难上加难。

他和肖萌经过商讨，认为具体的合作方式需要视西京银行的意见而定。于是，他们与山口约定了谈判时间和地点。

在咖啡厅见面时，山口眼前一亮：

“逸群，这位是？”

“这是我们银行出口信贷部的肖萌，她是来协助我谈判的。”

“你好，肖小姐，很高兴认识你。”山口主动与肖萌握了手，显然，他对肖萌印象很不错。

肖萌表现得落落大方，一改往日见到周逸群时的尴尬与局促。

“山口先生，我们直接进入正题吧。”周逸群说。

“好的。”

“上次我已经跟您大体讲了我们的合作意向，不知道贵行有什么想法？”

“我们很乐意向中国华都发展银行提供贷款，以帮助中国出口贸易的发展。”

“山口先生您误会了，本行并不想向西京银行贷款。”

“哦？那借款方是谁？”山口有些惊讶。

“如果贵行不介意的话，可以直接向中国出口商品的外国进口商提供贷款。”

“那我们直接与外国进口商进行谈判不就可以了？”

“不是这样的，毕竟这是中国的出口项目。”

“周先生，你们的意思我明白了，但是我不懂的是，西京银行如果要为外国进口商贷款提供贷款，为什么要通过中国华都发展银行来进行?”山口不解地问。

周逸群发现山口好像并不太懂得出口信贷交易的基础运行结构，气氛顿时有些尴尬。

“不好意思，我以前并没有此类的业务经验。”山口先生发现周逸群突然缄口不言，急忙解释。

“没关系，山口先生，”肖萌笑着说，“我们也是第一次尝试，需要合作双方共同商讨。但是这种业务模式事实上和出口信贷有相似之处，我们比较适合和有业务经验的人一起探讨，您说呢?”

肖萌婉转地提出了想要西京银行更换业务谈判代表的意见，善解人意的山口马上表示会向总行提出请示。

“很高兴和您交谈，肖小姐，期待我们的下次见面。”山口临走前特意与肖萌告了别，仿佛有些恋恋不舍。

周逸群第一次见山口对一个中国女人如此感兴趣，颇感意外。

斗智谈判，步步为营

翌日，山口打电话通知周逸群，西京银行将特调纽约分行的副行长佐藤久治与他们谈判。

佐藤先生早年曾在西京银行的日本总行从事资金业务，后来被调到纽约负责银行的信贷业务，纽约分行在佐藤的管理下逐渐稳步壮大，现已成为西京银行旗下最大的海外分行。

随着任务的下达，佐藤很快便来到了北京，一下飞机就给周逸群打电话，他用流利的美式英语询问见面的时间，全然不顾旅途的劳累和颠倒的时差。

逸群对佐藤的印象还不错，因为在他以往的印象中，日本人的英语口语都有些蹩脚，沟通起来相当困难，而他通过和佐藤短暂的交流却没有感到丝毫障碍。

周逸群再次做了精心的准备，整装待发。

这天的北京意外地下起了滂沱大雨，天空从清晨的阴沉灰暗隐忍到晌午，终于不顾一切地降下了宛若甘霖的春雨。周逸群驾车行驶在通往北京饭店的路上，雨水不断地冲刷着路边昂首挺立着的高大乔木和雪白的斑马线。透过模糊的汽车玻璃，他看着过往的色彩斑斓的各式雨伞，思绪万千。

这场雨又勾起了他伤痛的回忆。就是在这样一个雨天里，他将自己置身在无边、无尽、无声的涤荡里，倾泄掉全部的执念和幻想，与十年的婚姻进行了告别。那是一种无人诉说的抽丝剥茧的疼痛，而如今却变成过眼烟云，变成落地碎裂的雨滴。

他将汽车停在北京饭店的停车场里，徒步来到了金碧辉煌的酒店大厅，肖萌已经早早地在此等候。

周逸群微微整理了一下衣领，面带歉意：

“对不起，我来晚了。今天的雨很大，路上堵车很严重，你等很久了吧？我很抱歉。”

“没关系，我也是刚到而已。”

肖萌从沙发上站起，浓黑的发鬟还沾着水珠，她刚要走。

“等一下，”周逸群递上了随身携带的手帕，“你的头发湿了，擦一擦吧。”

她愣了一下，然后接过手帕擦拭起来。

“佐藤先生已经到会议室了吗？”

“我刚刚联系他了，他马上就去。”

“我们也走吧。”

北京饭店的小型会议室里，佐藤先生已经在此等候。

看到他们两个人进来后，佐藤站起身。他身着低调内敛的黑色西装，笔直地站在桌旁，桌上置有一个简约的黑色笔记本和一支派克钢笔。

“你好，佐藤先生。”

“你们好，周先生，肖小姐。”

三人就坐后，周逸群向佐藤大体陈述了中国华都发展银行的合作意图。

“我们希望两个银行能够在互惠互利的基础上合作。我们初步的想法是，中国华都发展银行负责协助中国出口商与外国进口商进行商务谈判，然后向贵行提供中国的出口项目。”

“而贵行可以选择其中的项目直接向进口商进行贷款……”

佐藤端起桌上的碧螺春仔细品味，迟迟未开口。周逸群与肖萌交换了一下眼神。

肖萌便问：“佐藤先生，不知道贵行对合作有什么看法?”

佐藤放下茶杯，不紧不慢地说：“周先生讲的我仔细听了，我代表我们总行而来，向你们提出一些疑问。”

“周先生，首先第一点，华都发展银行在提供项目之前会不会对进口商进行尽职调查?”

“会的。我们银行会由信贷部门对项目清单里的每个国外进口企业进行尽职调查，以便贵行了解进口商的具体情况。”

“我们在这方面的要求就是，贵行能够按照本行的标准，对企业进行完整详细的前期尽职调查，包括企业的信用情况等，报告要用英文撰写。”

“这点没问题的，佐藤先生。”周逸群微笑着说。

“第二点是，我们还要对项目再进行自主的尽职调查和项目评估，这也需要贵行的部分协助。”

“好的，我们会尽量帮助你们。”

“再一个就是关于贷款比例，我们要求最高发放百分之七十的贷款。”

周逸群听言，脸色瞬间变得非常难看，肖萌也仿佛吃了一惊。

按常理来说，出口买方信贷的最高贷款比例是百分之八十五，虽然这项业务与一般的出口买方信贷有所不同，但是将百分之七十作为最高的贷款比例也实在太少了！也就是说进口商如果向西京银行贷款的话，在与中国的交易中就需要支付剩下的百分之三十的定金，这无疑加大了进口商支付的难度，从而不愿意进口中国的产品。

“佐藤先生，你给出的比例实在太低了，”肖萌忍不住开口，“光中国的银行中，大部分的出口买方信贷都不会给出这么低的额度。如果这样的话，我们都会损失大批的客户。”

“这是经过本行慎重考虑决定的。因为我们第一次尝试这样的业务方式，不得不考虑其中的风险，为了应对借贷方延期还款或者违约的情况，以防万一，我们就需要提前将风险降到最低。”佐藤似乎早就预料到了他们会有这样的反应，仍然保持镇定自若。

“佐藤先生，这点我需要立即请示总行，请您稍等一会儿。先让肖小姐陪您聊好吗?”

周逸群眉宇间有些微的凝重。他十分了解西京银行的谈判习惯，日本人做事谦虚谨慎，对潜在的风险都考虑周全，无论如何都要先采用最能规避风险的方法，即使不能大量盈利也要独善其身，这是日本的外资银行一直稳步发展的原因，也算是深谙厚积薄发之道。

周逸群快步走出了会议室，他拨通了王行长的电话。

“小周。谈判进行的怎么样?”电话里传来了王耀奇急切的声音。

“王行长，我需要向您请示一下，西京银行提出的最高贷款比例是百分之七十，我们银行的态度是什么?”

王耀奇的语气顿时变得充满敌意：

“什么？百分之七十？绝对不可能！你等一下，我立马召开会议，商量后就马上给你答复。”

周逸群在打电话的同时，肖萌正在竭力劝说佐藤：

“……所以这样做无论对贵行还是本行都没有好处……”

佐藤面无表情，波澜不惊的眸子像一弯黝黑的潭水，深不可测。

周逸群从门外走进来，礼貌地向佐藤致歉：

“佐藤先生，不好意思，让你久等了。”

他又看了肖萌一眼，肖萌有些沮丧，却依然对他微笑。

此时，位于华都发展银行大厦一号会议室的领导们正在紧锣密鼓地商量对策。

“简直是无稽之谈！西京银行太异想天开了。百分之七十的贷款额能做什么？谁会选择这么低额的贷款？他们还想不想借了？”牛金水愤愤不平道。

王耀奇斩钉截铁：“确实是，我们应该制定一个最低的底线。”

大家纷纷出谋划策。

牛金水率先说：“要我说，最起码得有百分之七十七的贷款比例，至于最高，就是百分之八十五!”

“最高八十五没问题，但是最低还是得七十五，他们还是会降下来，我们要得这么高反而会让他们不悦。”严秉贵总是谨小慎微。

“我同意严行长的看法。”张志和立场分明。

“对。”其他人都纷纷附和。

张志和大胆地推测：“我怀疑西京银行提出这样的条件不过是虚晃一枪，他们事实上也非常想要抓住这次机会，毕竟现在的国际利率有逐步上升趋势。”

“没错，他们也很想将资金出手。所以，我们要主动出击，不能被他夺取了上风。”牛金水也赞同他的看法。

王耀奇将众人商讨的结果告诉了周逸群。

“无论如何，国家利益为重。”

周逸群再次走进会议室，感觉轻松了许多。

“佐藤先生，我们共同设定一个贷款比例区间，而具体项目的贷款比例视具体情况而定，您看怎么样？”

佐藤想了想，欣然同意。

“按照君子协定，银行的最高贷款比例是百分之八十五，我们就把它限定为最高额度，如果这样的话，我们只需要商讨最低额度就可以了，您看怎么样？”

“可以。”

“佐藤先生，我们希望你能仔细考虑一下，如果我们合作成功，贵行可以通过贷款获取丰厚的利息收入，我想这么好的生意应该值得你们投入大量资金。我行提供的项目清单里都是我行的优质客户，但是如果一味地压低贷款数额，将会失去一大批市场竞争力强的优质企业，而且失去了丰厚的收益，无疑是因小失大，得不偿失！”周逸群帮西京银行将利弊分析得十分透彻。

佐藤开始略微有些犹豫，他沉思半晌：“周先生，您说的很有道理，这样吧，我们给出百分之七十的最低额度，不知道贵行能不能接受？”

周逸群随即将了一军：“实话说，佐藤先生，我们银行也正在和别的外资银行谈判，他们给出的最低额度比贵行要高，我们当然会选择条件好的合作伙伴，客户也会选择好的贷款条件。但是我行很重视两行长期以来的合作关系。所以如果贵行能够再让一步，我们会优先选择与贵行合作。”

佐藤急忙说：“周先生，西京银行非常真诚地想要与贵行合作，我们可以再提高两个百分点。”

肖萌目瞪口呆地看着周逸群，她对被周逸群有如此出色的谈判能力震惊不已。周逸群既能心思缜密地帮助对方分析“战局”，又能巧妙地运用小小的谈判手段使对方感受到竞争对手的威胁，从而心甘情愿地做出让步，机关算尽又无伤大雅。但是周逸群的目的还没有达到，“佐藤先生，我认为你们需要提高七个百分点，最低贷款比例为百分之七十七，才能形成竞争力。”

佐藤再度端起桌上的茶杯，斟酌许久道：“我行让一步，贵行也让一步，我们折中，好吗？”

“那您认为多少合适呢？”

“百分之七十五行吗？”

周逸群也皱起眉头思索了一会儿：

“好的，佐藤先生，就这么定了。”

肖萌在一旁静静注视着这两方，像是观看一场步步为营的棋局，你来我往、此消彼长、一进一退、欲迎还拒，令肖萌大开眼界。她仿佛透过“棋局”看到了人情百态，悟出了智略机谋。

佐藤接了一个电话暂时离开之后，周逸群长舒了一口气，将一直紧绷的神经放松了下来。

“您的谈判能力真是让我刮目相看。”肖萌靠在椅背上笑着说。

“你资历太浅，不懂的事多着呢。”周逸群脱口而出。

肖萌却正襟危坐对周逸说：“周先生，我要拜您为师，多向您学习。”

周逸群看到她故作严肃的样子，扑哧一笑：“不敢当不敢当。谈判这事，不仅要学会察言观色，还要善于利用手中的筹码，有时要先发制人，有时也要学会以进为退，以守为攻。总之，门道儿多着呢。”

“我真是太佩服您了！”

肖萌的夸奖令周逸群有些不好意思。

“对了，周先生，我看你特别爱喝西湖龙井是吗？”

“你怎么知道？”

“因为你办公室泡的都是这种茶呀。我姥姥特别爱喝这种茶，我小时候就经常跟她喝，所以很熟悉。”

“那你想喝的话随时欢迎去我那儿坐坐。”

“好啊！”

肖萌又露出了璀璨的笑容。周逸群突然发现她有一双如同宝石般的眼睛，光芒耀眼又充满灵气，天真而跳脱，美丽异常。

不久，佐藤回来了。他们又接着商讨了西京银行向中国华都发展银行支付的顾问费的问题，佐藤表现得很慷慨。

“佐藤先生，还有一个比较重要的款项，就是贷款利率的问题。我们一般按照 OECD（经济合作与发展组织）发布的利率基准来规定贷款的利率，但是也应该制定一个最高利率限额。贵行怎么认为？”

OECD（经济合作组织）的成员国包括了几乎所有发达国家，它通过研究分析和预测世界经济的发展走向来发布的利率基准，可以说是最为公平公正的基准，可以协调成员国之间的关系，促进合作，而且还能为成员国制定国内政策和国际组织中的立场提供一定的帮助。因此在这项外资信贷业务的合作中，这个基准可以很好的平衡双方的利益关系，逸群希望通过这个基准来谈成理想的合作条件。

佐藤思考了一下说道："这是很有必要的。我行的规定是，五年以上的贷款最高利率不超过基准利率 +50bp，五年以下不超过基准利率 +30bp，你们觉得怎么样?"

周逸群迅速在纸上写下了这串数字，然后说道：

"佐藤先生，由于我们主要负责机电产品和大型成套设备的出口交易，贷款期限大约都在五年以上，我们认为五年以上的贷款利率限额对有点偏高，进口商不太能够接受。我们希望能减少到 +45bp。"

"您这就有点为难我们了，这是一向的规定，而且涉及到我行的盈利问题，我们不能让步。"

"佐藤先生，我希望你们能考虑一下再做决定。"

"这个真的不行，周先生。"

周逸群感觉有些不妙，西京银行在最高利率限额上不肯松口，而自己又担心会影响到出口交易。他紧张的直冒汗，有些摇摆不定。

而佐藤依旧态度坚定。

周逸群看了看肖萌，肖萌也意识到谈判又遇到了难题，她关切又鼓励地看着周逸群，对他说：

"周先生，不然再询问一下行领导的意见吧。"

周逸群朝她点了点头，又跟佐藤说了，便再次拨通了王耀奇的电话。

在行领导的又一次的讨论下，中国华都发展银行决定以西京银行的最高利率限额为准。

接着，他们经过商讨得出了以下的决策：贷款货币为美元；五年以上贷款利率为基准利率 +50bp；进口商贷款期限最长为七年；宽限期为两年等。

佐藤对周逸群露出了欣慰的笑："周先生，能和您谈判，我很荣幸。

您的聪明和机智让我十分敬佩。”

周逸群凭借自己以往的外交经验意识到，这次与日本西京银行合作的达成几乎是十拿九稳了。

“我也很荣幸。佐藤先生，期待以后的合作。”

回行汇报工作的时候，王耀奇爽朗地大笑着赞扬了周逸群和肖萌的工作能力。

失　落

1995 年 5 月 12 日，中国华都发展银行与日本西京银行的合作协议签署仪式在北京人民大会堂举行。签约前，国务院领导亲自接见了两行的负责人和谈判代表。而周逸群却并未出席。

当晚，中国华都发展银行行长王耀奇在接受电视晚间新闻节目的采访时，用饱含激情的声音说：“中国华都发展银行与日本西京银行签署的这项合作协议具有重大的意义，该协议表明中国改革开放利用外资开始了新的篇章。”

国内主流媒体纷纷报道了这一条新闻。

而此时的周逸群正坐在电视机前，看到这条新闻的他顿时如遭重击，若有所失。为何只有自己没有接到签约仪式的邀请？明明自己为此辗转筹谋，付出了全部的精力和心血，却成了被遗忘的人。他关上电视，取出珍藏多年的红酒自斟自饮。高脚杯中的砖红色液体倒映在被灯光染黄的白色衬衣上，留下影影绰绰的酡红光圈，像是他微醺的脸。他恍惚听到王耀奇激昂的声音，又模糊看见了佐藤精壮的身影，电视机里攒动的人一个个笑逐颜开，渐行渐远。他又仿佛看到白天肖萌在阳光下跳动的清秀美丽的脸，永远充满朝气和向上的热情，与现在的自己完全不同。强烈的失落感萦绕在他的心间迟迟不肯消散，他只能借酒精暂时麻痹自己。

第二天，周逸群带着宿醉来到办公大楼。路过的同事都像往常一样与他打招呼。他走进电梯门就遇到了正在与别人交谈的资金处处长孙筱。

孙筱用金丝眼镜下尖细的眼角打量了周逸群一番，刻薄的言语如利剑般袭来："哟，这不是我们的大功臣吗？"

"怎么？昨天怎么没参加我们的签约仪式啊？"

周逸群勉强挤出了一个微笑，心里暗暗咒骂。

"没关系，以后还有你的表现机会呢。对了，不要忘记回去把所有外资银行的年报整理一下。"

门上的数字一停，孙筱就踩着锋利的高跟凉鞋，走出了电梯门。

孙筱又把一些琐碎的工作推到了周逸群的身上。

面对孙筱尖酸的嘲讽和一再为难，周逸群叫苦不迭，却打从心底不愿与女人计较。

他沮丧地走出了电梯，打开了办公室的门。

同道中人

肖萌正坐在里面等他，他看到她后心里一阵惊喜，一阵失落。他尽力稳定住情绪的变化。

"周先生，您还好吗？"肖萌关切地问。

"我很好。"

周逸群若无其事地说。

"他们竟然没有邀请您去参加签约仪式…"

"哪里的话，肖小姐，为银行出力我没有怨言。更何况，我这形象也不适合抛头露面，你说是吗？"周逸群自嘲地笑起来。

“周先生……”

“好了，你要是怕我不开心，可以赏脸陪我吃晚餐嘛!”

“好的，愿意奉陪!”

肖萌笑起来像是清晨初升的太阳，温暖地照耀在周逸群的心间，瞬间冰山融化，烟消云散。

在肖萌的提议下，下班后，他们到了一家地道的北京家常餐馆。作为地道的北京人，肖萌对北京菜的口味是非常挑剔的。老北京炸酱面、爆肚和北京烤鸭，她都吃出了自己的门道。周逸群听说过这家餐馆，但一直都没有来过。

“这里的炒菜很有妈妈的味道。你吃辣吗?”肖萌一边将桌上的餐具打开，一边说。

“我可以吃。”

“太好了！我平时爱吃辣，可惜我爸妈都不吃辣，我的朋友也很少有像我一样无辣不欢的，我自己一个人又不愿意在外面吃饭，憋死我了。”

“原来你也是个吃货，咱们银行食堂里的饭菜虽然样式挺多的，但总体来说都太过清淡，不太合我的口味。”

“我以为只有我一个人这么觉得，我还一直以为是自己太重口味了。”肖萌像找到了同道中人一样，无比开心。

“北京还有什么好的餐馆?”

说起吃的，肖萌便开始滔滔不绝。

“不过最好吃的还是妈妈做的菜，我是个很恋家的人，基本上妈妈做的我都爱吃。”

说起妈妈，肖萌的脸上呈现出幸福的表情。

“看来你和妈妈的关系很好。”

“我们也经常吵架，但是更多的时候还是很好的。妈妈是世界上最伟大的人，我年轻的时候还没有感觉，年纪越大就越体会到这种感受。”

“的确是，人在年轻的时候都怀揣着雄心壮志，想要出去闯荡，随着年龄的增长，就会越来越怀旧，总想着要回家，哪里都不如家好。”

在和肖萌的交谈中，周逸群感觉到她是一个在充满爱意的环境中长大的女孩，性格温婉、乐观，相处起来非常自在舒服，而且对家庭怀抱着最浓厚的眷恋和依赖，对生活充满着希望，仿佛时间的一切事物都是美好的。

相比肖萌而言，石兰的童年却是生活在不甚幸福的家庭中的，家人不和睦，长期陷在争吵的漩涡里，使石兰严重缺乏安全感和归属感，以致对原生家庭不太留恋，甚至想要逃离现状等，她往往对生活很悲观，在理想与现实中挣扎，偶尔还有一些偏激的想法。

以前恋爱的时候，周逸群了解石兰的家庭后，为她的不幸感到非常心疼，他可以理解单亲家庭的悲伤，但是他并没有体验过从小到大生活在长期不和的家庭中的那种痛苦，他无法感同身受。

但他知道，那一定是一种难以与外人言说的，令她在无数个夜晚痛哭且能让她一生耿耿于怀的痛楚。

他并不知道石兰在离开他之后过得怎样，也许还是像以前一样，周逸群的有无对她来说没有大的不同。她可能从很早以前开始就计划着怎么逃离这场婚姻的枷锁，开始新的生活了。如愿以偿的她终于获得解脱，变得快乐。如果是这样，周逸群愿意祝福她。

经历过一次错误的婚姻后，周逸群仿佛看透了人生，但他没有对爱情失望，他还是愿意相信这个世界存在永恒。周逸群明白婚姻中没有绝对合适，只有苦心经营。

第三章

机智决断，度过拆借风波

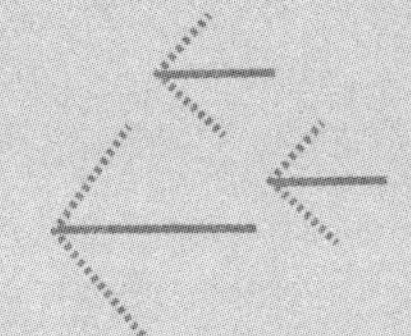

香港长青银行，从事于协调本域跨国性的合并与收购计划，以及证券投资、直接投资、委托管理、项目融资、分销等业务。长青银行不但精于协调本域跨国性的合并与收购计划，而且在证券投资、直接投资、委托管理、项目融资、分销等业务中功力不凡。它从地理区域优势、客户、产品和服务三方面结合，选择整体策略、多元服务，运用集团自身的资金去支持前景远大的计划，同时担当客户的财务顾问及创始人。凭借它精到的企业融资顾问服务和非凡的业务拓展能力，长青银行日益受到亚欧及北美投资者的青睐。

1997年7月，正当长青银行的发展如日中天之时，东南亚金融危机爆发了。由于长青银行大量投资于东南亚债券市场，这次危机直接给长青银行带来了巨大的冲击。东南亚国家货币的大幅度贬值，在亚洲债券市场的过度扩张，使长青银行陷入了财务困境。在一整套“拯救计划”相继流产后，长青银行投资集团公司无可奈何地进入法律程序，进行清盘。

长青银行主要经营证券业务，也是香港规模最大的投资银行之一，在欧美和东南亚地区十分活跃，业务发展迅速，业绩状况良好，资产总额达240亿港元以上，1996年和1997年上半年获利分别为8.5和6.35亿港元。其在东南亚多国承做的定息债券业务，因有关公司遭受东南亚金融危机的影响而不能偿还，出现流动资金困难，于1998年1月12日被迫宣布清盘。

初露端倪

工作还是要继续，周逸群决定一刻都不能放松。

身为中国华都发展银行外汇资金部的副处长，他平时除了负责协助处长的工作外，还分管所有的外汇交易业务，其中包括同业外汇资金拆借的决定权。

资金拆借是一种临时调剂行的借贷业务，是缺头寸的单位向多头寸的银行或其他金融机构拆借资金，获得更多的资金周转，以此来度过资金紧缺时期。

眼下他正在窥视的香港长青银行是一所专门投资高收益债券的投资银行。它所承受的风险比普通投资银行要多得多，投资债券的资金都是从银行和金融机构拆借而来的，因此，所付的利息也很高。

在过去的一年里，长青银行曾向中国华都发展银行申请过资金拆借额度。对中国华都发展银行来说，这虽然是一个获得很高的拆借收入的好机会，但是也意味着面临着更高的风险，因此，周逸群决定只滚动拆给长青银行短期资金，并要求交易员密切关注有关长青银行投资银行的任何动向，包括市场传闻等，任何风吹草动立即向他报告。

有一天，一个交易员急冲冲地闯进周逸群的办公室，气喘吁吁地说：“周副处长！长青银行好像要出问题了。”

正在翻阅报纸的周逸群连忙抬起头，急问：“哪里听说的？”

“就是您正在看的华尔街日报上。”交易员指着报纸上右下角豆腐块大的一篇文章。

周逸群还未读到这个版块，他迅速浏览了文章的具体内容，当下立即命令交易员暂停了对长青银行的资金拆借。

接着，周逸群办公室的电话应声而起。是长青银行固定收益部的赵总打来的，赵总因工作关系与周逸群相识多年。听得出赵总的语气明显十分焦虑，他竭力保持心平气和地说：

“周副处长，您好。我们发现贵行对我们停止了资金拆借对吗？”

“是的，赵总。”

“为什么呢？我们银行的运转没有问题啊。”

“是这样的，我行的资金现在已经另有用途了。”周逸群耐心地解释，“今天的华尔街日报不知您看了没？有一篇文章指摘贵行的财务状况出现了问题。”

“这纯属子虚乌有！”赵总经理变得激动起来，“长青银行的财务状况十分健康，资金流动性也没有问题。这是对本行的诬陷，周先生，您千万不要听信谗言！”

周逸群皱起了眉头：

“赵总，我也希望贵行没有问题。”

“您听我说，长青银行的资金是我一手在管理，如果您不相信，我向您保证，您可以随时来勘查。”

“这样吧，如果有变动的话我会第一时间通知您的。我这儿还有事要忙，改天我再联系您。再见。”

“周先生，周先生！”

周逸群决绝地挂掉电话。他马上向部领导汇报了此事，又通知了国际业务部的同事，建议他们密切关注长青银行投资银行的状况。

处世之道

忙完一连串的事后，周逸群双手放在脑后，轻轻地靠在椅背上，望向窗外。整间办公室，他唯独不喜欢的就是窗外的风景，没有一碧如洗的天空，没有灿烂明媚的骄阳，也没有苍翠繁茂的树叶，有的只是高楼大厦，车水马龙、喧嚣繁华，却暗无天日。

周逸群回想起学生时代的教室，一排排朱红色的木质平开窗像是油画画框，画中色彩斑斓，近处是遮天蔽日的梧桐树，雨季来临时，枝叶在雨滴的浸润下瑟瑟缩缩，垂下翠绿的脑袋；风起时，形状如云的树冠就会摇晃起所有的树叶，有时发出悉悉索索的私语，有时又发出俨然风暴降临般的怒吼，震慑人心。远处就是广阔的小麦田，秋季整块土地就会渲染上金黄的色彩，一直连接起青蓝色的天空，与头顶的一抹艳阳遥相呼应。

多么宜人的景色，多么美好的时光，如今都如白驹过隙，已经离他远去了。

他魂不守舍，睁着放空的双眼，忽然，一个人影放大在他眼前。

“发什么呆呢?”

周逸群回过神来，原来是肖萌不知什么时候来到了办公室里。

“我敲了半天门，你也没有反应，原来是在这儿发呆啊。”

肖萌咯咯地笑他。

“不好意思，我没听到。怎么？来喝茶?”周逸群让她坐在对面，自己站起身去泡茶，“这几天也没有见到你，还挺忙的。”

周逸群见她没答话，转过身去，看到她正在聚精会神地盯着墙上的一副黑白对联看。

“世事洞明皆学问，人情练达即文章。”她摇头光脑地念，“《红楼梦》里的这一句话道尽了人情世故的无可奈何啊。”

“哦？好新颖的观点，我还没听过这样的想法。”周逸群将斟满绿茶的茶杯放在桌上，就走到她身边一起凝视。

“整部书不就是讲了一个“幻”字吗？这么积极入世的道理无非是用来反衬人生的虚无的。悲也悲也！”肖萌煞有其事地摇了摇头。

周逸群有些想笑：“多么积极向上的格言被你给说的那么消极。”

“也不是消极，只是世间的常态，在这浊世中求生存，难免要被迫做一些违背自己心愿的事。像贾宝玉一样不通事务的人在这样的世界里实在难以生存下去。”

“与其非要和世俗作斗争，还不如让自己做一个保持清醒的参与者，既能保全自身，又不至于深陷浊流，这才是最大的智慧。不过你还只是个丫头，哪里懂这些？”

“嘿，我都三十了，哪还有人叫我丫头？”

“在我这儿，没出嫁的姑娘都称为丫头。”

“那我要当一辈子丫头。”肖萌笑得合不拢嘴，“周副处长，我在外面听别人说你最近很忙，没想到你却在独自悠闲地喝茶看报，真是悠哉啊。”肖萌边说边又跳到一边翻看起书架上的书来。

周逸群越来越觉得她是个小孩子，就跟她调侃起来：“哪能跟你一样日理万机啊，肖经理。你还年轻有为，我都老了，只能窝在这儿喝茶看报打发时间了。”

“你还老？你工作起来比谁都认真，比谁都有精神。我看得可透彻着呢，有的人吊儿郎当，有的人假正经，只有你是真正经。不过我可从来没把你当做我的长辈，我觉得你和我是一类人。”

“是哪类人？”周逸群饶有兴趣地看着她。

“就是那种深藏功与名的人。”

“我倒觉得你就跟我女儿似的。”

“我就当你夸我年轻了啊。”

他望着肖萌无邪的笑脸，突然觉得这个女孩有一种能够窥视人心的能力，不过，她的这种能力是一种没有任何出发点的与生俱来的灵气，不带任何恶意。聪明却不冷漠，令周逸群感到很舒服。

这期间，肖萌偶尔来找他聊天。

立场坚定

长青银行的赵总多次给他打电话，周逸群都以工作繁忙为借口推辞或者敷衍过去了。

虽然他于心不忍，但这也是没有办法的事，如果他对这次不利的市场传闻视若无睹，继续给长青银行放钱，一旦长青银行果真出现财务危机，那对其的拆借资金将血本无归，这个损失可是谁也担当不起的。

周逸群从事资金交易多年，常语重心长地告诫交易员们在交易时该出手时要敢于出手，但在决策前却一定要小心谨慎，不能出现大的纰漏，并且要有一种危机意识，时刻盯紧市场动向，做出迅速而准确的判断。在严格遵循这些从经验总结而出的规则的情况下，周逸群几乎无一失手。

他坚信，这次对长青银行停止拆放，他的决定是正确的。即便赵总再锲而不舍，他都不能动摇。

这天，周逸群刚回到家就收到了赵总的电话，他照例没有理睬，把手机调成静音放在了一边。

周逸群走到悠悠的房间里，她正在写白天老师布置的数学作业，是几道运算量很大的不等式题。但她有些心不在焉，一手托腮，另一只手把笔头放在嘴里咬着。

“想什么呢?”

“爸，听说今天北京体育馆里有演出，我们同学都说要去看，我可以去吗?”

“好啊，写完作业你就可以去了。”

悠悠显然已经无心学习，但她还是答应了，趴下头继续写。其实她的心早已经飞到体育场里，飞到九霄云外去了。

这时家里的门铃响了，周逸群急忙走去开门。他从门眼里看到了来人，是赵总。

目前，长青银行如涸泽之鱼，正处于生死攸关的时刻，中国华都发展银行的拆借对它来说可谓救命稻草，他们一定会尽力想方设法挽留住他们最后的防线。所以他们这种行为也不难理解。

周逸群思考片刻便打开了门。

“赵总，您怎么有空来看我?”

“周副处长，我是来求您件事的。”赵总还算直爽，周逸群也就不拐弯抹角了。

“您说的是长青银行拆借资金的事吧？您先进来，我们坐下聊。”

周逸群将他引入客厅坐下。赵总身穿浅蓝色衬衫和深蓝色西装裤，胳膊底下夹着一个黑色的公文包，皮鞋上残留着来不及擦的污泥。他眉头紧锁，心事重重，想必为了此事也是煞费苦心，他是总经理，肩负着整个银行的资金责任，一旦出了问题，第一个受到处罚的肯定是他，处罚最严重的也一定是他，他不得不处心积虑。

“没错，正是此事。我们银行的资金流动性确实出了点小问题，不过那只是因为一个小小的亏损造成的风波，压根没有外界传的那么夸张。”赵总面露无奈之色。

“有没有那么夸张我不知道，但是您也说了，贵行的财务状况确实出了问题，身为处长，我必须谨慎行事，不是我不信任您，实在是形势所迫。”

“贵行的资金对我们来说至关重要，停止拆借对长青银行下一步的资金使用计划影响很大，所以我这次来，是来请求周先生，求您不要停止拆借，救一救危在旦夕的长青银行吧!”

赵总已经毫不隐瞒，他也不好意思惺惺作态。

“您的难处我懂。但是本行的制度摆在这儿了，资金安全是第一位的，绝对不可以为了长青银行而使华都发展银行的资金受损。如果本行资金在我的手里出了问题，我责无旁贷，肯定会首当其冲受到责罚，我相信您作为总经理，能够理解我的处境。因此，只能抱歉了。”银行的制度是十分严格甚至苛刻的，每一步他都要审慎考量，否则可能一失足成千古恨。

“这样吧，如果您因收回成命而被中国华都发展银行辞退，那本行会给您提供岗位支持和丰厚的薪酬，您看怎么样？”赵总抛出了最后的筹码，已经无所不用其极。

“赵总，我周某人在其位谋其职，只要我身为华都发展银行的职员一天，我就不会做有损银行利益的事。如果我徇私枉法，相信贵行也不会想要聘请我这样的人！银行利益为上，恕我难从其意了！赵总，您这样做完全是徒劳，您请回吧。”

周逸群非常激动，他一方面觉得长青银行这样的做法是对他人格的侮辱，另一方面长青银行都如此病急乱投医了，更说明自己的决策是正确的。但他还是顾及了赵总的颜面。

他说得相当委婉，也表达清楚了自己的坚定立场。赵总难以再强人所难，于是他悻悻地离开了。

“爸，我做完作业了，带我去看演出好不好？”悠悠从房间里跑了出来。

“这么快？我给你检查一下？”

“哎呀，不用啦，这些题老师第二天就会讲的，带我去玩嘛！再晚节目就要结束了。”

周逸群拗不过她：“好吧。”

当晚，周逸群带悠悠来到了北京市体育馆。体育馆里挤满了人，大部分都是些穿着时髦的年轻人，他们手中拿着荧光棒和写有自己喜欢的歌手名字的牌子，在人群众寻找合适的位置。

专门来追星的粉丝们都满面春风，紧盯着舞台，激动不已；而其他来看表演的人也被气氛带动得很兴奋。

悠悠个子不高，走在人群中就看不见了，周逸群就把她高高地举起来，让她坐在自己的肩膀上，这样她就可以看得更高更远了。

随着一串鼓点的响起，几个抱着吉他，蓄着长发的摇滚少年走上了台。台下顿时响起雷鸣般的掌声和尖叫声，少年们热情地与观众互动，大声呼喊着。

随后，乐团开始演奏。悠悠在逸群的肩膀上非常激动，两只脚不停地摆动着，跟着人群挥舞双臂。

周逸群虽然不迷恋摇滚，但他还是被这份热情打动了。他真心羡慕台上的这群少年，他们有着对梦想的执着和狂热，也有着个性叛逆、躁动不安和对现实生活的不满发泄，全部伴随音乐化为歇斯底里的呐喊，他们敢于向整个世界表达他们的心声，永远年轻，永远热泪盈眶，这份精神感染着在场的所有人，也许这就是真正的摇滚精神吧。

像这样呐喊一场，然后转过头继续勇敢地笑对人生，谁又何尝不是这样？周逸群也在心底呐喊过，彷徨过，最终还是从黑暗中走出来了，只要坚持下去，生命总会出现曙光。

度过危机，继续磨练

一个月以后，长青银行投资银行宣布正式倒闭。

中国华都发展银行顺利地躲避了这次亏损的风险，并且在前期的资金拆借中获利颇丰。在危急关头能够当机立断，并且坚定不移地把守底线，周逸群在这场风波中功不可没。

中国华都发展银行的年度总结大会正在银行顶层的大型会议室里举行。

这个会议室是专为全体员工会议建造的，能够容纳好几百人。会议室里摆满了红色的椅子，密密麻麻却又整齐有序。也许是为了衬托出良好的氛围，地面上铺着一层红色的羊毛地毯，四面墙壁甚至天花板都刷上了红漆，好在红得并不过分鲜艳，但是看上去就是为了喜讯和嘉奖而准备的，使人不由得身心愉悦。

会议室里陆陆续续进来各个部门的人员，不同部门的人员都坐在各自的区域，交头接耳地交谈着。

王耀奇咳嗽了一下，示意大家安静下来。

“今天，我们在此召开中国华都发展银行的年度总结大会，趁所有的员工都在场，我们先总结一下今年每个部门的成就与出现的问题，希望大家能从中吸取经验，取长补短，以更好的姿态迎接即将来临的新的一年。”

每个部门的总经理都上台做出了总结。接下来便是奖惩环节，周逸群受到了王行长的当众表扬。

“这次长青银行的财务危机我们银行之所以能够顺利躲过，主要归功于我们资金部的周逸群同志。”

王耀奇站在讲话台上，充满赞许地望向周逸群。众人的目光也都落在了他的身上。

“在上次与日本西京银行的协议签订中，周逸群作为本行的谈判代表，也发挥了关键性的作用。我在此，代表行领导对周逸群同志表示真挚的感谢和强烈赞扬!”

热烈的掌声响彻坐满了两百多人的会议室，人们抬头齐刷刷地看向逸群。一旁的处长孙筱也不情愿地跟着鼓起了掌。

“我们所有人都要向周逸群同志学习……”

周逸群心潮澎湃，他一直以来想要的也不过只是这样简单的认可而已。如今，他长期以来的辛勤付出获得了最大的宽慰，他的领导、员工，甚至他的对手都在为自己喝彩，他站起身微笑，对在座的人一一鞠躬道谢，像一个常胜将军从容不迫地接受本该属于他的荣誉勋章。

周逸群在人群中一眼就发现了笑得闪闪发光的肖萌，她随着人们一起鼓掌，红扑扑的脸颊光彩照人，像是在草地上盛开着一朵独特又美丽的山茶花，在人群中，在人世里，在柔软的心里肆意生长。

周逸群对她咧开嘴笑了。两个人一时目光交汇，彼此心照不宣。

此时的他一扫前段时间的闷闷不乐，由于赢得了赞赏，也因为肖萌的陪伴，他的精神受到了极大的振奋与满足。

会议室里，领导们正在讨论有关人事安排的事宜。

张志和提议要将周逸群提拔为资金处的处长。

牛金水首先提出了异议：

“目前我行正处于发展时期，不适合频繁的人事调整，人事调整频繁不利于员工队伍的稳定，也会造成部门内部员工出现摩擦和矛盾，需要三思而后行。”

严秉贵此时也心有疑虑，资金处现任处长孙筱向来是他的心腹，所以他一些工作的开展十分顺利，如果周逸群成为了处长，必然对他有所阻碍。于是，他也笑眯眯地赞同：

“牛行长说的没错，我也是这么想的。周逸群同志的工作能力我们都有目共睹，但是还需要长时间的考察。等待我行的发展进入稳定期，再酌情提拔也不迟。”

王耀奇也深思了一会儿：

“既然两位行长都这么认为，那么人事调整的事就再缓缓吧。”

“可是……”张志和还想说什么，严秉贵偷偷拽了下他的衣角，他就没有再说下去。

会议结束后，严秉贵安慰他：“周逸群是你以前最看重的干部，你提拔后进的心情我能理解。但是牛行长的话有道理，此事还得从长计议。”

张志和虽然年轻气盛，但是他对严秉贵还是很信服的。

这次会议的事很快传到了周逸群的耳朵里，他还来不及思考，牛金水就为此事专门找到了他。

“逸群，”牛金水一改往日吊儿郎当的模样，认真地跟他说：“我是为了人事调整的事特意来跟你说明行领导的用意。”

周逸群静静地听着。

“目前我们银行还正处于发展时期，许多业务方面的事情都尚未成熟，如果在此时进行人事调整，不仅不利于业务的开展，而且可能会造成人心浮动。你能够理解吗?”

周逸群点了点头：“我能理解，牛行长。”

“我非常欣赏你的才华，但是还需要更多的磨练和考察。百炼成钢，这对你也有好处。做大事必须有耐心，沉得出气，也要戒骄戒躁，时刻保持警惕，才不会出现太大的错误，更何况人心难测啊。”牛金水饶有深意地说。

“我知道领导们想锻炼我的能力，我不会让你们失望的。”

周逸群第一次听牛金水讲这么多掏心掏肺的话，内心十分感激。虽然他为错过升职的机会有些惋惜，但是他知道行领导对他还是很重视的，所以心怀感恩。

在金融行业里，他已经不是一个新手，但是在领导工作上，他还需要更多的磨练。

他知道团队合作的重要性。相当于一个由许多木板构成的水桶，对一个团队来说，最重要的不是最长的木板有多长，而是每个木板之间的联合力，要不断修补短的木板，使各部分紧密结合，才能够保证水桶盛更多的水。作为领导，也就是木板之间的粘合剂，不仅要有很高的团队意识，也需要强大的风险控制能力。周逸群正在慢慢学习这种能力。

他要做一个有担当、有责任心的男人，即使以后遇到再大的风波，他也会乘风破浪，迎难而上，不是为了胜利一时的荣耀，只是因为他对职业，对生活的一片赤诚之心。

未来的一段时间里，周逸群一直怀着饱满的工作热情在事业上屡创佳绩，可是周逸群没有意识到，一个更大的噩耗正在等待着他。

第四章

债务恐慌，流动资金枯竭

1997年12月，父亲突然去世。周逸群怀着沉痛的心情整理着父亲的遗物，儿时的点点滴滴，父亲的谆谆教诲都历历在目，而肖萌的适时出现，抚平了周逸群久久无法平静的心情。然而，职场如战场，不论你的心情如何糟糕，职场需要你，就务必收复心情，马上投入“战场”。周逸群被紧急召回单位，他将面临又一个艰巨的任务。

1997 年 7 月 2 日，亚洲金融风暴席卷泰国，泰铢贬值。不久，这场风暴扫过了马来西亚、新加坡、日本和韩国、中国等地。打破了亚洲经济急速发展的景象。亚洲一些经济大国的经济开始萧条，一些国家的政局也开始混乱。

噩 耗

1997 年 12 月的一天，周逸群突然收到了父亲去世的噩耗。他第一时间赶回了老家，兄弟姐妹们也陆续赶到。

接连几天，滨海市的天气阴沉晦暗，见不到一点阳光。一天最冷的时候，刺骨的寒风呼啸着穿透人的身体，回荡在干旱的大地上。太阳似乎在躲避着什么，藏得不见踪迹，天空布满灰色云朵。老家的土地已经干燥得快要裂开，树木花草都光秃秃的，毫无生机。

父亲的去世是十分突然，事先没有一点征兆。前几天体检时，医生还说父亲的身体很健康，没有任何毛病，能够活到 100 岁。没想到他突然就离开了。人们都说，周老真是仁义，不给儿女添麻烦。

父亲是个老革命，1930 年参加革命，1932 年入党。早年当过高小的校长，在那个年代算是文化水平较高的人。父亲还担任过党的地下交通站站长、区委书记，参加过红军暴动。抗日战争时期，他又是八路军的团特派员，专门从事反奸锄特工作。

周逸群知道，父亲曾在战争年代多次光荣负伤，身上碗大的伤疤有好几处。1941 年，在日寇对冀中进行大扫荡的危急关头，父亲率部掩护冀中军区党政机关突出重围，被日寇飞机炸成重伤。因此，他未能跟随部队突破敌人的封锁线转移到晋察冀边区，伤愈后就留在了地方。此后一直在地方从事党的工作。

父亲一直对党忠心耿耿，信仰坚定。他战功累累，却从不居功自傲。每当有人对他说："周老，您参加革命这么早，资历这么深，又有文化，应该做更大的官。"

父亲总会摇摇头："我不跟他们比，我跟我牺牲的战友们比。他们为了革命，一天好日子也没有过过，早早的就牺牲了。而我做到了厅局级干部，还能活到80多岁，我觉得很知足，很满足了。"

父亲这种豁达的胸襟，不计较个人利益的品质，一直影响着周逸群，直到现在。

周逸群并没有继承父亲的遗产。因为父亲生前曾几次对周逸群说，希望百年之后儿女们不要为分家产而反目，他希望儿女们能够团结和睦。

周逸群也郑重地向他表示："爸爸，您放心，有我在，就不会让这个家坍塌。"

在父亲去世后的家庭会议上，兄弟姐妹们都耷拉着脑袋，心情沉痛。妹妹几度难以掩饰内心的悲痛，情不自禁地啜泣起来，周逸群在一旁拍着她的肩膀，试图让她不那么难过。

妹妹刚刚停止哭泣，姐姐又默默转过身去擦拭脸上的泪水，身为大姐，她很少让弟弟妹妹们看到她脆弱的一面。长姐如母，多年以来，大姐承担着照顾弟弟妹妹和父亲的重任，尽心尽力，任劳任怨。现如今，虽然已为人妻、为人母，但是她对弟妹们仍没有停止过操心。

他们兄弟姐妹之间的感情情同手足，即使一年只能见一次面，但毕竟是骨肉相连的血亲，是彼此间最深切的牵挂。

周逸群打破了沉寂："大姐，小妹，首先，我要感谢你们这些年来对父亲的照顾。因为工作原因，我长期不能呆在父亲身边，对父亲照顾得少，我一直觉得十分愧疚。二哥他虽然在外地，但是他仍然为父亲付出了很多，我自愧不如。所以，我决定放弃继承父亲留下的任何财产。"

"什么？"大姐很惊讶，"逸群，你不必如此，父亲生前说过了，遗产是要平分的。”

“是啊，三哥，为了父亲你也没少出钱出力，你工作忙我们都能理解，而且父亲也从来都没有怪过你，反而以你为傲，这是你应得的。”

“三弟，”平时话最少的二哥也忍不住说，“如果你不要，那我也分毫都不要了。论功劳，我远比不上大姐和小妹，你们两个平分吧。”

“不行，大家都是一家人，自然一个都不能少。”

“大姐，你别再劝我了。我已经决定好了，我只想留几件父亲的遗物在身边，别的就由你们决定吧。”周逸群坚定地说。

大姐想了想，说：“好，三弟，我们尊重你的决定。但是二弟你就不要推辞了，我知道你家里需要这笔钱，剩下的我们三个平分吧。”

就这样，在周逸群的影响下，兄弟姐妹们都相互谦让，心平气和地分配了家庭财产，没有任何矛盾。

周逸群亲自送走了父亲，一丝不苟地处理了他的葬礼。葬礼简单却不失隆重，素日里与父亲关系较好的几位好友都来了，大家为父亲祈祷，希望他一路走好。

随后，周逸群回到了从小到大生活的家中，开始整理父亲的遗物。

父亲没有留下很多东西。他是一个节俭又简单的人，吃穿用都常年保持着一样的标准，很是节制，连爱听的戏都不多听。

周逸群从父亲房间的抽屉里找到了一些老照片，有他小时候的，也有中年时和父亲一起拍的，还有他们的全家福，全都细心地夹在一个新的相片薄里。照片中，自己笑得很灿烂，父亲眉眼慈祥，身体硬朗，拥有一头年轻的黑发，依稀还是那个说要活到一百岁的不老英雄。

如今他却连一句话都没来得及跟子女们叮嘱，就匆匆地离去了。

周逸群的眼睛湿润了，他小心翼翼地将自己和父亲的合照取了下来，夹在留有父亲苍劲的笔迹的本子里，轻轻地合上。

他带着一部分照片回到了北京，但是他并没有立即回到工作，他的情绪还不能平复，会影响工作的状态。

他只能独自在家里发呆、喝酒。

一杯入口，浓烈的酒精猛灌进喉头，竟被辛辣的味道呛出了眼泪，他一边擦拭着，却一边越流越多。

父亲生前的点点滴滴都历历在目，他爱喝的酒，爱听的戏，他的严格和温柔，他的无私和伟大，都是周逸群不能忘怀的往事。

父亲在他心目中树立了无比光辉的形象，屹立不倒，成为他人生道路上的榜样和前进的旗帜。“刚正不阿，光明磊落”是周家的家训，父亲高尚的精神和品质也一直影响着周逸群的价值观，成为他为人处世的准则。

他希望父亲能够安息，希望他无牵无挂，希望如果有来生，自己还能做他的儿子。

陪伴

黑暗中，手机屏幕在周逸群模糊的双眼中亮了起来，“肖萌”两个字跃入眼帘。

“你还好吗？最近听说你一直没有来上班，我就想打电话来问候一下。”

“我还好，最近家里出了点事，不过已经忙完了。”周逸群故作无事，声音却有些哽咽。

“有事不要憋在心里，说出来就好了，否则会越来越难受。”

肖萌温柔的声音使周逸群更加难过，他突然很想见到肖萌。

“你现在有空吗？我们见个面吧。”

“有啊，你在哪儿？”

“我一直待在家里。”

“那我去找你吧？方便吗？”

“好。”

肖萌如约来到了周逸群的家里，自从听说周逸群告假回家后，她就一直很担心。

门铃响了，周逸群整理好自己狼狈的模样，来为肖萌开门。门一开，一股酒精的味道扑面而来。

“你喝酒了？”

“喝了几杯。”

“发生什么事了？”

“我父亲上个星期去世了。”

“天呐，我很抱歉听到这个消息，你现在一定很难过吧？”肖萌有些不知所措，“我不会安慰别人，但是我很愿意陪你说说话。”

周逸群示意让她坐在沙发上，正要转身去倒茶。

“你不用忙了，我什么都不喝。我倒是挺担心你的。”

本来，周逸群很怕让她看到自己哭红的眼眶，听到她这么说后，他便不再躲避：

“我爸他走得很突然，所以我毫无准备，一时还有些不能接受。”

“我能理解你的心情。我爷爷去世的时候也是这样的，虽然是很多年前的事了，但是我记得非常深刻，他走得很突然，却也很安详，奶奶多年前就离他而去了，所以他没有什么牵挂。我相信你爸也是这样，在幸福中离去，说明他生前是快乐的。”

“没错，爸爸他生前确实很幸福。虽然年轻时也吃过不少苦，但是子女们都让他省心，他也没有什么牵挂。”周逸群敞开了心扉，“我的母亲也是很早就过世了，文化大革命期间，她被批斗迫害得很惨。但她生前是一个很勇敢的女人，在抗战期间，无论日军如何逼问她，甚至用刺刀抵着她的胸膛，逼她说出我父亲的下落，她都宁死不屈，非常有气节，也算是巾帼英雄啊。”

“你的父亲是八路军吗？”

“对。”周逸群将父亲的经历向肖萌陈述了一遍。

“真让人敬佩，听你讲那时候的事就像是在看小说一样，原来你的父亲是一位伟大的抗日英雄。”肖萌流露出崇敬的神色，“你好幸福，拥有这么优秀的父母，我相信他们在天堂里也会继续幸福下去的。”

有了肖萌的陪伴，周逸群的不再那么悲伤，也不再无处安放。许久以来，他终于找到了可以心灵倾诉的对象，终于可以脱掉外表坚强的假象，让真正的自我得以释放。

正当周逸群沉浸在这种感受中时，一阵急促的铃声响了起来，是外汇资金部的总经理——于峰。

“逸群，银行出事了，你快点回来吧。”

危机与动荡

周逸群的心不由得紧张起来，还未从父亲去世的噩耗中恢复过来，却又听到了银行出事的消息。他连忙赶到了银行。

于峰的办公室烟雾弥漫，他正在一根接着一根地抽烟，苍白的脸色十分沉重。

于峰是国内某知名大学国际贸易专业毕业的，一毕业就被分配到了国家机关，做一名公务员。事业一帆风顺、风生水起，40 岁就已经是司局级干部。

他内心一直渴望做个银行家。早在华都发展银行还在筹备时，他就使出浑身解数想要调入华都发展银行，并顺利地成为了外汇资金部的总经理。他的野心远不止此。

而如今，他担心的不是别的，正是银行的命运和自己的仕途。

1998 年注定是动荡之年、危机之年。始于 1997 年下半年的东南亚金融危机波及世界，引起了全球金融市场的动荡。在这一年相继爆发了俄罗斯经济危机、泰国经济危机、香港经济危机。

金融危机席卷了整个亚洲，香港沦陷，港币汇率岌岌可危，港币保卫战正在如火如荼地举行。

危机也不可避免地波及到中国大陆，那段日子里人民币贬值的压力十分巨大，中国的经济包括出口受到了严重影响，中国华都发展银行也不例外。

在亚洲经济危机爆发前，原本资本项目想要放弃管制，甚至国家外汇管理局都可能要撤销。谁也没有想到，经济危机改变了一切，也让中国华都发展银行遭受了一场浩劫。

中国华都发展银行正值此时有几笔美元的对外付款即将到期，而华都银行现有的外汇资金远不能够支付这些庞大的金额。金融危机爆发市场上的外汇资金也相当紧缺，欧美日的银行都担心引火上身、殃及池鱼，纷纷取消了对包括中国在内的亚洲各国银行的同业拆借额度，甚至隔岸观火，毫无救助之意。而中资银行也都不愿对外拆借其有限的外汇资金，以保全自己。此时的中国尚不允许银行进行境外发债，资金更难筹集，况且境外发债已然远水难救近渴。

于是，华都银行陷入了流动性危机之中。

行领导数次召开紧急会议研究解决转贷垫款的对策，都没有什么结果。

由于当时的国家外汇储备并不充裕，更何况中央政府正在全力以赴支持香港进行港币保卫战。一个香港已经让中央政府顾不过来了，几乎无暇顾及其他。

情形万分危急，中国华都发展银行正面临生死关头。如果停止对外付款，不仅华都发展银行因无力对外支付有可能会破产倒闭，而且中资银行的对外信誉也会严重受损。

华都发展银行的行领导们带队走马灯似地拜访了 20 多家外资银行和四大商业银行来拆借资金，仍然一无所获。

领导们个个愁云惨淡，为银行的命运而担心。于峰也一筹莫展，他希冀一展雄图大业的决心快要被现实的危机击垮。

办公室的门虚掩着，周逸群敲了敲门，就径直走了进去。

于峰是周逸群的部门总经理，有一张国字脸，肤色略黑，五官端正，戴着一副黑色边框的眼镜，使脸看上去显得更方正。他穿着一件白色衬衣，领带松松垮垮地挂在脖子上，似乎瘫软地坐在椅子上。

听见脚步声，他转过了身："逸群，请进来坐。"

周逸群在于峰对面的沙发上坐了下来，看到于峰仍然情绪低沉地抽着手中的烟，没有要开口说话的意思。

过了一会儿，于峰抬起头注视着周逸群的眼睛："银行这些天发生的事你都知道吧?"

周逸群点了点头，他在来之前已经向孙筱问清楚情况了。

于峰叹了口气，将手中的烟头掐灭，又推了推眼镜："这几天，孙筱随严行长拜访了七八家外资银行和四大商业银行，都没有拆到资金。再这样下去，我们银行就快要完了。"

听到于峰将话说到如此地步，周逸群才意识到问题的严重性。没有资金的支持，银行只会变成一个脆弱的空壳，不堪一击。一旦倒闭，多数人都会失业，他这么多年的努力也会随之付之一炬。

他的眉头皱了起来。

于峰的神情却有些缓和："我知道你刚刚处理完家里的事情，心里一定不好过，这么急着把你叫回来，我也很惭愧。可是，银行现在急需帮助，你有十多年的工作经验，在国内外的金融行业结识了很多朋友，我希望你能够出面寻求他们的帮助。只有这样银行才能够起死回生啊，你我才不会失业。否则，我们的前途真的很堪忧啊。"

周逸群也不想看到银行倒闭的局面。他想了想："于总，您放心，我不会见死不救的。但是我需要有一个大体的计划，不知道严行长拜访的银行是哪几家?"

于峰一一道来。

周逸群默默地记下："这些银行几乎都缺少外汇资金吗?"

"没错。"

“好的，于总。大体情况我已经了解了。我会尽快找到方案的，请您不要着急。”

说毕，周逸群就回到了办公室。

肯定会有别的途径。周逸群喃喃自语，找来了大小银行的名单资料，认真搜寻着。

茅塞顿开

外资银行，商业银行，大银行…

大银行，为什么都是大银行呢？严行长一行人挨家拜访的都是大型银行，一定是认为大型银行的外汇资金比中小银行充足。可是，大型银行的外汇资金用途也比较广泛，储备金自然不会很充足，而中小银行的对外业务规模通常都很小，外汇资金情况可能会反而宽裕一些。大家都习惯性地将目光放在了大银行上，却忽略了很多有潜力的中小型银行。

想到这里，他一下子找到了思路，立即向于峰汇报了自己的方案。

“好，逸群，你现在立即打电话联系，马上行动，越快越好。我全力支持你！

周逸群翻开自己的通讯录，挑选了几家中小银行的领导，最终锁定了目标——中国兴盛银行。

吴建民是中国兴盛银行的行长，他是周逸群大学的同班同学，毕业仍一直在银行工作，两个人交情一直很深。

上大学的时候，他们经常一起打球，一起代表院系参加篮球比赛，配合相当默契，战绩也颇盛。等到毕业以后，只有每年参加同学聚会的时候，他们能见一次面，不过每次见面都亲切如故。周逸群觉得看在老友的面子上，他应该会很乐意帮忙。

于是，周逸群拨通了吴建民的电话：“吴行长，你好吗？我是周逸群，多年不见了，怪想你的。”

听筒中传来了吴行长的笑声：“逸群啊，真是有段时间没见你了，最近怎么样？”

“还是老样子，你呢？最近忙吗？”

“我还好，不是很忙。”

“我正想明天去看看你，你有空吗？”

“有啊，你来看我随时欢迎。那就明天上午来我办公室吧，我等你。”

“好，明天见！”

周逸群放下电话，立马调查了兴盛银行的资料。整个晚上，他考虑了很多，想好了应对各种情况的策略，为明天的谈判做好了充分的准备。这是他最有把握的一家银行，不是势在必得，也有大概八成的把握，他必须马到成功，才能挽救中国华都发展银行的危急局面。他肩负着沉重的责任，成败在此一举。

第二天上午九时，周逸群已经坐在了吴行长的办公室里。

吴建民的办公室位于兴盛银行大厦的最顶层，面积很大，一眼看上去并不空荡。两个宽大的商务沙发面对面摆放在办公室中央，沙发的中间是一座白色的大理石茶几，复古的黑色花纹在桌面蜿蜒伸展，桌脚最低处向上翘起美丽的弧度。

他的办公桌安置在落地窗的前面，将椅子往背后一转，就能看到窗外的景物。由于海拔较高，往远处望去竟有睥睨万物的感觉。

吴建民似乎很是享受这种一览众山小的感觉，他没有为落地窗安置窗帘，而是将整个办公桌毫不避讳地暴露在阳光的照射下。

位于房间左侧的梨木书架上的书籍倒不是很多，摆放着各种各样珍贵美丽的玉石，形态各异，品种繁多，令周逸群眼花缭乱。

吴建民一边和他闲谈着一边为他沏了一壶茶，他将造型精巧的白玉茶杯小心翼翼地从礼盒里捧出来，冲洗了一遍又一遍。

他既是玉石专家，也痴迷于各色精美的茶具。眼下这套别致的茶杯是吴建民专门用来招待贵宾的茶具，洁白无瑕，晶莹剔透，没有丝毫杂质，成色天然，如同明月般皎洁。

吴建民将碧绿的茶水倒在玉杯里，洁白的茶杯内壁瞬间染上了一层淡淡的青绿，变成了颜色更为绝美的碧玉。

“知道你爱喝龙井，我特地拿出今年明前的新茶给你喝。”吴建民用亲切的口吻向周逸群说道：“你小子不会真的是因为想我了才来看我的吧？别以为我不知道你，肯定找我有事，快说吧。”

周逸群笑了：“要不怎么你当领导呢？你呀，聪明的都成精了！”

吴建民扬起眉头，笑着不说话，静静等他开口。

接下来，周逸群把中国华都发展银行目前面临的困难告诉了他，因为和他是多年的老友了，所以无需拐弯抹角。

周逸群用真挚的眼神看着吴建民，后者表现出认真思索的样子：“吴行长，我真心希望你能帮助一下中国华都发展银行，现在是最紧要的关头，我别无他法，只能寻求你的帮助。”

“有什么需要帮忙的？你只管说，我能帮就尽量帮。”

周逸群试探性地说：“我们希望贵行可以拆借给我们一部分外汇资金，期限和利率都好商量。”

听罢，吴建民幽幽地叹了口气：“华都发展银行外汇资金短缺的事情我已经了解了，可是兴盛银行的外汇资金也不富裕，我们能拆借的资金很有限。”

周逸群忙说：“吴行长，我们可以互惠互利，互相支持。这样，你拆给我们一笔美元，我们按照汇率折算存入兴盛银行相应的人民币，你看如何？”

吴建民本来是不太乐意做这项业务的，但是他一听周逸群给出的条件就心动了，这家伙是怎么知道兴盛银行缺少人民币存款的，果然不简单！

他的眉头舒展开来，然后大笑道：“逸群啊，既然这样，我也就直言不讳了，兴盛银行目前确实缺少人民币存款。更何况周处长亲自来访，这个忙我肯定是会帮的。”

听说吴建民会帮忙，周逸群还是很开心的，说明局面不算太坏，中国华都发展银行还有希望。

“既然吴行长同意，那我们就谈谈条件吧。”

“好的。周处长，我们换个地方，去会议室聊吧。”

吴建民将周逸群引到了一个比较密闭的会议室里，命秘书为周逸群端上了热气腾腾的新茶。

会议室的装修风格非常古旧，墙壁的一半被木色壁纸遮住了，在同色调桌椅的相互辉映下，整个房间具有一股清新温暖的气息。灯光也比较柔和，打在人的身上似乎磨平了锐角一般。

“我们已经好多年没有合作过了，记得以前在学校篮球队的时候，我们经常一起打篮球，打比赛，赢得那叫一个爽啊……”吴建民眉飞色舞地回忆起学生时期的事。

“是啊，怎么样？现在还打球吗？”

“早就不打了，没看到我现在身材都这样了吗？”吴建民摸了摸他的啤酒肚，自嘲地说。

“你这叫有福。”

“你呢？最近和石兰怎么样？”

“我和石兰早就散了。”

“什么时候的事？”吴建民很是惊讶。

“前几年，我从英国回来以后的事。”周逸群苦笑。

“唉，以前你们俩是我们学校的金童玉女呢，可让人羡慕了！”吴建民深深叹了口气，表示惋惜。

“世事无常，都是往事了。”

“没再找？”

“暂时没想过，悠悠和工作就够我操心的了，再说，我这条件，哪个姑娘愿意跟我啊？”

“你别说，你这条件还真不赖。改天给你安排个相亲，我们银行有不少单身姑娘呢……”

“行啦，别聊些没正经的。说正事吧，兴盛银行能拆借多少给我们?”周逸群看吴建民还想继续说下去，赶紧拉回了正题。

“现在啊，闲置的美元差不多有一亿，但是我们得留一大部分当做储备金，你也知道，现在金融危机已经波及大陆了，我们银行虽然还没有被影响，但是也要防患于未然。”

“我们大约需要五千万美元。”

吴建民再次皱起眉头，眼神看向别处，等他转过头来的时候周逸群已经喝完了一杯茶。

“逸群，不是我不想拆，是真的怕对银行造成风险。对了，你们什么时候能归还?”

“六个月。”

“六个月，有点久。”吴建民面露难色。

“建民，我们都这么多年的老朋友了，我也就只能求你帮忙了，要是你都不帮我…”

“别说了，逸群，我既然都说了帮你，你就放心吧，行吧，就拆给你们五千万美元，期限六个月，行吗?”

“谢谢你，吴行长。”周逸群激动地说，“于公于私我都不会忘记你的大恩大德的。”

“哪里的话，逸群，能帮到你我也很开心。”

周逸群打从心底感激吴建民，五千万美元足够能解决华都发展银行的燃眉之急，快要到期的几笔外债就可以尽快还掉了。

“吴行长，利率的事你是怎么打算的?”

“这样吧，你先稍等一下，我需要和资金处的处长商议一下。”

吴建民离开之后，周逸群忐忑的心终于放了下来，他松了一口气，向于峰汇报了谈判的进展，他也很激动，叮嘱了周逸群几句就匆匆挂了电话，似乎急着向行长汇报。

“周处长，你久等了。我们刚刚商量了一下，决定将利率定为 Libor + 50bp，你看可以吗?”

周逸群听到这个数字先是有些不可思议，兴盛银行没有像他想的那样哄抬利率，他有些欣喜，不过转瞬间，他又想到吴建民可能最主要的目的在人民币存款上，就先不动声色地答应了。

“接下来，我们来谈一下华都发展银行的人民币存款的事吧。”吴建民迫不及待的样子证明了周逸群的想法没错。

“行，你直接给出个数额吧，我们能存尽量存。”

“我们需要四亿元人民币。”

“什么？四个亿?”周逸群张大了嘴巴，他没想到吴建民这么狮子大开口，看来兴盛银行的人民币储备确实告急了，“这我需要跟行领导请示。”

于是，周逸群拿着电话去了洗手间，他狠狠地洗了把脸清醒了一下，擦干双手再次拨通了于峰的手机。

“喂，于总，我是逸群，我现在正在和兴盛银行谈判，他们已经同意给我们拆借，但是他们要求我们存入兴盛银行四亿元人民币，您看合适吗？我们有那么多闲置的资金吗?”

“有是有，但是也要看他们的期限了，最近我们行有些闲置人民币，但是半年以后就不好说了。”

“好的，我知道了，于总。”

周逸群回到了会议室，此时的吴建民正在百无聊赖地站在窗边眺望，看到周逸群回来急忙回到座位上坐了下来。

“吴行长，我刚刚请示了一下，我们行可以存入四亿元人民币，但只能是短期，而且利率要按照央行的存款利率来定。”

吴建民沉吟了一会：“期限六个月行吗?”

“这是我行的信贷资金，行领导说最多只能存入四个月，不然会严重影响我行的信贷业务。”

“既然都借了，不如就多宽限两个月吧？在利率上，我们已经做出了最大的让步，作为交换条件，我们希望期限更久一点，以便于周转资金。”

周逸群的想法果然没错，为了尽快获得资金，他只好做出让步：“好吧，吴行长，就依你说的做。”

“那这么定了，我们明天就签合同，行吗？”

“等我请示了行领导就立即给你答复。”

谈判结束，桌上的茶已经放凉，残余的茶叶漂浮在水面上舒展着它墨绿色的叶片，并未因静默而变得死气沉沉。

“逸群，你有没有想过跳槽？”

“什么？”

吴建民发自内心地说：“恕我直言，我们这些同学里面，像你这样有能力的人哪个混得不比你好？你在华都银行干了这么多年也没能任高职，大银行不好混啊，不然你来我们银行干吧，我直接聘请你来当部门总经理，待遇也会好过你现在的银行，你看怎么样？”

周逸群没有料到吴建民会有这样的想法，他以前从来没有想过那么多，只知道脚踏实地地工作，努力发挥自己的才能，金子在哪儿都是会发光的。

然而，吴建民的话却给了他当头棒喝。勤勤恳恳、任劳任怨的自己其实并没有那么顺利，他一直认为是机遇的问题，现在才醒悟，这其中其实也有许多客观因素是自己不能够掌控的。

吴建民的提议不能不让他动心，其他与周逸群具有同样的人脉资源和工作能力的人都有了更高的职位和待遇，尤其是如今金融领域急需他这样的人才，他完全可以有更加广阔的发展平台。

想到这里，周逸群心有不甘。

“周处长，你好好考虑一下，想好了就来找我。”吴建民用手轻轻拍了拍周逸群的肩膀，给他留下充分思考的余地。

初战告捷

经过报请行领导批准，中国华都发展银行很快与兴盛银行签署了协议，至此，中国华都发展银行的流动性危机暂时解除。

周逸群趁空闲时间放松了一下身心，带着悠悠去了彩虹谷。第一次去游乐园的悠悠没有周逸群想象中表现得那么兴奋，其他小孩子在游乐园里都会跑来跑去，尽情玩要，而悠悠的反应却有些冷淡。

看到别的小孩一会儿要玩旋转木马，一会儿要去儿童乐园，一会儿又跑去看过山车，周逸群不禁想起了小时候的自己。

那个时候没有游乐场，只有大的集市可以逛。整条东西走向的长街两侧摆满了摊位，虽然没有现在的商场那么精致，却更有繁华的迹象。

卖灯笼、风筝的小贩撑起木架，高高的像一面彩色的墙。小的摊位有卖炒年糕、粽子、糖葫芦，也有卖玩具、首饰、磁带、日用品，五花八门、琳琅万象。还会有人开辟出一块空地，在那儿要猴戏、翻跟斗，周围往往水泄不通，还有人搬了马扎来看，人山人海，好不热闹。

父亲总会紧拉着周逸群的小手，在集市上逛一整天。周逸群对所有的新鲜事物都充满好奇，什么都想凑上去看，父亲就立在一旁陪着他，有时候他会陪卖书画的师傅说说话，若是碰到天南海北的江湖艺人，就停住不走了，非要看个究竟。

父亲十分欣赏文人和艺人，这是骨子里对颇有才华之人的钦佩。

有时候也会遇到小贩和顾客发生冲突，父亲会主动出面替人家调节，化解矛盾，邻里街坊都听闻父亲是个热心肠，对他愈发敬重。

父亲还写得一手好字，据说他在高小当校长的时候，十里八方的人都来求他的书法，拿来裱在厅堂里，或挂成对联。后来文化大革命时，父亲就不写了，从此以后也再很少动笔，直到去世。

有关父亲的往事不经意间就冒了出来，一些以前不甚在意的细节和琐事，在周逸群意识到他永远地离开了自己以后，便不甘寂寞，不甘于被尘封、被遗忘，便忽忽地重新浮现在周逸群的脑海中。

每当这时，周逸群就觉得是父亲在想念自己，在提醒自己，在安慰自己，像小时候一样，像他从来不曾离开过一样。

盛世之中，人们像蝼蚁一样忙碌着，重复进行着那些从宏观的角度上思考起来就会突然变得毫无意义的事情。在广博的宇宙中，每个生命的存在都不过是蜉蝣一梦，孤注一掷地将迷惘和执着都赋予盛大的意义，再在他渺小的世界里寻找心灵的出口，使自己感觉不那么寂寞，至少足以宽慰此生。

城市却从来不会考虑意义，它将天南地北的有趣的事物杂糅在一起，像滚雪球一样只管吸引更多的人，更多寂寞的灵魂。夜晚的北京仍然不减白日的繁荣，灯红酒绿，人声鼎沸，俨然一副天上人间的模样。

徘徊与初心

作为中国华都发展银行的代表，严秉贵为了表示感谢，亲自做东在北京威斯汀酒店宴请吴建民，周逸群也出席作陪。

威斯汀酒店是一家全世界连锁的五星级高档酒店，北京的威斯汀酒店正位于金融街商圈附近，是金融界人士进行商业会谈、交易的重要场合之一。几乎银行里大大小小的各项业务都是在这里进行谈判的。

“吴行长，我代表中国华都发展银行向你表示衷心的感谢，感谢你在危急关头救了我们一把。”严秉贵很郑重其事地说。

吴建民微笑着回应：“你太客气了，谢谢你的款待。”

他们先是寒暄了一番，酒过三巡，吴建民向严秉贵聊起了周逸群：

“其实也多亏了逸群，我们银行才能解决缺乏人民币存款的难题。严行长，你的银行里能有逸群这样的人才，也是幸运啊。”

“逸群确实很有能力，我们都很看好他。”

吴建民又转过头来开玩笑说：“逸群，严行长都这么说了，就是要给你升职的意思啊。”

严秉贵知道是玩笑，便只是笑笑不说话，脸色稍微有些不太好看。

周逸群注意到了严秉贵细微的变化，有些尴尬地说：“吴行长，你太抬举我了，能和你合作我很荣幸。来，我敬你一杯。”

觥筹交错间，周逸群心事重重。

经过吴建民的一番挑拨，周逸群对此事已经心有余悸，严秉贵的反应更让周逸群雪上加霜，也许是因为吴建民的玩笑有些越轨，但是严秉贵的反应不是正能说明他没有想要提拔周逸群的意思吗？

说不难过是不可能的，周逸群也是一个有雄心壮志的人，一再被埋没跟怀才不遇没什么分别，反而他怀有的希望越多，也就会积累更多的失望。

但是他对中国华都发展银行的感情非常深厚，毕竟这是他回国后第一个安身立命的地方，这里面有自己的雄心壮志，有自己的辛勤付出，有自己不能割舍的情怀。

然而，一而再，再而三的失望，让他不能避免地开始怀疑自己的命运。是甘心居于人下，还是另谋高就？他徘徊不定。

中国华都发展银行大厦中的一个宽敞的办公室里，严秉贵正在神情严肃地打着电话。

“什么？还有快要到期的外债？还有多少？”

“你怎么不早汇报？耽误时间你赔得起啊？”

“行了，继续工作吧，以后坚决不能再犯这样的错误！”

资产负债部方才紧急报告，银行又有好几笔付款快要到期，预计还需要拆借，严秉贵刚刚舒展开的心又揪了起来。

他不想提拔周逸群无非是考虑到孙筱，但周逸群的能力是不置可否的，银行正处于紧要关头，他不能因私废公。

挂掉电话后，他立即派秘书叫来了总经理于峰和周逸群。

“与兴盛银行的交易做得很好，解决了我们的暂时困难，但你们还需要继续寻找外汇资金，筹集快要到期的几笔还款。”

“放心吧，严行长，我们一定会顺利完成任务。”于峰坚定地说。

“逸群，我们初战告捷，但现在还不是庆祝的时刻，你再辛苦辛苦，多跑几家银行，还是那句话，我会全力支持你。”

周逸群心情复杂，但还是答应了。银行目前并没有完全脱离危机，他当然不能够松懈，他一定会为华都发展银行争取尽可能多的利益，不会让它倒下。

接下来的两个月，周逸群去了上海、天津、深圳等各大城市，将自己认识的中小银行几乎全跑了一遍，费尽口舌和努力，累计一共从中小银行拆借到了 2 亿 3 千万美元。

在二十多天的舟车劳顿中，周逸群奔波于各地之间，碰了不少钉子，也收获了一些惊喜，他没有丝毫的怨言，每次有银行答应拆借时，他就欣喜若狂，忘记了受过的委屈和辛酸。

期间，他又想到了他的父亲。

父亲早年战功累累，身上的伤疤见证了他对党和国家的付出，但是他却从来不计较得失。覆巢之下，焉有完卵？在国家危亡之际，个人利益又算得了什么？对国家，对党的忠诚使他心甘情愿地征战沙场，杀敌报国，甚至做好了为国捐躯的准备。

战争胜利以后，没等过上几年太平日子，父亲就在轰轰烈烈的文化大革命中被下放到郊区进行劳动改造，很久才能回家探望一次。

精神和肉体上受到残酷的双重折磨，多少人像母亲一样没能熬得过去，而他却依靠坚定的信念挺过来了，他还是将剩余的生命全部无私地奉献给了党和国家。

周逸群对华都发展银行的感情又何尝不是这样？他在个人利益与银行

利益的矛盾中更倾向于后者，他也许会难过失落，做不到不以物喜，不以己悲，但他仍旧对自己的工作尽忠职守，那是他骨子里继承的父亲的品质，无论世事如何变幻，坚决不改变自己的初心。

于是，他打电话拒绝了吴建民的好意。

当周逸群拖着行李箱一身疲惫地回到华都发展银行的时候，他看到每个同事都喜气洋洋的，并且非常热情地跟他打招呼。

不知道自己出差的这段日子里发生了什么喜事？周逸群很是纳闷，他放下了行李箱，来到了总经理办公室。

于峰一见到周逸群，马上从椅子上站了起来，微笑着快步从茶几上取出茶叶给周逸群沏了一杯茶。

“逸群快来坐，喝杯茶，你辛苦了。”

于峰回到椅子上，一本正经而又压抑不住兴奋的神情，他对周逸群说：

“我们的外汇资金来源问题在有关部委的协调下终于解决了，解决方案有两点：一是国家已经允许银行利用人民币来购买外汇；二来国家已经批准银行在境外发行美元债券，以后我们可以通过发行债券来筹集长期资金，再也不用担心外汇资金紧缺的问题了。”

周逸群听到这个消息，连声大喊：“太棒了！太棒了！”

国家的决策对华都发展银行来说简直是久旱逢甘霖！外汇资金来源的问题解决了，华都发展银行的危机也终于解除了。

此时的会议室里也在谈论这个喜讯。

“终于守得云开见月明了！这次危机真是有惊无险啊。”张志和激动地说。

“幸亏有国家的英明决断。”严秉贵说。

“没错，这两项批准拓宽了我们的资金来源，对日后其他业务的开展也有帮助。”

危机来临时，王耀奇临危不惧，危机解除后，他面不改色，但他这充满理性的一番话仍然掩盖不住微微上扬的嘴角。

“这次危机的解除主要还是依靠周逸群同志的努力，要是没有他，我们就无法为解决华都发展银行的外汇资金来源争取时间。”一直尚未发言的牛金水突然开口。

“对啊，确实是。”张志和也恍然大悟地说。

大家都纷纷称赞周逸群这次的表现。

“上次长青银行危机时，张副行长就提议要升他的职了，经过我这几年的观察，周逸群同志的表现一直很优秀，工作能力出类拔萃，完全可以胜任外汇资金处的处长。我相信，外汇资金处在他的带领下一定可以更上一层楼!”

“牛副行长说的没错，我也一直很欣赏他，与西京银行的合作之所以达成就是他的功劳，我们银行应该多多提拔这样的人才。”

张志和说完看了牛金水一眼。他没想到上次第一个站出来反对的牛金水如今竟然第一个提出要给周逸群升职。

他一直以为牛金水不想提拔周逸群有别的私心，而现在看来，他不仅没有心机，反而是真的很欣赏周逸群。张志和不禁对牛金水另眼相看。

“严副行长怎么看?”王耀奇转而询问严秉贵的想法。

“我同意。”虽然心里还是有所顾虑，可严秉贵不好违背所有人的意见，他知道周逸群这次势在必得了，但是他还是要尽量维护自己的利益，“假若周逸群成为处长的话，我想原处长孙筱就该升为资金部门的副总经理了，孙筱的领导力又强，资金交易处的优秀业绩有她很大的功劳，理应为她增加一个副总经理的职位。”

王耀奇若有所思，然后不紧不慢地说：“我们华都发展银行自从成立一直以来，可以说为我国的出口贸易的发展做出了不小的贡献。金融危机使中国的出口受到了不小的影响，但是我们却没有被击垮，这不仅由于国家的英明领导，更是我们银行内部人员共同努力的结果，说明了我们银行的发展已经逐渐成熟起来，有了抵抗风险的能力。对于功臣，我们要奖赏，要提拔，才能稳定人心，为日后的发展奠定良好的人才基础。”

最终大家投票一致通过。孙筱成为外汇资金部的副总经理，周逸群成为了外汇资金交易处的处长。

一天的工作又接近尾声，周逸群开车行驶在回家的大道上。天空刚刚开始呈现出暗色，路边只闪烁着零零星星的几盏灯光，早早地准备迎接夜晚的到来。

这天下班的时间比较早，路上还没有太多的车，周逸群把车开得很慢，坐在车上看街道两旁的风景。而悠悠今晚去石兰那儿住，他就不用着急赶回家给她做饭。

父爱

悠悠在一天一天慢慢长大，已经步入了青春期，周逸群很担心他和石兰破裂的婚姻会给悠悠造成心理的阴影，在漫长的成长过程中养成偏激的性格，影响到她以后的生活。所以，他尽量给悠悠好的生活条件、足够的爱以及与母亲经常性的见面，可即便这样，他仍旧对悠悠心怀愧疚。

尽管悠悠没有对此表现得很介怀，但周逸群还是长久以来难以原谅自己。周逸群偶尔会去北京市福利院做义工，那里都是一些缺少父母关爱的孩子，他们有的是因为生理缺陷而被父母遗弃，有的则是因为家庭经济困难而被送至福利院抚养，他们从小就生活在没有父母关爱的环境中，心理所承受的失落与苦痛是常人难以想象的。

也许出于对他们的同情，也许是父爱的一种变相弥补，周逸群对这些孩子们十分照顾，每个月都来看他们一次到两次，孩子们已经和他很熟悉了。周逸群把他们当做自己的亲生孩子一样看待，他一想到如果是自己的孩子，如果是悠悠正在经历这些痛苦，他该有多么伤心和懊悔，他就想为这些孩子们做些什么。

上次来福利院还是一个月以前了。周逸群想着，不知不觉把车开到了去往福利院的道路上。

福利院前面的街道是一条林荫茂密、环境幽静的柏油马路，平常出入的车辆很少，因此，从外面看上去没有太多喧闹的感觉。而当他的车快要驶到福利院门口的时候，里面便传出了孩子们的欢笑声。

周逸群将车停在路边。他拎着为孩子们准备的糕点走了进去。由于他经常来这里做义工，门卫的老大爷已经和他非常熟悉了。

“逸群，你又来了？”

“对啊，大爷，最近身体还好吗？”

“很好，很好。”

“最近孩子们没再缠着您吧？”

“这些孩子可调皮了，不过都很可爱，我要是再年轻点，腿脚还利索的话也就陪他们玩了。不过还好，最近有个小姑娘经常来陪他们玩，替我减轻了不少负担。”

“是吗？最近又来了新的义工？”

“也不算是新来的，一年前她就经常来，只是前段时间有点忙，没怎么见到她。现在她有空了，说以后会经常来看望孩子呢，真是个心地善良的好姑娘。”老大爷说着，就提着暖壶回到了传达室里。

周逸群听说有这么多人愿意来福利院做义工，心里涌过一阵暖流。他相信世界上有无疆的大爱，虽然有时人性的冷漠与自私会让人一再失望，但他还是相信，善良好心的人是占世界的大多数的。

周逸群想着，加快了走向孩子们的脚步。

“周叔叔你来了？”

“周叔叔来看我们了！”

“叔叔，你这次带了什么好吃的？”

孩子们一看到他出现，立马停下游戏，热情地围了过来，七嘴八舌地开始问东问西。

“我给你们带了糕点哦，超级好吃，来，我给你们分着吃。”周逸群一边说话，一边从大箱子里取出一盒一盒的糕点分给孩子们。

孩子们开心地接过糕点，迫不及待地打开品尝。

“最近，你们有没有乖乖听话？”

“有！”孩子们用塞满食物的嘴发出模糊的声音，鼓起的脸颊格外可爱。

“那就好，以后乖乖听阿姨们的话，叔叔就经常给你们买好吃的，谁不听话就不分给谁。”

“好！”

孩子们狼吞虎咽地吃着糕点，周逸群用纸巾帮他们擦拭脸上的残渣，被一群可爱的孩子们围绕着，他感到很满足。

“叔叔，叔叔，”一个名叫天天的七岁大的小男孩过来拉住了周逸群的衣袖，“你教我们诗歌吧！”

“哦？”周逸群摸了摸天天的头，“怎么突然想学诗歌啦？天天。”

“前几天，小阿姨带我们学了几首诗，小阿姨念得可好听了！”

“小阿姨是谁？”

“小阿姨就是小阿姨。”

周逸群笑着说：“好，那我今天也教你们几首诗吧！”

他跟着孩子们来到了他们平时上课的房间里。房间的面积像普通工厂的厂房一样大，不过天花板没有那么高，阳光透过大大的窗户将房间照得很亮、很干净。

四面的墙壁粉刷着嫩黄色和粉红色相间的油漆，天花板则是蓝天的颜色，到处张贴着一些卡通形象的彩色贴纸，富有童趣。孩子们坐在小板凳上，有的在玩闹，有的在画画。

周逸群走到摆着小白板的地方，看到上面用黑色的马克笔工整地写着一些汉字和拼音，应该是老师平时上课时留下来的。白板背靠的墙上贴着一些孩子们抄写或练字的纸张，笔迹歪歪扭扭，显得分外可爱，看得周逸群忍俊不禁。

在贴满白纸的墙上，周逸群看到了一张荧黄色的小小的便利贴。上面用蓝色钢笔工整地抄录着一首现代诗。

"只要想起一生中后悔的事，
梅花便落了下来。
比如看她游泳到河的另一岸，
比如登上一株松木梯子。
危险的事固然美丽，
不如看她骑马归来，
面颊温暖，
羞涩。低下头，回答着皇帝。
一面镜子永远等候她，
让她坐到镜中常坐的地方，
望着窗外，只要想起一生中后悔的事，
梅花便落满了南山"。

周逸群很喜欢这首诗，是张枣的《镜中》。

"只要想起一生中后悔的事，梅花便落满了南山"，每次看到这句话，他都会莫名感到无比悲伤。轻轻念完，仿佛他已经在诗中度过了一生，当他老去，回忆着一生中难以言说的遗憾时，梅花也为他而难过，为那逝去的情感而祭奠。

周逸群的鼻头一酸，他情不自禁拿起笔也题了一首诗。

"没有谁能像一座孤岛，
在大海里独踞，
每个人都像一块小小的泥土，
连接成整个陆地。
如果有一块泥土被海水冲去，
欧洲就会失去一角。
这如同一座山岬，
也如同你的朋友和你自己。
无论谁死了，
都得是自己的一部分在死去。

因为我包含在人类这个概念里，
因此我从不问丧钟为谁而鸣。
它为我，也为你。”

周逸群在福利院陪孩子们聊天、做游戏，快乐地度过了傍晚。

萌　芽

一个星期以后，中国华都发展银行在总行的多功能会议厅举办了庆祝大会，所有的员工全部到齐。

严秉贵作为主持，先是发表了会前致辞，然后请各位副行长分别讲了话，调动起全场的积极性，所有人都随着他振奋人心的演讲变得激情澎湃，仿佛看到了更加美好的中国华都发展银行的未来。

他宣布了人事调动的一部分名单，然后特意代表行领导当众表扬了周逸群在这次危机中的表现，并请他上台讲两句。

周逸群受宠若惊，但快速调整了情绪，说道：

“首先，我很感谢行领导对我的信任，各位领导都对我的工作给予了很大的支持和帮助。外汇资金部的全体员工一直以来都兢兢业业，脚踏实地地创造了很多出色的业绩，谢谢你们对我工作的支持与配合。

今年的金融危机让我们所有人都捏了一把汗，全世界的金融人士都在竭尽全力地应对危机，也有很多的金融机构不堪重负，纷纷倒闭。但是我们却挺过来了。这不仅要感谢上级领导的支持，也要感谢我们在座的每一个人，不抛弃不放弃，全力以赴。但凡不能摧垮我们的东西，都会使我们更强大！”

他感谢了和他一起奋斗在第一线的所有员工。

同时，他知道肖萌一定也在某个角落看着自己，但他巡视了一周都没有发现她。

会议结束，大家便开始用餐。

周逸群所在的餐桌上坐着各个处的处长们，大家都推杯换盏，相谈甚欢，处长们都向周逸群表示了祝贺，开始闲聊起来。

席间，有一个比较八卦的女处长跟另外一个同事说：

“刘处长，你知道西京银行吗？最近西京银行的驻华代表正在追求我们处的一个高级客户经理！”

周逸群听言感到有些诧异，便竖起耳朵听起来。

“真的吗？你怎么知道？”

“他天天都往她的办公室送花，还给所有的同事送礼物，就差当众告白了，可浪漫了。”她边说边啧啧称赞，一副羡慕的表情。

“好深情啊……”

旁边一个男的猎奇地问：

“是谁啊？”

“好像是一个叫做肖萌的姑娘。”

周逸群的心咯噔一下，山口正在追求肖萌？他竟然是认真的！上次匆匆见过一面后，山口曾向周逸群打听过肖萌，但是周逸群那个时候和肖萌还不太熟悉，所以没有向山口透露什么有价值的消息，原来山口早已对肖萌展开了攻势，也是煞费苦心。

周逸群的情绪变得有些低沉，他仰头灌了几杯酒让自己清醒一下。

不知道什么时候，肖萌偷偷地跑到他身后，示意找他出去说话。

“周处长，忙着升官发财，都忘了老朋友了？”

肖萌站在楼梯间的落地玻璃窗旁调侃周逸群，窗外的晚风徐徐吹来，在脸颊上轻拂，把逸群吹得失去了酒意。

“最近太忙了，忘了联系你，不好意思。”

“开玩笑的，”肖萌看着他认真的样子笑了起来，“忙多好，忙了就会忘记难过的事情。”

周逸群知道她指的是父亲去世的事，但他没有一刻忘记，经常在四下无人时就会想起来，默默流泪。肖萌是担心他还难过，希望他能够走出阴霾。

他想说些什么，却欲言又止，他静静地望着肖萌满面春风的笑容，从心底泛起一阵微妙的涟漪。

“总之，恭喜你!”肖萌伸出右手。

周逸群猛然间觉得这个场景很熟悉，好像以前的几次见面都是周逸群主动和她握手。第一次是在初次见面的西餐厅，音乐缠绵而悠长，那次很仓促也有些尴尬，没能握到；第二次是在周逸群的办公室里，百合的清香轻轻围绕着他们，阳光也尽情流淌，那是他们真正意义上的第一次握手，奇妙又难以言喻，明明只一瞬却像是度过了漫长的光阴。

周逸群的身上总是披着一层坚硬的铠甲，在工作上，他坚强勇敢，百折不挠，总是展示出自己强硬的一面。谈判时，他巧舌如簧，随机应变，能够巧妙地抓住对方的心思，利用心理战术为自己博得先机，又懂得让步；危急关头，他能用偷天妙手化险为夷，力挽狂澜于既倒。人际交往中，他待人真诚，却也会为自己着想而有所保留，对上级保持足够的尊敬与忠诚，绝不与见利忘义的小人同流合污，对待下级也能平易近人，一视同仁。

可是他习惯于以铠甲示人，太过正直，难免会因为固执而得罪人，会遇到难以逾越的沟堑，也许这是导致他的仕途并不顺利的原因之一。

在肖萌的眼里，周逸群就是这样一个血气方刚的人。肖萌自己是一个对人事很通透的人，她保留着少女的天真稚嫩，也拥有一颗成熟豁达的心，正因为如此，她喜欢和逸群这类正直而聪明的人相处，因为他们之间有相通之处。

对周逸群来说，肖萌的灵性触动了周逸群内心深处最柔软的地方，让他有种想要真正去了解她的欲望。他依稀记得她说过，他们是一类人，当时他不懂所谓的“这类人”具体指的是什么，有时候连他都不了解自己，难道肖萌一眼就看透了吗？如此聪明，她到底是一个什么样的人？周逸群很好奇。

第五章

海外发债，功过谁与评说

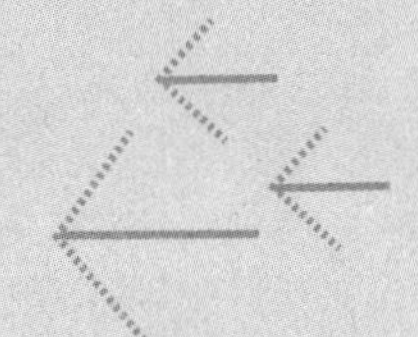

2001年，在平稳度过金融危机之后，银行下一步将开启新的篇章。银行召开内部会议，将新世纪的第一个目标定为境外发债，以此大力支持中国出口。目标已定，接下来就是全球路演。当得知伦敦是路演的其中一站时，周逸群心情激动得无法平静。他兴奋地与筹资处处长洪斌讨论着关于伦敦的一切，并约定到时带王斌到处转转。然而，这次的路演却唯独将周逸群留在了中国本部，使其梦想破灭，真是计划赶不上变化。

随着世纪之交全球经济回暖，时任国家主席江泽民2000年对以“走出去”为国家重大战略进行详细论述：一是实施“走出去”战略的客观条件逐步成熟，因为中国的经济实力已大有提高，应该而且有条件“走出去”了；二是实施“走出去”战略的重要性与必要性日益显著，大胆而积极地“走出去”才能弥补国内的资源与市场的不足，将中国的技术、设备与产品带出去，也才更有条件引进更新的技术、发展更新的产业，由小到大逐步形成中国的跨国公司以更好地参与经济全球化竞争，更好地促进发展中国家的经济发展以增强中国的国际地位，与西部大开发等对内战略规划相辅相成，这也是事关中国经济的全局与前途的重大战略；三是实施“走出去”战略要贯彻多元化方针，无论开拓国际市场还是利用国外资源都要坚持多元化方针，在努力开拓欧美市场的同时继续努力开拓亚洲、非洲与拉丁美洲的一些发展中国家的市场。江泽民同一年在九届全国人大三次会议上强调，必须不失时机地实施“走出去”战略，这是中国在参与国际竞争中掌握主动权、打好“主动仗”的必由之路，如此规划有利于在更多的国际市场完成经济结构调整与资源优化配置，不断增强国内经济发展的动力与后劲，促进国内经济长远发展。

外汇资金，稳中求胜

2001年春天，气象更新，万物逐渐复苏。一些枯萎的枝干正开始萌芽，悄悄地酝酿着一场花开的惊喜。柳树的枝条变得有点鹅黄，等待萌发一场新绿，那柔美的样子完全焕然一新，褪去了冬日的苦涩。

一场春雨过后，空气异常清新，依稀笼罩着一层温暖的雾气。映入眼帘的是一派盎然生机，青松苍劲地屹立着，繁茂的枝叶染上一层新绿，白色的玉兰婀娜多姿，传出阵阵芬芳，惹来行人的驻足观看。

一大早起来，周逸群精神百倍，好像休养生息了一个冬天，终于苏醒了一般。

周逸群倚在窗前观看这一场春天的盛会，差点忘了上午九点，他要去参加行长办公会扩大会议。这是昨天下班前办公室紧急通知的，不能缺席，不准迟到。由于没有公布会议的内容，增添了一份神秘的色彩。

周逸群在8点50分来到会议室。他一进门就发现，会议室里几乎坐满了人，几位副行长已经就座，好几个部门的总经理、副总经理都来了。外汇资金部主持工作的副总经理，自己的主管领导孙筱也已经来了，她在认真地翻阅着什么文件，筹资处处长洪斌正坐在她的左边。

周逸群在孙筱的右边坐了下来，悄声问道："今天开什么会啊，这么隆重?"

孙筱头也没抬："一会儿你就知道了。"

九点整，王耀奇大步流星地走进了会议室。

王行长落座后，环视了一下所有参加会议的人，庄重而认真地说道："我们今天召开的这次行长办公会扩大会议，是要决定一件很重要的事情。中国华都发展银行的主要职责之一是支持中国出口，但外汇资金来源问题一直困扰着华都发展银行的业务发展。我们被捆住了手脚，所以我们要想加大力度支持中国出口，就必须解决外汇资金来源问题。"

听到这里，周逸群想到了银行的出口买方信贷业务。

出口买方信贷是华都发展银行直接或通过外国转贷银行贷款给国外进口商，国外进口商用贷款支付中国出口商的货款。这个业务在华都发展银行已经开展好几年了，但规模一直难以扩大，而中国的出口商和国外的进口商的需求却正在不断增加，想要满足中国出口的需求就必须拥有充足的外汇资金来源。

王耀奇接着说："1998年，国家已经同意银行境外发债，但由于亚洲金融危机，发债时机不好，所以迟迟没有启动，而现在已经不一样了，我们已经平稳地度过了金融危机，国际金融形势也已经恢复常态，现在是我们发债的好时机。这次会议就是召集大家来讨论下发债的事情。孙筱，你跟大家简单说一说现在的市场情况。”

他将目光转向了孙筱，孙筱立刻说道：“据我们研究，亚洲金融危机的影响已经过去了，亚洲经济、亚洲货币汇率都恢复了危机前的水平，欧美日的经济形势也是一片大好，他们的银行和机构投资者也摆脱了恐惧，投资的信心已经恢复，投资的意愿较强。”

大家一边听一边都在思考，洪斌不时地点头。

“现在的市场状况比较好，我们研究一下，如果我们现在境外发债，时机是否合适？大家先讨论一下吧。”

于是，大家开始七嘴八舌地交谈起来，经过讨论，大部分人都持支持态度。

忽然，计划财务部的范总大声问道：“现在发债时机没有问题，但发什么债，发多大金额为好呢？”

“这也是我们今天要研究的重要问题。”王耀奇又环视了一下，目光停留在周逸群的脸上：“逸群，你说说你的看法。”

周逸群是外汇资金部外汇资金交易处的处长，发债是筹资处负责的事情，会议开始不久后，他就以为今天讨论的境外发债与自己关系不大，可是没想到，王行长竟特意点名让自己发言。

不过，周逸群负责所有的资金交易业务，对国际债券市场非常熟悉，也有自己的见解，故而他早有准备。

只见他不慌不忙地说道：“国际债券市场稳中有升，交易活跃，最近机构发行的几只美元债券都卖得很好。根据市场反应来看，我认为，10 亿美元的发行金额比较合适，10 年的期限也比较合适。至于发什么债，我觉得发行美元全球债，即 Global Bond 比较好。这是我个人的看法和建议，请领导们决策。”

话刚落音，周围的人都窃窃私语起来。

洪斌的眼睛闪过一阵精芒，他仔细打量了周逸群一眼。

“可是我们在有些地区有影响力，发行债券比较有把握，但是在全球就不一定了。美元全球债券是一些国际影响力大的银行的选择，对于像我们这种还未获得较大国际知名度的银行来说有一定的风险。”一个部门总经理反驳说。

洪斌立马接上说：“我倒认为周处长的建议非常好，Global Bond 确实是最好的选择。我们不能只考虑知名度的因素而畏首畏尾，这样只会有害无益。我们总得迈出第一步，最重要的就是抓住机遇，抢占先机，这正是我们走入全球金融市场的时机，知名度就是这么得来的。”

“没错。由于考虑到亚洲金融危机对一些市场还残留些许的影响，如果在单一市场发行，我们获得的认购数额没有把握，而 Global Bond 是在全球发行，所以成功的可能性很大。”周逸群说。

有的人频频点头，有的人愁眉仍皱。

王耀奇看到大家意见不一致，就说：“这样吧，给大家一天时间调查清楚市场形势，每个人都思考清楚，到时候我们再做打算。”

散会后，人们纷纷离去，偌大的会议室只剩下周逸群和洪斌还在座位上。

周逸群看到洪斌仍然坐在身边，从笔记本上抬起头，向他报以礼貌的微笑：“洪处长，谢谢你支持我的建议。”

“没关系，我的想法和你一样，我认为现在是稳中求胜的大好时机。”洪斌坚定地说。

“国际市场虽然还处于恢复期，但是总体趋势是向上的，我国的经济相对而言损伤不那么严重，所以对我们的竞争力也有提高。”

“看来英雄所见略同！国家的经济发展前景大好，我们作为金融行业的一员也应该为国效力。”洪斌豪爽地笑道。

“希望我们共同的目标能够实现。”周逸群充满敬佩地望着他。

通过短暂的聊天，周逸群感觉到他们两个人在想法见解上有很多相通的地方，一时间二人志趣相投，相见恨晚。

周逸群的心情颇为愉悦，不仅因为被王耀奇点名发表意见，也因为遇见了志同道合的人。在他日复一日不断重复的工作中，大部分发生的事情是较为平淡的，只有偶尔发生的一些微小的事情能够在他平静的心里激起一些小小涟漪，比如肖萌的出现。

谦谦君子

下班时，周逸群从中国华都发展银行的大厦里走出来，他疾步向门口走去，打算去开车回家。

此刻，一个穿着高跟鞋的女士也从大厦里冲了出来，她走得很急，似乎在赶时间。一不留神，从侧面向逸群撞了过去。

周逸群被高跟鞋踩了一脚，差点跌倒。

“不好意思，不好意思。”穿高跟鞋的女士停下来向周逸群道歉。

“没关系，你小心点，路很滑，别摔倒了。”周逸群没有生气，反而细心地提醒她。

“好的，我在赶时间，真不好意思。”说完，她就急匆匆地离开了。

整个过程中，周逸群不仅不生气，反而担心那位女士会跌倒而过去扶了她一下，她走后，周逸群蹲下身轻轻掸了掸皮鞋上的灰尘，便若无其事地离开了。

这一幕正巧被刚走出门口的肖萌看到了。从她第一次见到周逸群起，就对他的印象非常好，也许是因为他原谅了她的鲁莽，没让她太过尴尬，也许是因为周逸群成熟稳重的行事风格让她感到踏实。

而此刻的这一幕则恰恰体现了周逸群的绅士风度，对女士尊重有礼，从内而外散发出谦谦君子的气质，让肖萌的心不由得被感动了。

境外债券，全球路演

第二天，人们又再次聚集到了银行的会议室里。此时，在座的大部分人都认真考虑过了发行债券的利弊，选择支持周逸群的建议。

王耀奇让大家发表意见后，最终决定：

“既然大部分人都同意了周逸群的建议，那我们就决定发行 Global Bond，发行金额为 10 亿美元，债券期限 10 年。这是我行首次在境外发行美元债券，各部门要全力支持配合这项工作，务必发债成功!”

王耀奇又宣布成立了一个全球债发行领导小组，组长为王耀奇本人，副组长为分管外汇资金部的严副行长。小组下面设立发债领导办公室，孙筱担任主任，洪斌和周逸群担任副主任，由他们来负责债券的发行具体工作。

周逸群与洪斌加入债券发行小组后，关系更加熟悉起来。紧张而忙碌的发行债券的工作开始了。

会议室里，孙筱正在与洪斌和周逸群商议具体的发债方案。

“周处长，既然建议是你提出的，那么你就先谈谈你对方案的大体设想吧。”孙筱说。

周逸群侃侃而谈：“首先，我们要确立债券在世界不同地区内的发行比重，依据各个地区的不同情况来确定。”

“其次，发行美元全球债券最重要的推广方式就是路演，而在全球发行债券又意味着需要我们把全世界所有重要的金融中心都跑一遍，与外国银行和机构投资者见面，向他们推销我们的债券。所以更应该制定详细的路演计划。”

“另外，确定了发行日期以后，我们应该针对发行利率制定一个预案，以应对市场的变化。”

洪斌在听到周逸群条理清晰的一番话后，不禁暗暗赞叹。如果没有准确的市场判断力和严密的思维，他不可能会表现得如此睿智，这个人确实不简单。

“洪处长，您怎么看?”孙筱转向洪斌。

“周处长说得没错，我们可以按照这个来制定计划。”洪斌肯定地说。

孙筱咳嗽了一声，虽然她很赞同周逸群的话，但是她不愿表现出来：

“大体的步骤谁都会说，但是能不能做好还需要每一步都考虑周详，对可能遇到的困难提前制定好应急措施，才能做到万无一失。好了，我们先来讨论发行比重的问题吧。我认为既然是冲向全球市场，那就应该加大欧洲和美国的发行比重，这样对拓展欧美投资市场和加强与欧美的联系都有帮助。”

这时周逸群并没有说话，他觉得孙筱一直有瞧不起他的意思，如果此时反对她无异于往枪口上撞，一旦争论起来还会使他们的关系更加恶化。

“我不同意。我认为亚洲的发行量应该更多一点。”

洪斌替周逸群说出了心声，周逸群感激地望了他一眼，正巧碰到他的目光。

周逸群慢条斯理道：“我也这么认为。欧美的资本市场的确很诱人，但是我们还要考虑债券的认购金额的问题。中国在世界上知名度最高的地方就是亚洲，亚洲的外国银行和机构投资者都比较信任我们，乐于与我们合作，而其他无论欧洲还是美国，我们都不能保证会有很多机构投资者买我们的债券，发行量再大也是竹篮打水一场空。所以亚洲的比重必然要最多，至少一半。”

“洪处长，以你的意见我们应该发行多少合适呢?”

“亚洲发行百分之六十，欧洲百分之二十，美国百分之二十。”

“嗯…”孙筱低下头想了一会，“既然二位处长都同意，那我们就按照这个比例发行吧。”

她在本子上快速地写着，一边说：

“接下来是发行日期和发行利率。避开欧美集中休假的时间，我认为发行日期最好是今年的十月份左右。”

两个人都点头。

“至于发行利率，”周逸群说，“现在看来美元利率正处于上升阶段，我预测未来还会持续上涨，所以最合适的选择应该是固定利率。”

“对，利率高我们的发行成本就高，美元利率看涨，选择固定利率就不用担心成本问题了。”洪斌说。

……

他们讨论了整整两个小时，把路演的具体细节讨论了一番。

周逸群发现洪斌是一个很有头脑的人，所有的看法都和自己不谋而合，思考方式也成熟老练。

“好，既然计划讨论完了，就请洪处长带领筹资处的人负责起草和报批工作吧，完成后我们再讨论下一步的工作。”孙筱简单交代了任务，就离开了会议室。

“周处长果然机智过人，计划有条不紊，佩服佩服！”洪斌激动地站了起来。

“哪里哪里，过奖了。我才是佩服你呢。”周逸群不好意思地摸了摸头。

“你一定在国外工作过吧？”

“是啊。你怎么知道的？”

“从你的谈吐和对国际金融形势的精准分析与认识就能够看得出来。”

“以前我在伦敦一家英国银行工作过十年。”

“伦敦的夜色美啊，尤其是伦敦大桥，很是壮观。我半年前出差时去过，等到全球路演的时候估计马上又可以去了…”

是啊，又要去了。周逸群回想起这个生活过十年的地方，竟有些怀念。美丽的伦敦像是横亘在前半生中的最独特的风景线，那个传统的欧洲城市的人文和建筑都具有独特的魅力，深深烙在了周逸群的心里，直到现在还影响着他的生活。

他记得刚回国时，还一时难以适应嘈杂的人群、左侧的驾驶座和不太正宗的西餐，为了调节生活习惯，他让还留在伦敦的同事寄了一些国内难以买到的红酒和吐司回来，到现在还会随时取出珍藏的红酒小酌一杯。受英国绅士的影响，周逸群养成了为女士开门的习惯，这些都是伦敦给他的生命留下的印记。

想到马上可能又要去伦敦出差，周逸群的心情不能平静。等他回过神来，洪斌还在口若悬河。

“…这次，周处长，你一定要带我多去几个景点看看。”

洪斌充满向往地看着他，周逸群笑着说：“好，一定。”

“那就说好了，不能忘记!”洪斌很认真地瞪着双眼。

“哈哈哈，忘不了。”

……

以前，周逸群与洪斌之间即使有业务上的沟通也没有深入交谈过，经过此次的合作，他们都领教了彼此超人的见识和洞察力，最重要的是心有灵犀，配合的相当默契。能够遇到这样的合作伙伴，何尝不是一件幸事!

承销团

华都发展银行几年前在日本成功发行过一笔日元武士债，即日本债券，它指的是日本国以外的债券发行人在日本国内发的日元债券。因此筹资处对国内的报批程序非常熟悉。在洪斌的带领下，筹资处的几位同事熬了几个通宵就起草好了发债方案。行里审核完毕，送给王行长签发后便报送出去了。

接下来的工作就是讨论决定组建承销团的问题了。

按照常规，发行人在国际市场上发行债券时一般都要聘请几家外国投行担任主承销，组织一个承销团。外国投行的作用是帮助寻找机构投资者，帮助确定发行价格和发行利率，以及完成债券的销售。承销团的能力对债券发行成功与否有很大的影响，所以在确定承销团，特别是确定主承销的时候，都是很认真和谨慎的。

孙筱召集洪斌、周逸群、筹资处的同事和资金处的几位债券交易员，一起开会商量主承销的入围名单。

孙筱以前参与过境外发债的工作，因此对外国投资银行比较熟悉。在她的主持下，很快就拟出了一份主承销的名单，报送给王耀奇审核。

主承销名单里的几家投资银行都是欧美国家的大牌投资银行，他们的影响力大，承销能力一流。本以为王耀奇会很快批准，但是没想到，孙筱将名单接连报送了两次，都被退了回来。

孙筱以为是银行的选择出了问题，她仔细审核了几遍，并没有发现什么问题，难道是其他的问题？能是什么原因呢？

她百思不得其解，越想越没有头绪。她思考再三，经历了一番思想争斗后，决定要找周逸群商议一下。

此时的周逸群正在部门的茶水间泡茶，他一边轻轻地吹着茶杯中的茶叶，一边隔着湿热的雾气闭目养神。

最近他忙于债券发行的工作，甚至来不及静静地喝完一杯茶。他享受这片刻静逸的时光，像是明媚的午后躺在碧绿的草地上，身边淌过一条小小的溪流，溪水汩汩作响，迸溅在葳蕤的青草上，青草的芳香萦绕在鼻尖，吵醒了正在熟睡的自己。

忽然几个人聊天的声音打断了他的思绪，似乎是外汇资金处的几位交易员。

“你知道最近常来我们交易室的欧洲 D 银行的女销售吗?”

“见过她几次，怎么了?”

“知道她和我们行有什么关系吗?”

“什么啊?”

“听说他是××的亲属。”

“真的假的？怪不得呢！我说她怎么天天都来，原来…”

周逸群本无心这些八卦，所以并没有在意。当他休息完回到办公室时，孙筱已经在那里等着他了。

“孙总，你怎么在这儿?”

“逸群，”孙筱的脸色不太好看，“有个事需要跟你商议。”

“您坐，是什么事啊?”

“我报到王行长那儿的银行名单被退回了两次，但是我审核了几遍都找不到原因。所以想和你商议一下。”

周逸群猛然想起他在茶水间听到的对话，展开眉头笑了，他如实告诉了满腹狐疑的孙筱。

孙筱恍然大悟，原来是这样，王行长之所以不肯通过是因为主承销成员的名单里没有 D 银行。他们在讨论名单时曾议论过 D 银行，认为 D 银行的承销能力还是稍弱一些，因此没有把 D 银行放入名单。

最初的主承销有六家外国投资银行，孙筱在和周逸群商议后，就将 D 银行加了进去。

名单再次报上去之后，很快就被批示同意了。

路演之前，王耀奇召开了路演准备会议。

“这次会议，我们主要是把路演的计划强调一遍，”王耀奇将双手放在桌子上，十指交叉，“路演的顺序分别是纽约、伦敦、法兰克福、新加坡、中国香港……在这次路演中，我们需要首先要与主承销的银行一起开会，商量销售方案，再与机构投资者见面，向他们介绍我们的国家，介绍我们的银行，介绍我们的债券，一定要使出浑身解数，赢得这场胜利!”

大家响起了热烈的掌声。

王耀奇微笑着点了点头示意安静，然后说道：“除了相关几个部门的总经理之外，外汇资金部负责发债的人员都将一起参加全球路演。”

“我们都去吗?”孙筱问，“那就没有人留在行里负责其他工作了。我觉得让周处长留下吧，外汇资金交易不能无人管理，何况万一有什么紧急情况也好处理。”

“嗯，说的也是，那孙筱、洪斌外加筹资处的几个人跟着我去路演，周逸群带领外汇资金部的人留守在行里帮助债券销售。”

所有的人都很激动，除了周逸群和洪斌，周逸群本以为自己一定会跟着去路演，结果却被留了下来，心里不免一阵失落；洪斌已经和他约好去看伦敦塔桥、游泰晤士河，谁料愿望也落了空。

周逸群有些恼火，他不知道孙筱是真的为了工作还是再次针对他。本以为通过上次的帮助可以缓和两个人的矛盾，现在看来并没有什么效果，孙筱还是和以前一样。

想着自己心心念念的伦敦，周逸群只得接受幻想破灭的事实，看来暂时没有机会去了，也好，为了工作去伦敦难免玩得不痛快，下次可以带着悠悠一起去痛痛快快地玩一次，只是和洪斌的约定无法兑现了。

会议结束后，洪斌找到了周逸群。

“唉，真是遗憾，我们没有办法一起去了。”洪斌叹了一口气。

“洪处长，我也很想带你看看我曾经生活过的地方。不过没关系，以后有的是机会，总有一天能够实现的。”

“好的。周处长，我们一言为定。”

竭尽全力

债券的发行已经准备就绪，在主承销的安排下，全球路演开始了。王耀奇带着孙筱、洪斌一干人奔赴了世界各地，与那里的机构投资者会面，有时候开推介会，有时一对一地面谈，尽量使投资者们了解并信任中国华都发展银行及其发行的全球债券，心甘情愿地进行购买。

周逸群认为承销团通过做路演来销售债券不是多么困难的事，自己只需在行里配合一下就可以了。

但是没想到，第一个路演地——纽约的路演活动刚做完，孙筱就给他打来了电话。

“纽约的 M 银行还没有认购，逸群，你在 M 银行有没有认识的领导?”

“有。”

“太好了，M 银行认购的事就靠你了!”

周逸群立马给自己在 M 银行认识的部门总经理迈克打电话，在伦敦工作时曾经和他有过一段时间的交集。迈克一直很欣赏周逸群，因此，当他知道是周逸群的来电就表现得很兴奋。

“你好，迈克，我是周逸群，你还记得我吗?”

“你好，当然记得，周先生，最近好吗?”

“我很好。迈克，我有一件急事需要找你帮忙。”不再进行多余的寒暄，周逸群直奔主题。

“你说就行，能帮的我尽量帮。”

“事情是这样的。我现在在中国华都发展银行担任外汇资金交易处的处长。最近，我们银行正在发行美元全球债券，由我负责债券的销售事宜。现在，路演到了纽约…”

“嗯，我知道这件事。你在纽约?”迈克问。

“没有，我在中国。”周逸群苦笑着说，“我没有参加全球路演，只是负责债券的推销。”

“好遗憾，还以为又能见到你!”

“有机会我一定去找你。但是现在，我想问问你们 M 银行有没有认购的意向?”

“我很抱歉，周先生，我现在并不负责银行债券的投资，但是我可以帮你联系我们银行债券交易部门的同事，你稍等一下。”

挂了电话，周逸群忐忑不安，既然迈克不负责这一块，他感觉成功说服 M 银行认购的几率很低。

“周先生，我帮你问了一下我的同事丹尼尔。他说他想跟你直接通电话。”

“好的，谢谢你，迈克。”

周逸群镇定了心神，拨通了丹尼尔的手机号。一个浑厚的嗓音从电话那头传来。

“你好，丹尼尔，我是中国华都发展银行的周逸群。”

“你好，周先生，迈克跟我说了。你是想谈贵行发行的美元全球债券一事吧?”

“是的，不知道 M 银行有没有意向认购?”

“我们银行对于亚洲名字的债券投资是十分慎重的，由于之前我们并未购买过贵国银行的债券，对此了解甚少，所以还没有决定。”

“丹尼尔，中国华都发展银行是中国的一家大型的商业银行，具有国家准主权级信用评级，经营稳健、实力雄厚，关于信用问题你完全不用担心。”

“是的。”

“我以前和迈克合作过，他也知道我们一向十分讲究诚信，我们银行在境内外发行的债券从未出现过违约，而且销售一直很好。由于中国华都发展银行筹措的资金主要是用于支持中国的出口，所以在国家的大力支持下，我行一直运行良好，财务状况良好。”

“华都发展银行的债券会不会由于国家政策的改变而出现问题?”

“不会的，你放心。一旦卖出的债券一定会按时履行付息还本的义务，不会受国家宏观经济政策的影响。反而我国对待金融行业的政策一般是大力支持的。而且我们银行发行的债券相比而言价格合理，而且发行利率是美元的固定利率，这对投资者来说是一笔安全稳健且有较高收益的投资。”

“那贵行发行的美元全球债的流动性会如何?”

“我行的债券销售形势大好，流动性不会有问题，你不用担心。如果你们错过了机会，是很可惜的，所以我还是建议你们尽快认购一些，毕竟有好的收益。”

通过周逸群的一番劝说，丹尼尔最终决定认购了华都发展银行一部分的美元全球债券。

接下来，王耀奇一行人向众多投资者进行了面对面的推介，鞍马劳顿，身心俱疲，但是取得的成果却不是很理想，获得的认购金额还不够一半。

孙筱有时给周逸群打来电话的时候情绪很低沉沮丧，周逸群没有见过这样的孙筱，一时有些讶异，又很焦急。

中国华都发展银行的债券发行不顺利，周逸群也有些寝食难安，这毕竟是很重要的一次进军国际资本市场的行动，一旦失败，不但对华都发展银行造成很大打击，而且会影响整个中国银行业进军国际资本市场的自信心。

他竭尽全力地帮助债券的销售，王行长一行人在外奔波，周逸群就在行里打越洋电话。他不断地鼓励孙筱不要气馁，并且在销售技巧上给了她一些建议。

周逸群在金融行业已经工作十几年了，国内外银行和投资界都有他积累的人脉资源。他在好友名单里搜寻着能够帮助他的人，几乎每个国家的金融界人士都找了一遍。

他唇焦舌敝，把银行和债券的基本情况重复了无数遍，耐心地为他们解答，想尽一切办法说服他们认购华都发展银行发行的美元全球债券。

胜　仗

功夫不负有心人，周逸群的电话销售发挥了很大的作用，使投资者全面、深入地了解了中国华都发展银行的业务经营与发展状况，提高了他们投资此次债券的信心。

认购数额一天一天在增长，孙筱打来的电话也越来越少。本次债券发行得到了来自美国、欧洲和亚洲众多机构投资者的热烈响应。

最后，在宣布债券正式定价发行的那一刻，全球认购订单达到了25亿美元，超额认购2.5倍，美元全球债券发行取得了成功，在国际债券市场上反应很好。

当天，全球著名的《华尔街日报》对中国华都发展银行此次债券的发行发表了评论：

“中国华都发展银行发行的美元全球债的成功，引起了国际金融市场的普遍关注。中国的名字已为全球机构投资者所熟悉，为中国机构顺利进入国际金融市场开辟了道路。”

《华尔街日报》是美国以财经报道为特色的最高端的报纸，日发行量能达到200多万份，在国际上具有广泛的影响力。由此可见，中国华都发展银行的此次成功在国内甚至世界金融界都引起了不小的波动。

在中国华都发展银行债券发行成功的表彰会上，王耀奇总结道：

“本次发债是中国华都发展银行时隔七年之后再次进入国际资本市场的重要筹资活动，也是今年中国发行体首度亮相国际债券市场。”

“这次美元全球债的发行成功，表明我们华都发展银行的员工具有强烈的使命感和责任感，全行上下能够通力配合，奋力拼搏，对此我非常满意和感动。这次发债的成功，为我们以后的境外发债奠定了坚实的基础，也增强了中国的银行的国际影响力，可以说是非常漂亮的一仗！”

“作为中国一家重要的银行，近年来我们银行的各项业务快速健康发展，资产质量不断提高，在支持我国开放型经济发展过程中发挥着越来越重要的作用，国际权威评级机构给我行的信用评级和债券的评级很高。本次债券发行成功深刻地反映了华都发展银行在国际融资业务方面的成熟与发展，我们银行正在发展壮大，只要我们继续努力下去，总有一天会成为国家的顶梁柱，会成为举世瞩目的金融业的翘楚！”

敞开心扉

人们笑靥如花，一齐举杯欢庆这胜利的一刻，欢呼声在整个大厅里回响。

周逸群坐在位置上接受大家的敬酒，突然一个身影向他走过来，是孙筱。孙筱特意把周逸群单独叫了出去。

“逸群，这次真的要感谢你的帮助。以前是我小肚鸡肠，把你当成我的竞争对手来对待，给你添了不少的麻烦，希望你不要记恨我。”

孙筱举着酒杯，不知是酒精还是什么原因，微红着脸颊。

“哪里的话，孙总，这是对我的一种磨练。”周逸群大方地说。

“你能原谅我就好。唉，其实我的压力非常大，自从离婚以后，我自己一个人带着两个孩子生活，无论是工作还是生活，一刻也不敢放松，总是怕自己的东西被人抢了去，因此，对人充满防备。但是你却不计前嫌，一再帮助我的工作，对银行也是鞠躬尽瘁，说实话，我真的对你又感激又佩服。”

“孙总，你这么说我真的不敢当，我做的都是分内的事，而且与人为善，为事业尽职尽责是我的原则。你的情况我能够理解，我也是自己带着女儿生活，总是怕事业太忙忽略了她，又怕懈怠了工作，很矛盾，但是矛盾着矛盾着，一切就过去了，总是会过去的。人生在世就是要看得开，也要懂得奋斗的意义。”

“说得好，”孙筱的眼睛弯成了月牙儿，“逸群，以后我要多向你学习才行。”

“我们可以互相学习，互相配合工作嘛。”

孙筱完全向周逸群敞开了心扉，一直以来令他感到生气，总是排挤、质疑他的上司，原来不过是一个外强中干的女人，她在生活的责任和工作的压力中挣扎，无人倾诉、无人帮助，只能把所有的辛苦和委屈都咽到肚子里，为脆弱的内心建造了一道坚硬的城墙，对周围所有的人都建立了防备，她要保护她拥有的一切。

周逸群想明白这一切就瞬间释怀了，他决定要和孙筱冰释前嫌，以事业伙伴的关系和平共处。

借酒浇愁

周逸群突然想到好久没有联系肖萌了，不知道她最近怎么样？他下意识拿出手机。

“肖萌，你在哪儿？”

“我和山口在一起呢。”

周逸群先是惊讶，后又感到失落。

“你们怎么会在一起？”

“刚才我在外面逛街正好碰到了他，你在哪儿呢？有事吗？”

“没什么事，我在吃饭。就是想问候一下你，你有事就忙吧，我先挂了啊。”

周逸群回到酒席上，闷头喝了几杯酒，已经晕乎乎了。

“周处长，喝得这么猛干嘛？小心伤身。”

周逸群回头一看，原来是洪斌。

“心情不太好。”周逸群又仰头灌了一杯。

“心情不好我们出去喝，反正会都开完了，走，咱哥俩找个安静的地方单独喝。”

周逸群早就受不了沉闷的酒席了，于是跟着洪斌走了出去。

夜晚的街道两侧灯火澄明，映照在漆黑的柏油路上，花花绿绿，是霓虹灯的颜色。有的店铺门庭若市，人来人往，好不热闹；有的则幽静无人，灯光也变得昏黄，朦朦胧胧的，仿佛一个人迹罕至的仙境，具有奇妙的吸引力。

他们找到一个僻静的小酒馆，坐了下来。

“有什么不开心的，说出来就好了。”

“其实也没有什么，可能是喝了点酒，有点闷得慌。”周逸群招呼服务员点了菜和酒。

“嘿，别人是越喝越爽快，你是越喝越憋屈。我告诉你，没有酒解决不了的事情，解决不了就是因为喝得不够多!”

服务员将酒端了上来，洪斌立即打开瓶盖，往杯子里倒：“天子呼来不上船，自称臣是酒中仙！做人就要豪气千丈，一醉解千愁，来，喝!”

他们两个先斟了几杯喝尽，周逸群打开了话匣子。

“做人真是不容易，时时刻刻都要小心翼翼地，工作和家庭都要面面俱到，这除了超人谁能做得到!”周逸群的脸和脖子都已通红，“我又不是超人。真是飞得越高，摔得越惨，你看婚姻，破碎了吧、事业也不怎么顺利，赔了夫人又折兵，何必呢?”

“逸群啊，男人就是很累，有苦难言，我懂你。上段婚姻是因为事业结束的吧?”

“是啊。”周逸群望着杯中摇摇晃晃的酒水，差点一头撞进去。

“没想过再找一个？我跟你说，要找就找个咱行业内的，最好是我们银行里的，两个人有共同语言，要忙一起忙，也不会出现隔阂。哎，我这里有个很合适的人选，你要不要考虑一下?”

周逸群抬起头：“嗯？谁啊?”

“我表妹，今年三十刚出头，是我们银行的，要才有才，要貌有貌，就是眼光高，要不是看你小子不赖，才不会介绍给你呢。”

“眼光高的能看上像我这种?”

“怎么?已经不错了，事业小有成就、收入稳定、有房有车，最主要还得看才华和人品。你这没的说!”

“这感情最难得的不是条件合适，是能否相知!我觉得啊，你表妹不是眼光高，是知己难寻，所以不愿意将就。人生得一知己，足矣，洪处长，我敬你一杯!”

周逸群将杯子举得高高的，不小心将酒水溅了一桌，他似乎从倒影中看到了肖萌如水的双眸，在月色般的灯光下散发着慑人魂魄的力量。

他们一直喝到尽兴才回家。

“说实话，我表妹的事，你考虑一下啊，改天安排你们见个面。”洪斌临走时叮嘱他。

周逸群已经醉得神志不清，随口应付着就和他告别了。

遇知音

好久没有去福利院了，周逸群有些怀念那些孩子们。第二天，周逸群去超市买了一堆零食，打算带给孩子们吃。他与福利院的院长关系很好，院长经常给他发短信，说孩子们想他了，要他有时间就去看一看。

如今，这些孩子们都把周逸群当成亲人一样看待，他成了他们小小心灵里的一份挂念。

第二天，周逸群开车来到了福利院。他将零食分给了孩子们，看到孩子们璀璨的笑脸，像是一朵朵小小的耀眼的太阳花，天真而没有烦忧，他们对于自己所正经历的一切尚未有确切认识和感受，年幼的灵魂对家庭的概念还没有成型。他们的生活里有伙伴、有老师，有如同妈妈一样照顾他们的阿姨们，还有经常带着善意来看望他们的陌生人。

周逸群现在希望的是，这些无辜的孩子们不要意识到自己的与众不同，可以尽量晚一点成长，晚一点接触世事，保留着单纯的幸福，不希望他们受到伤害。

他坐在宽大的教室里，静静陪伴着他们。天气有些阴冷，乌云遮蔽了阳光。

周逸群忽然想起了什么，往墙上望去。

上个月他来的时候，在这里发现了一首他很喜欢的诗，自己一时兴起也抄录了一首。而现在，他发现自己抄的诗歌的旁边又多了一首。

还是同样娟秀的字体，荧黄色的便利贴，端端正正地贴在墙上。

“究竟那是什么人？在外面的声音，
只可能在外面。你的心地幽深莫测。
青苔的井边有颗铁树，进了门。
为何你不来找我，
只是溜向悬满干鱼的木梁下，
我们曾经一同结网，你钟爱过跟水波说话的我。
你此刻追踪的是什么？
为何对我如此暴虐？
我们有时也背靠着背，韶华流水；
我抚平你额上的皱纹，手掌因编织而温暖；
你和我本来是一件东西享受另一件东西；
纸窗、星宿和锅，谁使眼睛昏花；
一片雪花转成两片雪花。
鲜鱼开了膛，血腥淋漓；
你进门，为何不来问寒问暖？
冷冰冰地溜动，门外的山丘缄默，
这是我钟情的第十个月。

我的光阴嫁给了一个影子。”

这个人显然是张枣的诗迷。

张枣的诗歌像是一个充满深情的人的窃窃私语，对情人的耳鬓厮磨，对往事的娓娓道来，通过唯美又古典的语句表达对生命的忠诚和热爱。逸群一直以来也是醉心于他的诗歌，尤其是这首《何人斯》，如同一个人小心翼翼的对爱情的试探。

显然，那个摘抄这首诗的人在向周逸群发问，你是谁？为什么你要用诗歌与我联通起来，告诉我，我在这个世界上并不是一座孤岛？这些安慰的话语，正像是在与水波对话，与一个影子谈恋爱，享受着一种心灵的共通。

周逸群轻轻地笑了。我是什么人？我们肯定素未谋面，却也具有特殊的缘分。

他再次提起了笔。

第六章

惊心作局，风雪掠多伦多

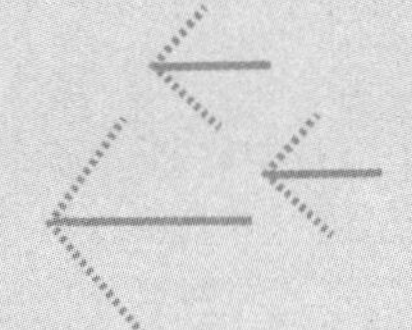

所谓“职场如战场，亦敌亦是友”。经过之前在全球路演结束后与孙筱的冰释前嫌，周逸群和孙筱成了好友，由于家庭情况的相似，两人经常会聚在一起谈论工作和家庭方面的事情。另一方面，和国家能源海外投资公司签署加元购买业务，在经过长时间的努力，最后终于大功告成！

外汇资金业务 是指通过运用各种金融工具，特别是各类衍生金融工具及其组合，银行可以协助客户在控制风险的前提下，实现外汇资产保值、增值的目的。

中国加入WTO中国的入世承诺，核心是关税减让和市场开放，国内石油市场进一步国际化。从宏观层面来看，这将有利于丰富国内石油市场，缓解石油供需矛盾；有利于引进国际石油资本和先进技术，推动国内石油石化工业的发展；有利于借鉴国外先进的管理体制和中国的入世承诺，核心是关税减让和市场开放，国内石油市场进一步国际化。从宏观层面来看，这将有利于丰富国内石油市场，缓解石油供需矛盾；有利于引进国际石油资本和先进技术，推动国内石油石化工业的发展；有利于借鉴国外先进的管理体制和管理经验，有利于建立和完善技术创新机制；有利于实施石油“走出去”战略等。但同时，也意味着大量进口石油石化产品对国内市场的冲击，石油石化行业将面临严峻的挑战。因此，从微观层面上来讲，一般又把石油石化行业列为受入世影响最大的领域之一。

25 亿

一个星期以后，洪斌来到了周逸群的办公室。

“洪处长，什么风把你吹来了？”

“逸群，你答应我的事可别忘了！”洪斌说着，坐了下来。

“什么事？”周逸群惊讶地说。

“就是表彰会那天你答应我的那件事。”

“啊？”周逸群张大了嘴巴，他只记得那天去小餐馆以前的事情，完全忘记了答应过洪斌什么，他有些担心自己说错了什么话。

“你看我，那天喝多了不记得了，我答应过你什么？”

“别装了，你明明答应我要和我表妹见一面。”洪斌有些责怪地说。

“什么?”周逸群的眼睛瞪得更大了，他努力回想，终于想了起来，随即摇了摇头，“我都不省人事了，那哪儿能当真?”

“我不管，我这就去给你安排，你可别说我不为你着想，我表妹那可是既聪明又漂亮，几百个姑娘里挑不出这么一个，我保证你见了不会后悔。”洪斌翘起二郎腿，边说边用手比划，令周逸群直听得哭笑不得。

“洪处长，我知道你这是为我好，我得感谢你，但是你的好意我心领了。这事儿得讲缘分，强求不来。”

“你这人，咋没心没肺呢？这还不是缘分？缘分不得事在人为？这可是我表妹，我都这么信任你了。”

“我这不是知道嘛，我……”

两个人正谈着，桌上的电话响了起来。

“我接个电话，等会再和你说。”

“好，你忙吧，我先回去了。”

洪斌离开了，周逸群舒了一口气，感谢这个电话帮了他一把。他接起了电话：

“喂，你好。”

“你好，周处长，我是国家能源海外投资公司的负责人。”

“哎，你好。”

“我找你有点急事要谈，你现在有空吗?”

“有空。”

“那我现在马上过去。”

“好的。”

国家能源海外投资公司，是我国一家大型国企，由国资委直接管理。国家能源海外投资公司一直以来是中国华都发展银行的一个重要的信贷客户。

负责人陈光马上赶到了周逸群的办公室。陈光是一个将近五十岁的中年男人，中等身材，略微有些发福。他身穿浅灰色的西装，见到周逸群从老远就露出了憨态可掬的微笑。

“你好，陈先生。”

“你好，周处长。”

二人简单而正式地握手。

“陈先生，您找我有什么急事啊？”

“是这样的，我们公司最近要在加拿大收购一个能源项目，已经和被收购的公司谈好了条款，要在加拿大投资25亿加元，我们想要用美元购买加元，因此特意来找您帮忙。”

“25亿？真不少啊。”

加元属于G7货币（即7个世界主要发达国家的货币），但相对于美元、欧元、日元、英镑等来说，加元算是小货币，在交易市场上的所占的比重小，交易金额小。

加元的汇率比较敏感。如果在市场上买卖加元，金额稍微大一点的话，就会造成加元汇率的大幅上升或下降。

25亿在加元市场上可谓是一个天文数字，如果大额的买入，必定会引起加元汇率的大幅度上涨，从而增加国家能源海外投资公司购买加元的成本。

周逸群这样想着，皱起了眉头。

“周处长，我知道您的担心。如果直接购买，肯定会造成加元汇率上升，那么我们公司的成本也会增加。所以，我们希望得到华都发展银行的帮助，能够找到方法帮我们买进25亿加元，但是用美元买入加元的汇率不能低于1.38。”

周逸群思考了一下，说：

“陈先生，这是一笔不小的交易，我们需要开会讨论一下，如果有了结果，我立即答复您，行吗？”

“好的，太感谢您了，周处长。”

周逸群立即召集外汇资金处的几位首席外汇交易员们进行了会议。

他将业务的内容详细陈述了一遍。

“如果以总行名义购入大量加元，必然会引起国际市场上其他买卖加元的银行的关注，他们肯定会从中哄抬价格，坐守渔翁之利。所以，我们要想出一个对策来防止这样的事情发生，降低客户的成本。”

大家纷纷议论起来。

“这么大的金额没办法只跟一家银行做交易。”

“是啊，很难保证成本问题。”

“我们可以隐秘地进行交易啊。”

“这有什么用？早晚会引起注意的。”

“那能怎么办？”

……

“有没有人有好的建议？”周逸群环顾在座的人。

“这太难了，想不出有什么好办法。”

“是啊，能怎么办啊？”

“我看悬。”

在座的所有外汇交易员们都垂头丧气，像霜打的茄子一样蔫蔫不乐。

“振作起来！”周逸群看到这幅景象，不由得有些生气，“我平时怎么跟你们说的？干我们这一行必须要有过硬的心理素质！一点小挫折就垂头丧气，以后还怎么工作？我们的原则是什么？”

“胜不骄，败不馁！”所有人一齐说。

“对，这不只是一个口号，应该成为大家时时刻刻铭记的对自己最基本的要求。国家能源海外投资公司这项业务确实有些棘手，需要寻找特殊的对策，但是不要着急，慢慢想，试着参考别人的交易手段。下周开会之前，每个人都想一个方法。”周逸群厉声说道。

大家平日很少见到周逸群生气的样子，现在都不敢做声。

所谓的外汇交易员，最主要的工作就是每天盯盘，时刻注意全球的市场变化，关注政治要闻、经济数字及突发事件等。

在激烈的汇市搏击中，交易员每天要做许多笔交易，其中有赚有赔，有输有赢，所谓胜败乃兵家常事。但是如何控制自己的情绪，保持平静稳定的心情和冷静的头脑，这对每个外汇交易者来说都是至关重要的，也是难以做到的。

交易员们回到交易大厅后，相互交谈了一会儿，就各自思考方法或者完成今天的任务去了。

该怎么做才能够使汇率不产生大的波动呢?

周逸群躺在办公室的座椅上沉思。凉风习习，傍晚的夕阳将所有能够照耀到的事物都染上了一层橘黄，大地是黄的，房屋也是黄的，行人粉白的衣襟也变黄了。阳光浸染不到的地方则是昏黑色，半边天空是昏黑的，透明的玻璃窗后橱柜是昏黑的，周逸群办公室的天花板也是昏黑的，半面墙壁也都开始发黑。

态度转变

周逸群突然觉得很烦闷，什么也思考不进去。熬到下班，他的肚子已经在咕噜咕噜叫了。

“逸群。”

周逸群刚走出门，就听到有人叫他。他转头一看，是孙筱。

“逸群，你要去吃饭吗?”孙筱温柔地笑着。

“是啊，孙总。”

“要一起吗?”

周逸群有些出乎意料，孙筱似乎还没有主动向逸群提出过一起吃饭呢。

“好啊。”

周逸群和孙筱来到了附近的一家餐厅，点完餐后就聊了起来。

“逸群，最近业务上遇到什么麻烦吗？我见你总是愁眉不展的。”

“也没什么麻烦。就是今天国家能源海外投资公司的负责人找到我，说想要用美元购买大笔加元，你也知道交易数额一大加元汇率波动就会变大，我在考虑解决办法呢。”

“外汇交易你最资深了，看来我帮不上忙啊。不要紧，慢慢想，总会有办法的。”孙筱安慰他。

“嗯。”

“对了，你女儿多大了？”

“今年 13 岁，读初二。”

“在哪个学校？”

“第八中学。你的孩子呢？”

“我大儿子上大学了，小儿子今年刚去了实验中学。你女儿的学习成绩怎么样？”

“还不错，没让我操过心。”

“真羡慕你，我的小儿子每天就知道玩，一点都不爱学习，老师都找过我好几次了，我管他也不听，真担心他现在就这样，以后该怎么办？”

“青春期的小孩就是会叛逆嘛，尤其是男孩子，我们做家长的要多引导孩子，防止他们误入歧途，但主要还是给孩子找个靠谱的班主任管着他，我们又不能时时刻刻陪着他，你说是不是？”

“对啊，这孩子要是再不长进，我就给他转到市重点高中去，省得他老跟些坏孩子鬼混。高中里什么孩子都有，你千万要注意，别像我儿子一样跟着乱七八糟的朋友学坏了。”

“嗯，我会注意的。其实你还好，当妈的管儿子没什么，可我这个当爸的要管起女儿来就很难了，管得严了怕她不乐意，管得松了又怕她学坏。真是很难啊。”

“你没想过要给她找个后妈吗？”

“还真没想过。”

“赶紧找一个吧，到了青春期，父亲管起女儿来确实会很尴尬。”

“哈哈，看缘分吧，我尽量。”

“现在儿子都长大了，我一个人带他俩真的很麻烦，以后可能有些时候会需要你的帮忙……”

“我能理解你，单亲妈妈真的很不容易。你放心，以后我能帮的一定帮。”

自从和解以后，孙筱对他的态度急转，偶尔无事时会到他的办公室转一转，闲聊一会儿，还经常主动帮忙，让周逸群受宠若惊。他们两个渐渐熟络起来。

周逸群觉得这是一个好的开始。以前孙筱对他打压挖苦，不止让他心情苦闷，更对他的升职造成了影响，但他并不记恨她，他知道吃得苦中苦，方为人上人。孙筱对他态度的转变意味着自己以后的工作会更加顺利了。

醍醐灌顶

第二天是周末，劳累了一个星期，周逸群终于可以休息一下了。

这天阳光明媚，天气正好，周逸群打算带悠悠去北京动物园玩。

自己在北京的这些年极少去这种地方玩，连景区都很少去逛，一直在金融街附近游荡，要不是悠悠，他可能一直都没有机会来。

忽然，他在人群中看到了一个熟悉的身影，看上去很像肖萌，他以为是幻觉，不敢相信地揉了揉眼睛，真的是她。

肖萌正拉着一个小男孩的手东奔西跑，男孩和悠悠差不多年纪，右手拿着两个彩色的气球。

此时，她正在左顾右盼，不知在寻找什么，偶然间一瞥也看到了人群中的周逸群。

“好巧啊。”她拉着男孩向周逸群走过来。

“对啊，好巧。这是谁家的小孩？”

“这是我侄子，我哥哥和嫂子最近去出差了，就把他交给了我。这不，软磨硬泡地把我拉来了动物园。这就是你女儿?”

“对，悠悠，叫阿姨。”

悠悠不肯说话，直躲在逸群身后。他感到很尴尬：“不好意思，这孩子有点怕生。”

“没事，没事。”

他们站着交流了一会儿。悠悠一直盯着浩浩手上的气球，目不转睛。

肖萌察觉到了悠悠的神情，她蹲下身问：“悠悠，想要气球玩吗?”

悠悠仍旧怯怯地不说话。

“浩浩，我们分给悠悠一个气球玩好不好?”肖萌转过身去。

“不用不用，悠悠想要的话，我给她买就行。”周逸群把手放在悠悠的肩膀上，连忙笑着说。

浩浩想了想，走到悠悠面前，充满天真地问：“你喜欢什么颜色?”

她用手指了指红色的那个。

浩浩大方地把红色的气球分给了她，还细心叮嘱她抓牢，不要让气球飞走。

悠悠接过气球，又害羞地躲到了周逸群的身后。

“浩浩真棒，谢谢浩浩。”

周逸群定睛看着肖萌，平时的她总爱扎着干净利落的马尾，素面朝天，还是那种不变的清爽的感觉，让周逸群感到很舒服、很安心。

四个人决定结伴一起逛动物园。排队售票时，售票员羡慕地看着他们：“你们这一家子真幸福啊。”

周逸群不好意思地笑了笑：

“我们不是一家人。”

“对不起，我还以为是呢，看着真像。”

青葱翠绿的林荫小路上，从湖边吹来阵阵凉爽的微风，闷热的空气被搅动起来，撩动着人们愉悦的心情。动物园里几乎都是大人们带着小孩子来玩的，家长们把小孩托起来，隔着玻璃窗用眼睛搜寻着里面的动物。

金丝猴翘起长长的毛茸茸的尾巴在笼子里啃食着各种各样的水果，有哈密瓜、苹果等，十分丰盛；黑色的长臂猿靠惊人的臂力挂在笼子顶端，稳稳地像人猿泰山一样跳来跳去；夜行动物馆里的每个橱窗里都黑乎乎的，只能偶尔看到几个小小的身影躲在角落里，或者飞速窜过去，如同漫步在午夜的丛林里，充满了神秘感；澳洲动物园里的袋鼠、鸵鸟和谐地生活在一起。

浩浩最喜欢凶猛的东北虎，悠悠害怕得不敢看。

“我们老师说不用害怕，老虎关在笼子里不会跑出来的，就算跑出来，你可以把手中的食物扔给他，这样它就会吃食物，不吃你了。”浩浩勇敢地说。

“那，那老虎吃完了食物怎么办?”

浩浩不知道怎么回答，望着在笼子里走来走去的老虎涨红了脸。

一边的肖萌听言，就对悠悠说：

“你可以把食物一点一点地喂给它，分散它的注意力来拖延逃跑的时间。”

周逸群突然想到了什么，犹如醍醐灌顶。他哈哈大笑起来。

“怎么了?”肖萌不解地问。

“没什么，肖萌，你真聪明。”

肖萌更加哭笑不得：“什么啊?”

周逸群笑而不答。

从动物园回来，周逸群的心情更加舒畅了，他通过刚才肖萌的“喂虎理论”联想到了国家能源海外投资公司的加元购买业务。

要想做到神不知鬼不觉地完成加元的购买，就需要将手中的食物，也就是美元一点一点地“扔”出去，分批地购买。但是还需要进行长期的游击战，交易对手们都像老虎一样具有非常敏锐的观察力，一旦察觉风吹草动，随时随地有可能趁机扑出来。所以他们不得不小心行事。

交易达成

周末过后，周逸群马上召开了第二次会议。这次，他春光满面，早早的坐在了会议室里。交易员们陆续走了进来。

“各位，经过几天的思考，你们有好的主意了吗?”周逸群想先听听他们的想法，考察一下他们的能力。

大家十分积极地发表自己的意见，虽然有人的想法不很实际，但也并不是乏善可陈，有人能够真正考虑到点子上，这让周逸群很是欣慰。

“看来大家是真的思考过了。我们在座的都是从事过多年外汇交易的资深交易员，业绩优秀，具有果断和准确的判断力，才成为了首席交易员。但也许是因为我们的生活有些枯燥，使我们缺少灵活性和创造力。外汇交易是一门需要智慧的技术，不是单凭一腔孤勇就可以的。”

“经过这次的会议，我感到很欣慰，因为你们都是有能力和潜力的人。还需要多多的磨练。其实，我已经有了方法。”

周逸群将他的想法大致讲了一遍。

中国华都发展银行在海外有多家分支机构，且遍布不同地域时区。周逸群想联合这些分支的外汇交易人员一起完成购买加元，共同完成这个任务。

他的计划是，给每个人不定数额的美元作为交易头寸，循序渐进地向不同的银行进行购买。这样，就将交易地区、交易数额和交易时间完全打乱，毫无规律可察。市场表面上看似风平浪静，一切正常，但其实已经暗流涌动，有一笔巨大的交易暗中潜藏，正在慢慢地实现自己的目标。

这样不仅不会造成汇率的大幅度波动，也不会引起交易对手的注意，是一场规模浩大，耗时较长，人员分布广泛的外汇交易活动。

在座的人都不禁感叹这个计划的严密和机智，摩拳擦掌地跃跃欲试。

“但是，还有最重要的一点，那就是这件事情，我们在座的人都一定要严格保密，不能泄露给别人知道。一旦打草惊蛇，计划就会失败。”

“周处长放心，我们一定保守秘密。”

“我相信你们。”

周逸群对这些人比较满意，对他们交代了几句。

很快，中国华都发展银行与国家能源海外投资公司签订了协议。合同签订后，周逸群在总行交易室与世界各地中国华都发展银行的海外分行的交易部的人员们召开了电话会议。

周逸群对他们布置了此次的交易任务，操作方法便是：

根据客户要求，交易员在交易时按照一个预定的汇率范围，即不超过百分之1.38进行买卖交易，每一笔交易不超过2000万美元，在同方向买卖操作的时候，不要连续做，要有一定的时间间隔。

任务下达后，一场浩浩荡荡的战役打响了。位于世界各地的外汇交易员们严阵以待，纽约、中国香港、伦敦、东京，如同设下了一张广阔的罗网。

所有人都期待着这场激动人心的战争，他们如同一个一个训练有素的士兵，在硝烟四起的战场上摆列好阵势，蓄势待发。

周逸群则像一位足智多谋的将军，排军布阵、沙场点兵，将计划安排得井然有序。

具有技巧性的操作巧妙地掩盖了交易对手的眼睛，他们明修栈道，暗度陈仓，悄悄地进行一笔笔交易。

“纽约一号交易完成。”

“东京二号交易完成。”

……

接下来的一个月的时间，周逸群一边密切关注着加元汇率走势图，一边接收来自世界各地的消息。

中国华都发展银行的外汇交易室面积足足有2000多平方米，横列着一排一排的交易桌，交易员们两边对坐，每个交易员的桌子上都摆放着4～5个电脑，还有交易专用的电话。交易桌均为英国或美国定制的，每一张都非常昂贵，交易员专用的座椅价格近万元，是为了确保交易员工作的舒适而配备的。

交易室一面的墙壁上高高挂有一个很大的滚动屏幕，实时播送新闻，如美国的CNN、英国的BBC等。还有不同时区的挂钟排成一行，令人眼花缭乱。

最后一笔交易在总行进行，大家的心都悬在这最后一战上。

只见操作此项交易的交易员赵亮拿起电话，给交易对手银行的交易员打电话。在对比询问了几家银行的美元对加元的现汇价格后，赵亮迅速而果断地与其中一家达成了交易。

此时大家高兴地欢呼起来，至此，通过海外各分行的密切配合，中国华都发展银行成功替国家能源海外投资公司买入了25亿加元。

美元对加元的平均汇率达到了1.4，远远优于客户的需求。

正在办公室里等待结果的周逸群听到消息后也开心地大声叫好，他快速计算了一下，此次交易在没有引发加元市场波动的前提下，总共节约了3571万美元。按照协议约定的六比四的比例分成，不止为客户节约了2142万美元，华都发展银行还能获得整整1429万美元的盈利，折合人民币一亿一千八百多万元！

周逸群走到交易室里，他简单将最终的数据告诉了大家，所有人都面露喜色。

“这次我们所有人都付出了努力，包括海外的同事们，体现出了极高的职业素养，你们真的很棒！大家今晚上聚个餐，然后我请大家一起去唱歌吧！”

“好的！周处长请客，我们当然不能缺席！”

同　喜

回到办公室，周逸群整理了会儿材料，突然想起了肖萌，自己这次的成功完全是她给予自己的灵感。她就像自己的缪斯女神一样，不知不觉出现在自己的世界里，头顶神秘而美丽的光环，给自己枯燥的生活带来了崭新的惊喜，增添了一抹亮色。周逸群没有意料到，一份特别的情意正在自己心底悄然滋长，他与肖萌之间的故事才刚刚开始。

正巧，周逸群正在想着，肖萌就打来了电话。

“我有一个好消息要和你分享。你猜是什么？”

“中彩票了？”

“不是，再猜！”

“你有男朋友了？”周逸群试探地问。

“不是。”

“那是什么？”

“我升职啦！”肖萌提高了嗓音，传来清脆的笑声。

“真的吗？太棒了！恭喜你！”

“谢谢，我很开心！”

“改天一起吃饭，给你庆祝一下。”

“好啊。”

周逸群愉悦地像是自己升职了一样，他与肖萌聊了两句，欢快地挂上电话出了门。

与肖萌短暂的交谈，让周逸群新生波澜，他突然想到了上次在福利院墙上写下的自己最爱的那首诗。

这个月，由于繁忙的工作加上悠悠也在忙着准备期末考试，周逸群没时间去福利院。这次又会是张枣吗？他此刻很期待那个神秘人的回应。

茫茫人海中，能够与一个人产生这样的交际，不失为一种奇妙的缘分，周逸群爱读书，热爱诗歌，正如他热爱生活，但他以前从未考虑过会通过诗歌与一个人产生联系。他以为在这个忙碌的年代，已经很少有人再去读诗，人们也不会再像20世纪70、80年代一样，集体去喜爱、崇拜一个诗人。这个时代仿佛一辆马车，穿过历史的滚滚黄烟，不再充满迷茫，不再充满心灵的拷问，人们在丰富的物质世界中找到了自己的目标，找到了存在的意义，便忘记了一些具有深刻意义的东西。

周逸群读诗极少会与诗人产生共鸣，但一首好诗他一定会反复琢磨，细细品味其中的奥秘，回味无穷。突然间，他爱上了张枣的诗，犹如爱上了一个秘密的情人。

释 怀

该下班了，周逸群心情不错，他刚刚走出楼门就遇到了山口龙一。

“逸群！”

“山口先生，你怎么在这儿？”

“我来找个朋友，正巧碰见了你。”

朋友？应该就是肖萌吧。

“是吗？好久没见了，最近忙什么呢？”

“忙大事呢，”山口笑着说，“改天一起吃饭，我再和你详细说。”

周逸群的笑容有些不太自在，他和山口简单寒暄了几句就离开了。

山口也许是觉得不好意思，所以没有告诉自己他正在追求肖萌的事，而肖萌对他的态度，周逸群却一直猜不透。周逸群内心深处并不希望他们两个在一起，虽然他也知道这是一件无可厚非的事，但是他总觉得自己将会像被抛弃了一样。

山口是个彬彬有礼的绅士，对女性很尊重。他是日本某名牌大学毕业的，会多个国家的语言，见多识广，谈吐大方，幽默风趣，无论哪位女士都或多或少会被他吸引。他的聪明之处在于与人交谈时，他不会表现出明显的情绪特征，无论同意不同意你的观点，他都会报之以笑容。

所以，即使周逸群和山口很要好，但他仍然摸不透山口的性格，他更喜欢和真性情的人打交道。也许并不是山口圆滑世故，也许没有性格就是他的性格。而肖萌不一样，肖萌是一个非常率直坦诚的人，至少对自己是这样，还没有交往很深，肖萌已经对自己很信任和关心，掏心掏肺，毫无保留。他欣赏肖萌真实不做作的性格，同时又为她感到担心。

在这样复杂的世界里，孩子气的天真无邪固然可贵，可是她对人如此毫无芥蒂，又如何能够得以自保？从某种角度看，肖萌和福利院的那些孩子们又有什么区别？他都不希望他们受到伤害。

两个好朋友在一起，他原本应该祝福的，可他控制不住自己这样的想法，他突然觉得自己很自私。即使他们真的在一起了，自己又能怎么办呢。于是，周逸群决定暂时不想了，顺其自然吧。

悠悠的变化

虽然工作繁忙，但是周逸群仍然感觉到悠悠最近心情不是很好，每次回到家都闷闷不乐，不愿意说话。

周逸群怀疑她在学校里被欺负了，几次三番地盘问她，她都否认了。周逸群实在担心她的精神状况，就去见了悠悠的中学班主任。

“悠悠这个孩子挺听话的，没什么特殊状况。”悠悠的班主任三十岁左右，戴着一副厚厚的眼镜，看上去温文尔雅，嗓音也很温柔。

周逸群趁着来接悠悠放学回家，顺便来找到了她的班主任。

“不过这孩子平时看上去有些内向，不太爱和别人玩耍，上课也不是很积极，可能遇到了一些问题，也不愿意告诉家长和老师们。”

“平时没有人欺负她吧？”

“在学校的期间是没有，但是放学后我们就不清楚了。我建议您私下里多问问她，和她聊聊天。她的性格本来就比较文静，难免心思很敏感。”

“我和她沟通过几次，她什么都不肯说。老师，拜托您平时多关照着她点，我很担心她的状况。”

“我会的，您放心，我平时也会找她聊聊的。”

“好的，谢谢老师。”

“没关系，这是我应该的。”

离开办公室后，周逸群一直在思索悠悠的情况，自从离婚以后，悠悠一直跟着自己生活，每个星期偶尔去看一看石兰。

以前的悠悠是一个很外向很乐观的女孩，经常参加各类文艺演出和比赛，唱歌跳舞样样在行，还做过班里的文艺委员。可是最近几年，周逸群没再看见过悠悠非常开心的样子。

在他和石兰闹离婚的那段日子里，悠悠每天都在哭泣，虽然她还年幼，可是他俩经常吵架、冷战，整个家庭已经硝烟弥漫，不再有幸福的氛围。悠悠幼小的心灵强烈地感受到了这种极端的变化，母亲每天冷着一张脸，不苟言笑，多年不见的父亲虽然对自己很好，却不免感到陌生。

他们争吵的时候，悠悠在哭泣；独自一人的时候，悠悠也在哭泣。她的日记上满满的都是对这个世界的怀疑和失望，为什么自己那么孤单，为什么父母都不快乐，为什么自己一抬头，天空中的烟花就会消失……

在那个白雪皑皑的冬季，石兰一声不响地带她离开了家，她不明所以，却又不敢追问，只能拉着她的手低头跟着走，一步一步地，慢慢地走向未知。

她爱她的妈妈，也爱她的爸爸，可是他们却视若仇敌，世界上还有比这更痛苦的事吗？

周逸群想和石兰和好，他想见悠悠，可是石兰不愿意见他，又不能阻止悠悠去见逸群，所以她只能让悠悠独自一人走过漫长的路去见逸群。

周逸群对悠悠非常歉疚，他又想通过悠悠的帮助与石兰和好，周逸群绝望地对着悠悠哭诉，而悠悠无能为力，悠悠劝慰不了石兰的决绝，她还是个孩子，根本不知道该怎么办。

他们之间的感情在那个白茫茫的天地中拉扯、撕裂，爱恨交织，愈演愈烈。悠悠的悲伤、无奈，周逸群的悔恨、痛苦，石兰的失望、无助，都掺杂在寒冷的冰霜里流落在冰天雪地间，孤苦无依、寂寞无主。

正是因为这样，悠悠对爸妈的情感已经从纯粹的爱，变成了伤痕型的爱。所谓的伤痕型的爱，就是指一种经受过难忘的创伤后，仍然继续存在着的一种爱。这种爱一旦被触及，隐隐的伤痛也会像连体婴儿一样随之而来。不知悠悠的伤痕能否痊愈，周逸群决定找寻别人的帮助。

治愈者

周逸群又来到福利院，找到了对照顾孩子很有经验的院长。

“院长，我想咨询你一下，如果我的女儿很内向，不爱和别人交流，喜欢一个人待着，有时候还经常自言自语，这是怎么回事？”

“女孩子会有很多心事，可能没办法向父亲说，这很正常。但是，如果太严重的话，可以在尊重她的隐私的前提下，尝试跟她沟通一下。”院长语重心长地说。

“我很多次想和她沟通，可是她要么沉默，要么敷衍，不愿意和我交流。”

“你可以带她去看看心理医生，很有可能是自闭症。现在很多孩子患有自闭症，有的情况较重，有的情况较轻，但是如果影响到孩子的正常生活，就需要进行治疗。”

“这么严重吗?”周逸群的心揪了起来。

“咱院里就有几个患有自闭症的孩子，我可以带你去看一下他们，你可以对比一下你的女儿，看看是不是类似。”

“好的，那麻烦你了，院长。”

周逸群跟着院长来到了一个小教室里。他看到几个正坐在椅子上画画的小孩，这几个小孩大约七、八岁左右，都在很认真地拿着画笔在纸上涂鸦。

从表面上看，他们和正常的孩子没有什么区别，但当周逸群凑近想要看时，就发现了不对劲。有一个小男孩一直在白纸上的同一个地方画圆圈，白色的纸张出现了破洞，他还是不肯停下笔，另一个小女孩一直在喃喃自语，沉浸在自己的世界里。

他蹲下身，看着那个小女孩。

“你在玩什么呢?”

女孩被他吓了一跳，一下子从座位上弹起来，开始大叫。

周逸群也被女孩吓了一跳，后退了几步。院长急忙抱住正在又叫又跳的小女孩，轻声安慰她，她晶莹剔透的眼睛里闪着泪光，充满了恐惧。

院长耐心地抚平了小女孩的惊惧，继续引导她做着自己的事情。

其他几个孩子则像是完全没有听见小女孩的叫声、哭喊声一样，依然趴在桌子上画自己的画，只有一个小男孩抬起头冷漠地看了他们一眼。

周逸群与这个小男孩正巧对视了一眼，他看到男孩空洞的双眼里丝毫没有一点波动，似乎在透过他们看向更加飘渺的远方，似乎这个世界与他没有任何关系，这就是自闭症儿童。周逸群被这一切吓住了，他第一次近距离接触这样的群体。他以前觉得这是一个非常遥远的存在，不会和他发生任何联系。而如今，他不得不去靠近他们，了解他们。

自闭症儿童有许多不同的症状，如社会交流障碍，一般表现为缺乏与他人的交流或交流技巧，与父母亲之间缺乏安全依恋关系；语言交流障碍，即语言发育落后，或者在正常语言发育后出现语言倒退，或语言缺乏交流性质；还有重复刻板行为，等等。

对比这些表现，周逸群越来越怀疑悠悠患有非典型性自闭症。年幼的时候，悠悠的性格还很不错，只是在最近几年，周逸群才察觉到她的变化，不太爱与人讲话，见了熟人不想打招呼，在学校里表现得很内向，没有关系好的玩伴，喜欢一个人呆着，自言自语。

只不过悠悠的表现没有这几个孩子那么明显，也来得颇迟。这些孩子具有明显的症状，已经影响到了他们的正常生活，也许就是因为如此，他们的父母才会狠心抛弃他们，离他们而去。

可是，如果悠悠也变成这样，周逸群是绝对不会撇下她不管的。身为一个父亲，他一定会想尽一切办法拯救自己的孩子。

"院长，我怀疑我的孩子患有轻微的自闭症，我该怎么办才好?"

"你可以带她去看心理医生。"

"可是我怕伤害到她。"

"这样吧，你带她来我们福利院吧，我们院里有专门负责治疗这些自闭症儿童的心理医生，他们不止是医生，还是孩子们的朋友，平易近人，不会让孩子们感到害怕。"院长和蔼可亲地说。

于是，周逸群决定带她来福利院看看。一方面，希望她能够和心理医生进行有效的沟通，得到确诊，如果悠悠真的患有孤独症，周逸群一定会尽他最大的能力治愈她；另一方面，或许当她像自己一样接触到这些特殊的人群后，她在心灵上能够得到冲击，发生变化。

第二天，周逸群带悠悠来到了福利院。他一出现，孩子们就把他围了起来。

"周叔叔，你来啦!"

"我们都好久没见你了。"

周逸群开心地蹲在地上，他拉着悠悠的手，把她介绍给孩子们认识。

福利院里有一个很爱笑的女孩，她的小名叫糖心，今年才10岁，从还是个婴儿的时候就生长在福利院里了，院长和其他的员工都非常喜欢她。

糖心性格外向，活泼开朗，和院里其他小孩关系都很好。糖心看到悠悠后，十分高兴地跑过来和她聊天。

“你叫什么名字?”糖心露出洁白的牙齿，阳光照耀着她如水的眸子熠熠生辉。

悠悠见到生人有些忸怩，她怯怯地躲在逸群身后，紧抓着周逸群的衣襟。周逸群笑着把悠悠拉出来，对着糖心说：

“这是我的女儿，名字叫悠悠。糖心，你带着悠悠去和其他朋友们一起玩吧。”

“好啊，我们走吧。”糖心拉着悠悠的手，将她拉到孩子们中间去了。在这群活泼可爱的孩子们的带动下，悠悠也跟着他们玩了起来。

周逸群看着眼前这个场景，感到很欣慰。他这个决定是正确的，这群孩子们有种魔力，治愈一切的魔力，他们可以赶走沉闷的乌云，仿佛是在夹缝中生存的顽强而快乐的野草，具有旺盛的生命力和朝气。

周逸群放心地将悠悠交给孩子们，独自一人在院子里闲逛。他不知不觉又走到了教室的墙壁旁，搜寻墙上新的便利贴。

奇怪的是，这次便利贴没有出现，墙上贴着的还是上次的那首诗，位置都没有一点变动。

那个人没有再来过吗？那个人究竟是什么人？他们有着同样的默契，用这种独特的方式在这样一个喧嚣又寂寞的世界里沟通着彼此的心灵，这是怎样的一种难得啊。他怀揣着小小的期望，等待他的下次出现。

惊　喜

××饭店里，外汇资金处的人们举杯畅饮，喜形于色。

周逸群坐在酒席的正中间，很多人来向他敬酒，他都很是豪迈地一饮而尽。

桌上的菜肴非常齐全，色泽鲜美，让人垂涎欲滴，人们已经迫不及待地开动了，周逸群的胃口却不是很好。

人们各自谈笑风生，沉浸在自己的世界里。灯光有些刺眼地照射着周逸群的眼睛，再加上酒精的作用，他头昏脑涨，胸口很闷。

“周处长，你去哪儿？”

“我出去抽根烟。”周逸群站起身来，略带歉意地说。

他趁机出来透透气，在酒店门口徘徊了很久，然后坐在了喷泉边上。

周逸群见过这家酒店的喷泉喷水时的样子，水流分散，汇聚成不同的形状，一会儿是莲花，一会儿是擎天柱，一会儿则如烟花般爆炸开来，相当壮观。夜晚的喷泉通常散发着五彩缤纷的光芒，旋转、跳跃着的光束穿梭在水流之间，随着音乐曲调的高低变幻出不同的颜色。

而此时的喷泉还没有开始喷洒，只剩下光秃秃的铁管和满池平静的水，四周都是干的，像是很久没有喷了一样。周逸群坐在喷泉边上，点燃一支烟，瞬间烟雾缭绕起来。

黑黝黝的天空上也笼罩着一层烟雾，星星和月亮都躲了起来。静静地似乎睡着了一般，万籁无声。这样的夜色令周逸群感觉很孤单。

方才酒席上的谈笑声仍然回绕于耳。周逸群从心底感到高兴，这次交易也算是考验了中国华都发展银行的外汇交易员们的团队合作能力，能够获得这样的结果确实是出乎意料，周逸群静静地望着夜空，心潮澎湃。

“自己在这儿发什么呆？”

突如其来的声音吓了他一跳，他转身看去，一个细瘦的影子从黑暗中出现。

“是我啦。”

周逸群看清了肖萌若隐若现的脸。

“你怎么也在这儿？”他感到惊喜。

“我们部门也在这里聚餐，为了庆贺我升职。”说着，肖萌也坐了下来。

“早知道我也过去敬你一杯了。”周逸群看着她。

“你的好意我心领了，你这么忙，哪有空亲自来道贺。”肖萌娇嗔地说。

“你这么说，好像我没有义气一样。”

“我哪有这个意思，我说的是实话而已。”

“你知不知道，有种友情是有难同当，但是对方得势的时候只在一边默默祝福的吗？”

“这么说，你还挺无私的。”

“也没有，”周逸群停顿了一会儿，“我下班的时候看到山口了。”

“哦，”肖萌略有所思，“山口是来祝贺我的。”

“你们最近关系很好吗？”周逸群犹豫再三，终于问出了口。

“还好吧，他一直想追求我。”

“那你是怎么想的？”

肖萌凝望着远处的黑色灌木，或者是别的什么，周逸群看不清她的眼睛，更不知道她在想什么。

一阵沉默。寂寥的夜空中冒出两三颗闪耀的小星星，朦胧的月亮也在黑云间若隐若现。时间一点一滴地过去，肖萌始终没有开口，周逸群的心一直被悬挂在半空中，似乎随时都可能会摔在地上。

“我，怎么说好呢？”肖萌将她的一缕发丝挽在耳朵后面，斜睨着他，然后又转过脸去，“我觉得山口先生是一个绅士。”

“对啊，山口确实很优秀，我们认识了这么多年，也算是老朋友了，偶尔会因为业务有联系，上次我去日本还是他接待的我，我们聊得很开心，日本的樱花可美了。不过最好笑的是，有次东京街头的屏幕上写着一行汉字：‘武汉，世界樱花之乡’，你说好不好笑？”周逸群夸张地笑着，似乎在努力掩饰什么。

“逸群，”肖萌抬头看向他，“听说你们部门最近完成了一笔大交易？”

周逸群的思绪被拉了回来。

“是啊，完成得很圆满，我非常开心，待会要请他们去唱歌，你去吗？”

“我就不去了，晚上还有事要忙。我也祝贺你们。”肖萌皎洁的眸子在黑暗中发着光，脸颊略微清瘦，没有表情的时候显得有些清冷，不过她转瞬就笑开了。

“我觉得感情这件事吧，真的难以强求。并不是一个人越优秀，你就会越喜欢。有的人家财万贯，帅气逼人，但你并不喜欢。可是对于有的人，就算他一无所有，你反而尤其倾心，想跟他去闯荡，去打拼。你可能觉得我很天真，但是我就是这么想的。”

“没有，我觉得你说的很对。现在很多人的确习惯于把外在的条件当作择偶标准去筛选，这哪是感情？分明只是做匹配。缘分使然，我们应该听从自己的内心。”

“说到缘分，缘分这个东西也很奇妙。有时候一个人喜欢你，你可能当时并不喜欢过他，但是等你喜欢上他的时候，他可能就不在你身边了。所以说很难说清楚，我对山口先生的感觉就是没有什么感觉，我已经跟他说明白了，但是他是个好人，我愿意和他做朋友。他也很尊重我，像朋友一样鼓励我。我不会伤害一个人的好心，但是也不会违背自己的内心。所以，就是随缘吧。”

周逸群听到这番话，说不上心里什么滋味，他觉得肖萌这样的做法很妥当，但是心情仍然不很高兴。周逸群很欣赏肖萌的生活态度，但是有时候又觉得她太过倜然，捉摸不透，又若即若离。

“你呢？你怎么想？”肖萌忽然望向他。

周逸群愣住了，他不知道肖萌是在询问他关于什么事的态度。关于山口的事？他当然不开心，但是他不知道不开心的原因。关于感情？他已经太久没有想过这个问题了。

“我啊，我觉得人心越复杂，感情就没那么纯粹了。所以，做一个纯粹的人，有梦想有追求地去拥抱生活，感情就会自然而然地到来了。”

“你有什么梦想？”

“我想环游世界吧。平时工作太忙，反而让自己觉得精神上一片空白。在金融行业工作确实很振奋人心，很符合我的喜好。但是有时候也想休息一下，去看看世界各地的自然风光。”

“我和你一样！”肖萌突然激动起来，“我一直都超级想去旅行的，只是没有人陪。有时候想想世界上最蓝的海，最美的星空，就会很躁动，那么多美好的风景，要是这辈子不都去看看，岂不是可惜了？”

周逸群看到肖萌向往的神情，仿佛现在浮现在眼前的已经是宽广而澄彻的海洋，蓝的像蓝色的宝石，又像铺染的鲜亮的水彩画。肖萌像一只鸟儿一样冲向海洋，掠过水面，奔向了一望无际的天空。

“我们可以一起去啊。”

“好啊！就这么说定了。等哪天休假的时候，我们一起去旅游。”

“一言为定。”逸群坚定地说。

乌云已经消失，月亮完全露出来了，最开始稀稀落落的星辰在无人注意时悄然滋长，整个星空都璀璨明亮起来，星罗密布、众星拱月，不知不觉吸引了逸群的目光。

肖萌轻轻地拉了一下他的衣袖。

“怎么了？”

“跑！”只见肖萌像灵敏的夜猫一样一瞬间跑了出去。

他还没有反应过来，就感觉脖颈上一阵冰凉。他回头一看，喷泉不知什么时候已经开启，正在突突地冒着清水。

他赶紧闪到一边，用手拂拭衣服上的水珠，任由肖萌在一旁笑得直不起腰来。

原本寂静的喷泉池变得喧闹。这时，悠扬的音乐伴着流水声响了起来，是贝多芬的《悲怆奏鸣曲》，实则听不出丝毫悲怆来，像是一个人在安静的夜晚轻轻低语，没有多大情绪的起伏和变化，只有安详和平和，连同七彩的灯光一起点缀着这个美丽的夜晚。

周逸群回到酒席时，仍然沉浸在浪漫的音乐里。人们喝得尽兴了就一呼百应地准备去 KTV 了。

偌大的房间里，周逸群在人们的簇拥下，站到了小台子上。

“很开心能和大家聚在一起，今晚大家都玩得很高兴……”

“周处长，你中途可离开了很久啊，得罚歌！”一个人在下面喊道。所有人也都跟着起哄。

“唱歌！唱歌！”

周逸群开心地笑着：“好，好，好。”

他点了一首《Forex is my life》。这是他闲暇时会听的一首歌，仿佛每句歌词都是外汇交易员的心声，正如他的一生。

When you begin it's always hard to start
当你开始交易，并不会一帆风顺
It's common that you have high expectations
因为你和其他人一样，对交易成功有太高的期望
At first you lose when learning trading art
当你开始学习交易这门艺术，你会经常亏损
But don't give up just try to have some patience
但不要放弃，你需要的是多一点耐心和坚持
Of course you think that game will be so esay
你会想当然地觉得交易就是场游戏，会很简单
Such business is as cruel as the rest
但是交易和其他事业一样冰冷残酷
Dont let your wins just make you head be dizzy
别让盈利冲昏你的头脑
If stay and trade
如果坚持交易
result will be the best
结果一定会是最好的
I know that every single day
每一天
You can begin the competition
你都能够驰骋在交易的竞技场中
Get profit with your every trade
从你每笔交易中获取利润
Just know that forex is your mission
交易将成为你的使命
Forex is my life
外汇交易是我的生命
Forex is my love

外汇交易是我的挚爱

Some time will pass and you will see that trading is not so hard for those who there long

所有挫折终将消逝，只要坚持下去，交易会变得不再困难

There’s always one whose help is there waiting

市场上会有你的同类帮你走出迷茫

And finally you'll keep your profit strong

最终你会获利颇丰

I know that every single day

每一天

You can begin the competition

你都能够驰骋在交易的竞技场中

Get profit with your every trade

在你每笔交易中获取利润

Just know that forex is your mission

交易将成为你的使命

Forex is my life

外汇交易就是我的生命

Forex is my love

外汇交易就是我的挚爱

You know that only Forex will keep you continue getting better

交易会让你脱胎换骨

Just don’t give up

永不言弃

Be in a deal and know that Forex only matter

坚信外汇交易是你人生最重要的事情

第七章

花落谁家，抢夺交易大单

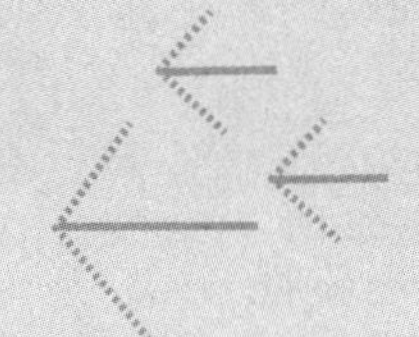

周逸群为了日贷业务来到大连见华风集团的负责人沈蓝宇，虽然过程有些出乎杨亦群的意料，但是最终还是成功与华风集团签订了《外币债务风险管理协议》。这一场抢夺交易大单尘埃落定！事业上顺利，感情上也同样顺心。周逸群原本是拒绝洪斌为其介绍对象的，但是实在是盛情难却，只好答应见一面洪斌的表妹。结果却出人意料，原来洪斌的表妹正是肖萌，也许这就是所谓的缘分天注定！

外汇债务风险管理 是根据国际市场汇率和利率走势,银行利用各种金融衍生产品,如利率调期、货币利率调期、外汇期权、利率期权、调期期权及其产品组合等,帮助公司规避债务风险的业务。

时代背景

2001 年我国加入世贸组织之后，贸易顺差急剧扩大，外资大量流入，国际收支大额顺差，国际收支不平衡的矛盾日益突出。特别是 2002 年之后，我国外汇储备大幅增加，对央行发行货币造成较大压力。另一方面，我国经济发展状况良好，经济实力增强，国际影响扩大。国内进一步改革外汇管理体制的条件日趋成熟。为适应社会主义市场改革发展的需要，中央决定再次进行外汇体制改革。

中国华都发展银行是承接国际金融机构或外国政府机构贷款给中国企业的转贷银行之一，所谓的转贷行是指银行接受国际金融机构的委托，与企业签订转贷款协议，将资金转贷给国内企业。

国际金融机构贷款虽然是低利率的优惠贷款，但是贷款期限比较长，多在 10 ~ 20 年之间。借款的企业还款所需的货币与收入的货币通常是不一样的，所以需要将收入的货币转换成还款货币才可以还款，在国际金融市场日趋动荡的环境下，借款企业就面临着巨大的汇率风险和利率风险。

例如，在过去的 20 年里，美元兑日元的汇率最高曾经达到 1 美元兑 250 日元，最低为 1 美元兑 79 日元，高低相差 2.16 倍，由于日元汇率的上升，原本条件很优惠的日元的低息贷款反而变成了企业沉重的债务负担，具有很高的风险。

所以，由于汇率变动而产生的风险，便是转贷企业会拖欠贷款的主要原因。

中国华都发展银行承接了包括日本、德国等 17 个国家的贷款，其中很大一部分来自日本的金融机构，转贷的余额将近两百亿美元。

中国华都发展银行承担着企业不能按期付款时的垫款，所以，中国华都发展银行与中国企业的利益是息息相关的。从这种意义上讲，降低企业的风险对银行对企业来说都是有利的。

华风集团

华风集团是国内一家规模较大的日贷企业，2001 年，华风发出讯息想要为其日元贷款做风险管理，贷款金额为 800 多亿日元，折合 8 亿多美元。

金融界一时风起云涌，包括中国华都发展银行在内，有 20 ~ 30 多家中外银行如同猛虎争食一般参与争夺这单“代客外汇债务风险管理业务”。

代客外汇债务风险管理就是银行根据国际市场汇率和利率走势，利用各种金融衍生产品，如利率调期、货币调期、外汇期权、利率期权、调期期权及其产品组合等，帮助企业规避债务风险。

当华风集团决策层为与哪个银行合作而决定不下时，恰逢企业改制。于是，集团内部的管理层开始频繁变动，机构也不断调整。三年时间里华风的负责人不停调换，业务也迟迟没能开展。

参与竞争的多家银行几乎都是刚跟华风暂时的负责人熟悉之后，不久又换一个。

其他银行都慢慢失去了耐心，一个一个放弃了。华都发展银行却没有，周逸群依然要求交易员每天给华风的负责人发市场信息和报价，派特定人员定期拜访。

他的团队锲而不舍地为华风出谋划策，在他的鞭策下坚持了三年。

2004 年冬天，华风集团在最后更换了一次负责人后，终于决定要做此业务。大批银行趋之若鹜，争先恐后来抢单。

中国华都发展银行自然不甘落后，经过严格的方案制定和审核后，周逸群快马加鞭地前往大连，准备拜访华风集团，他胸有成竹地认为，这次业务对华都发展银行来说几乎是势在必得。因为在国内的其他银行里，没有像华都发展银行这样为此业务坚守了这么久的银行，他相信他们的诚意足以打动华风集团。

周逸群带着一些资料和银行设计的方案来到了大连。

冬季的大连银装素裹，房屋、山坡、松树都覆盖着洁白的面纱，街上积雪数尺，厚厚的靴底艰难地踩在松软的雪地上，浅陷下去。原本晦暗的天色被皑皑白雪映衬得格外明亮，以往是天照亮了地，如今是地照亮了天。

周逸群下了飞机就坐进了出租车里。一路上，他看见车窗外仍旧大雪纷纷飘扬，来往的车辆井然有序，缓慢地驶过后留下一道乌青色的车轮痕迹。行人用宽大的帽子和口罩包住脸，使人看不清他们的面容和神色。

司机很抱歉地告诉他由于积雪严重，前方堵车，还要等一段时间才能疏通。

周逸群打开了车门。一踏上这块土地，周逸群就感受到了寒意。他抬头望了望天空，几片冰凉的雪花落在了他的脸颊，千千万万颗雪花像是天空的孩子，不远万里飞奔向大地，投入它们的母亲的怀抱。一旦落下，便顷刻间融化，渗入万物的身体里，滋养着一个个赤诚的灵魂。

他看到远方的长长的车队开始在白色的雪地上前进，就回到了车里。

他想，这次大连之行一定要达成目的。

华风集团是国内最大的电子企业之一，在中国形成了广泛的品牌影响，电子产品的销量常年稳居前列。前些年，作为本土企业的华风不满足于只在国内产销，有了进军国际市场的打算，于是他们利用日元贷款引进先进技术与设备，扩大生产规模。但是这笔贷款金额巨大，而国际金融市场风云变幻，汇率波动频仍，特别是日元逐步走高，眼瞅着债务成本也随之攀升。华风需要尽快做债务保值，只是鉴于企业改制，计划一拖再拖。

最近，集团机构稳定了下来。于是，他们将 800 亿日元做债务保值的事情正式提到了议事日程。作为日贷企业，华风开始寻找帮助他们做债务保值的交易银行。周逸群知道，他们的机会来了。

华风大厦坐落于滨海大道的工业园区，是沿路拔地而起的最有气派的一座现代化高楼，这几乎成为了中国最为先进的电子科技的核心标志。可以想见，对于国内外银行来说，能够拿下华风集团这笔大单有多么诱人，竞争必定非常激烈。

随着雪逐渐变小，周逸群快步走入华风集团的大厦里。

秘书带领他来到了大厦的最顶层，华风集团的负责人正在等着他。

华风集团的现任负责人是华风企业改制三年以来的第13任领导，名字叫做沈蓝宇，和周逸群以前几乎没有过任何交际。周逸群只知道他刚上任不久，新官上任三把火，第一把就是接手了进军国际市场的贷款项目，并打得电子业措手不及，可见其手腕多么狠辣。

进入办公室，周逸群瞬间眼前一亮，像是打开了新世界的大门。

所谓的办公室却更像是一间禅房，除了桌椅是公司一齐配备的商务桌椅外，其余的摆设都带有禅意风格。窗边安置着一对雕镂精细的木色藤椅，与藤椅同色的木桌上摆放着一套沉绿色的青瓷茶具，低调却精致。房间右侧是一排红木书架，整整齐齐摆放着书籍资料。左侧较大的紫檀木桌旁则直接摆放了五个草编的蒲团。洁白的墙上只有一座木制的时钟，别无他物。

周逸群顿觉神清气爽，仿佛走进了一个诗意盎然的隐者的世界里。

沈蓝宇身穿白衬衣，深蓝色西裤，端着杯子站在窗前，他慢慢地转过头，看到周逸群后展开了笑容。

“周先生，你好。”

“你好，沈先生。”周逸群热情地与他握手，道：“你的办公室布置得太诗情画意了，真是让人眼前一亮。”

“在自己喜欢的环境中工作才会更有动力。”沈蓝宇将周逸群请到落地窗旁的藤椅上坐下。

此时，窗外的雪已经停了。

沈蓝宇把手中的瓷杯放到桌子上，周逸群看到里面残留有一部分浓黑的咖啡，像是一潭黝黑的湖水，倒映出窗外的景色。

“周先生，你喝茶还是咖啡？”

“喝茶就好。”

“你稍等。”

周逸群趁此机会在办公室里逛了逛，看到书架上的书，从卡夫卡到三岛由纪夫，从诗歌到小说，古今中外，无所不有，令人眼花缭乱。

当沈蓝宇回到办公室的时候，周逸群不好意思地问：“你不介意我翻一下吧？”

“没事，你随意。”

“你的书架简直就是个小型图书馆啊，种类这么齐全。”周逸群随手翻开了陀思妥耶夫斯基的《白夜》。

沈蓝宇笔直地坐着，没有答话。

他将面前的青瓷杯倒满：“茶好了。”

“好的，谢谢。”

周逸群走到藤椅旁，缓慢地坐下。

“沈先生，我这次来是为了华风集团的日贷业务的事。”

沈蓝宇静静地听着。

“我带来了我们银行制定的代客外汇债务风险管理的方案，请您过目。”周逸群从手提包里取出准备好的资料递过去。

只见沈蓝宇双手接了过去，又放在桌子上，没有立即翻看，他慢悠悠地说：“周先生，我们先不聊业务的事。您大老远过来，我得好好款待你，等到午餐时间，我们找一家餐厅慢慢聊，可以吗？”

周逸群点了点头。沈蓝宇不愠不火的性格对周逸群这种雷厉风行的人来说有些招架不住，像是冰与火相遇，在他的感染下，周逸群的心情渐渐平静下来，他端起青瓷杯，细细品味着茶的芳香，外面的冰天雪地与他再无关系。

沈蓝宇是一个大隐隐于市的人，应该说是最入世的隐者。华风集团也是求贤若渴的大企业，像沈蓝宇外表如此淡泊的人能够在商界青云直上，走到权力的中心，实在是匪夷所思。他一定不简单，周逸群想。

大连的沙滩一到冬季就人迹罕至，北面的沙滩会出现结冰、海浩等壮观景象，南面却不会，南面的海在冬季别有一番风味。烟波浩渺、海天一色，嶙峋的礁石从海平面上露出，黑黢黢的，让人望而生畏。

黄昏来临之时，便是最美丽的时候。白天还灰白的海面变得多彩起来，橘黄、玫红、澄蓝，如同一幅色彩鲜明艳丽的油画，空旷却不寂寥，壮阔又不失细腻。

时间一点一滴地流逝，不知不觉到了午餐时间。沈蓝宇让司机载着他和周逸群在滨海大道上行驶。

“周先生，这是你第几次来大连?”

“记不清了，得有六七次了。”

“有好好玩过吗?”

“基本都是来去匆匆，没怎么逛过。”

“如果您有时间的话，我就带您好好看一看这座城市怎么样?”

周逸群想了想，这笔交易是最近部门里最重要的事，其他的工作孙筱一个人就可以搞定。在大连多花点时间或许可以赢得沈蓝宇的信任。于是他说：“没问题，很荣幸有这个机会。”

沈蓝宇心满意足地笑着，望向无边无际的大海。

华风集团的内部纷争问题十分严峻，周逸群了解到，过去的三年时间里，企业一直在对内部人员进行整顿，裁员、升迁、降职的事情屡屡发生，就在这个人心惶惶的时候，沈蓝宇像一匹黑马一样劈空杀出，稳稳地坐在了华风高层的位置上。他一直是一个谜，工作能力不弱，却低调内敛，毫无锋芒，让人察觉不到他的存在。

而就在最近，公司高层突然启动了进军国际市场的计划，沈蓝宇成为主要执行者。这正是他打响的第一战，必须保证万无一失。因此，他不得不万分慎重。

周逸群不是第一个前来拜访的人。自从华风集团发出讯息后，众多银行纷纷来访，沈蓝宇应接不暇，然而，经过了解以后，他并非完全满意，对比之后，只有几家银行的方案可行性高，暂为待定。

中国华都发展银行一直为华风集团服务了三年，个中诚意可想而知。沈蓝宇也心知肚明，他一直在耐心地等待华都发展银行拿出他们的方案。

沈蓝宇带周逸群来到一家海滨餐厅，选择了一个靠窗的位置坐下。

“我向您推荐这里的海鲜，是这家店的招牌，不会让您失望的。”

“好的，那我就不客气了。”周逸群根据菜单点了几样餐厅的招牌菜。

“周先生，我们用完餐再聊其他。”

“好的。”

沈蓝宇漫不经心地靠在座椅上，跟周逸群聊着大连这座城市。

在他的口中，大连是一个美丽而宜居的城市。他在海边长大，小时候的梦想是做一个渔民，后来意外地学了商。每年七八月份的海鲜最美味，多以鱼虾贝蟹为主要原料。

周逸群很认真地听着，他对这座城市的好感越来越强烈，仿佛看到了一幅城市缩略图，从景色到人文，一切的一切都在他心中勾勒出一个美好的伊甸园。

菜肴一道一道陆续端上来，古法蒸黄鱼、珍珠海胆、油爆海螺、五彩雪花扇贝……

“周先生，尽管吃，不要客气。”

“你也请。”

周逸群吃过许多海鲜，在大连吃的海鲜次数也不少，但是这次的口味真的不一样。

“味道真不错，大连的海景也很美。”

“对，确实是个好地方。”

他们边吃边聊，气氛非常融洽。用餐结束后，服务员端上了红茶。

“沈先生，和你一起用餐很愉快，也让我深入了解了这座城市。接下来，我们聊一聊业务的事吧。”

“嗯，好。”沈蓝宇用湿巾仔细地擦拭了双手，然后又用纸巾擦拭了一遍。

周逸群已然被他精致又严谨的生活态度打动了。

“我先把我们银行提供的方案具体陈述一遍。由于贵公司收入的货币形式是人民币，债务却是日元债务，但是目前，日元的汇率不断走强，因此，如果用日元还款的话，会增加债务负担。而美元的汇率却正在贬值，如果把日元债务换成美元，原本应该支付的日元变成了美元，就会减轻债务负担。”

“你们的方案是把日元债务换成美元是吗?”

“是的。”

“日元换成美元……”周逸群看着沈蓝宇依然波澜不惊的眼睛，有些忐忑不安。

沈蓝宇没有发表意见，他低头用汤匙搅动手中的咖啡，引起一阵漩涡。

“沈先生，我们银行对这次合作非常有诚意，我们之前派人来拜访过贵公司多次，现在我作为外汇资金部的负责人，特意来拜访你。我敢保证，如果你想做这个债务风险管理业务的话，我们银行绝对是你的首选。我想你也知道，中国华都发展银行的国际评级是准国家主权性，因此在市场上询价时，我们能为客户争取到最优的价格。”

“我们在做代客交易时，不是单纯以盈利为目的。作为转贷行，我们银行的利益与企业的利益实际上是一致的，都是为了能正常地还本付息，We are in the same boat，因此，华都发展银行是最真诚地为客户做债务风险管理。坦率地说，我们银行考虑的不是要从交易中赚多少钱，我们只收取合理的交易费用，因此，从价格上来讲也是比较优惠的。重要的是，我们给出的交易方案是结合现在的金融形势，经过严格调查研究而设计的，最符合华风的实际情况。”

“我知道你们的诚意。据我所了解，华都发展银行三年来一直坚持为华风服务，我代表华风向你们表示感谢。我会仔细考虑一下，等我回去仔细看一看你的方案，再做决定。这几天，周先生你就在大连好好游玩一回，好吗?”

“你要做我的导游吗？”周逸群打趣地问。

“对啊。”沈蓝宇一改淡然的表情，露出了欢快的笑容。

信任与合作

第二天，沈蓝宇带周逸群逛了金石滩和星海公园。

休息时，周逸群与他聊起国际金融形势来，侃侃而谈地发表了自己的见解。沈蓝宇在一边仔细地听着，若有所思，不时提出自己的问题。

“沈先生，不知道您对我们的方案考虑的怎么样？”

“周先生，我仔细看了，你们的方案确实不错，也很符合我们公司的情况。华都发展银行的能力与诚意是毋庸置疑的，而且经过这两天的相处，我认为你是一个值得信任的人，把交易交给你的团队来做，我很放心。”沈蓝宇终于说出了自己的看法。

“原来，你是一直在考量我啊。”周逸群听沈蓝宇这么一说，瞬间明白了。

“不敢不敢，互相了解而已。”沈蓝宇笑着说，“周先生，今天我非常开心，听你谈论金融经济真是受益匪浅。”

“沈先生，我也很欣赏你的生活态度，那我们这次的合作，您看怎么样？”

“没问题，我们很乐意与华都发展银行合作。”沈蓝宇点了点头。

周逸群的心情很激动：“谢谢你们的信任，我们不会让你们失望的。”

周逸群认为这两天的大连之旅实在是不虚此行。他不仅获得了沈蓝宇的信任，拿下了这单大额交易，而且深刻地了解了大连这座美丽的城市。

不久后，华风集团向外界宣布，中国华都发展银行是最有诚意帮助他们做债务风险管理的银行，而且方案最优、报价合理，因此，华风已经决定与中国华都发展银行合作。

很快，华都发展银行与华风集团签订了《外币债务风险管理协议》。

在当时的中国金融市场上，华都发展银行赢得的这笔交易大单，是最大的一笔代客债务风险管理交易。

这笔最大交易的尘埃落定一时间在金融行业引起了轰动，众多的中外银行都领会到了华都发展银行的实力，而周逸群也成了万众瞩目的风云人物。

盛情难却

“哈哈哈，周处长实力真是不一般啊，一出马就凯旋而归。”洪斌笑着来到了周逸群的办公室。

“哪里哪里，这是我们集体的功劳。”

“你可别谦虚了，要不是你指挥有当，外汇资金部怎么会一直所向披靡？你啊，出名了！”

周逸群笑着摆了摆手。

“对了，上次跟你说我表妹的事，你考虑的怎么样了？你可别再推辞了，再等黄花菜都凉了。”洪斌把话题一转。

“洪处长，不是我一再推辞，这事真的得随缘，你看我一把年纪了，还带着孩子，有些事都看淡了，我……”

“好了，什么都别说了，我就给你安排好了，明天晚上把时间空出来，我先带我表妹跟你见个面，见面之后再说，再拒绝我可就不认你这个朋友了。”洪斌态度坚决，半开玩笑地说。

周逸群盛情难却，只好答应了下来。

洪斌离开以后，周逸群一连接了好几个领导的来电。刚放下电话，歇了一会儿，孙筱又来了。

孙筱身穿浅灰色的西装裙，将蓬松的波浪卷发披在肩侧，看上去很年轻，完全不像是两个孩子的母亲。

周逸群见她精心装扮地出现在眼前。

“孙总，我刚要去向你汇报，你装扮得这么好是今晚有聚会吗？”

“没有，”孙筱莞尔一笑，有些羞涩，“我是特地来恭喜你的。”

自从和周逸群和解以后，孙筱对他的看法与之前不大相同了。从发行美元全球债券时，周逸群就一直不计前嫌地帮助她，在她最无助、最不知所措的时候安慰她，仿佛有种总能化险为夷的力量。面对这个聪明强大又宽宏大量的男人，她心里建造的提防全部都瓦解了。她打从心底觉得这个男人很可靠，不仅是个得力的助手，更加是个能力超群的金融专家，业绩出色，几乎屡战屡胜。孙筱不由得对他好感倍增。

孙筱是一介女流，虽然工作能力也不弱，但是在竞争如此激烈的金融业很难冲出重围，有一部分原因是源于严秉贵的提拔。严行长对她照顾有加，她对严行长既尊敬又感激，自然希望他能成为一行之长。她甚至希望周逸群也像她一样支持严秉贵。然而，周逸群不是喜欢拉帮结派的人，他没有那么立场鲜明，但是他也早就洞悉了这两个候选人的实际情况。

牛金水虽然有时看上去吊儿郎当、油嘴滑舌，但是工作上积极谦虚，业务方面也一向只以实力说话，为人正直，真心提拔后进。严秉贵表面上是一个和事佬，支持者众多，实则凡事只以自身利益出发，老谋深算。

但是二人业绩齐头并进、不分伯仲，孰能独占鳌头令人难以猜度。

“咦？你这里还有毛笔？”孙筱惊奇地快步走到周逸群身边，看着他桌子上的笔架，“你还会书法呀？”

“也不算是书法，就是偶尔会练练毛笔字，修身养性。”

“你这里有写好的字吗？”

“有。”

“我可以欣赏一下吗？”

“不敢献丑。”

“没关系，我还不会写呢。”

周逸群拗不过她，只好从抽屉里拿出几张练习用过的宣纸。

虽然并非完整的书法作品，只有几句未写完的诗，但是足以得见他的书法功底。

“兴酣落笔摇五岳，诗成笑傲凌沧洲。功名富贵若长在，汉水亦应西北流。”

大气磅礴的诗句犹如笔走龙蛇，雄健洒脱，跃然纸上。笔势苍劲处力透纸背，入木三分，如青松俊柏倒挂于绝壁之上；险峭处陡转急下，剑拔弩张，如飞湍急瀑倾洒于悬崖之巅。翩若惊鸿，矫若游龙，行云流水，一气呵成。

孙筱看完后连声赞叹：“太好看了，虽然我不懂书法，不过这字真让我惊艳，写得太棒了！你一定要教我！”

周逸群知道这是恭维，便谦虚应和了几句。

“别忘了，以后我可要拜你为师。”孙筱开心地将手搭在逸群的肩头。

这句话又是那么熟悉，是谁说过来着？对了，是肖萌。不知道她现在正在干什么？周逸群的思绪飞了出去。

此时的肖萌正路过周逸群办公室外的玻璃窗，她往里翘首一望，看到孙筱正在和周逸群亲昵地说笑，手搭在他的肩头。

肖萌心里猛然间一阵失落，她一个闪身躲在了窗户一侧，竟不知该往哪儿去。

孙筱正准备离开周逸群的办公室，肖萌下意识地背过身去不让她看见。她也不知道自己为什么要躲起来。她很好奇这个女人是谁，难道是周逸群的情人？

越想越不开心，越想越惴惴不安，她想要扭头走掉，又游弋不定，算了，还不如趁机问个清楚呢。

她整理了一下衣着，敲了敲门。

“请进。”

肖萌推开门走了进去，边走边笑着：“周处长，我是来道贺的。你的战绩，连我这无名小辈都听说了。”

“你是来蹭茶喝的吧？还战绩，别嘲讽我了。”

“你怎么能这么说呢？你可是一战成名啊，我看见大家都围着你转呢。怎么样？有桃花呀？”肖萌装作调笑的样子酸酸地问。

“哪儿有桃花？你看见什么了？”

“就是刚刚……”肖萌朝外瞥了一眼。

“说什么呢。那是我上司，哪是什么桃花啊，借我一百个胆我都不敢。你这脑袋里整天想什么呢？”

肖萌翻了个白眼，终于放了心。

“你的上司整天打扮得这么美艳，你都不会动心思？”

“你怎么这么八卦？”周逸群用手敲了敲她的脑袋，“我可不喜欢这个类型，女人还是简单干净点好。”

“那不就是我吗？”肖萌嘴上开着玩笑，内心其实也很开心，她知道了周逸群的想法就安心了。

“那是什么？”她突然看到桌子上的宣纸，“书法？”

“对啊，我写的，怎么样？”周逸群将它递过去。

“兴酣落笔摇五岳，诗成笑傲凌沧洲。功名富贵若长在，汉水亦应西北流。李白的《江上吟》，这笔势，这力度，真不错！”肖萌盯着看了一会儿，又转过头去打量周逸群，“行啊，看不出来，真挺好，跟谁学的？”

“我父亲生前教我的。”

“厉害！”肖萌由衷赞叹，“好了，我就是路过来看看你。收获挺大，我走啦。”

有一种人，她总能够看懂你，她的话语，她的眼神总能随着你心的方向行进。而她的一言一行，一举一动都有种能够牵引你的力量。肖萌不知不觉已经成为了周逸群心中这样的存在，只是他还未察觉到。

周逸群送走了肖萌，笑容更加灿烂了。

相亲遇旧知

周逸群想起了洪斌要介绍给他的表妹，虽然没有见过，但是周逸群并不想参加这种相亲。一来他现在工作繁忙，抽不出时间来处理感情的问题，二者考虑到悠悠，她的性格随周逸群，有时很倔强，给他找后妈不是一时半会儿的事，还得多方面考察。

但是，没有办法，碍于洪斌的面子，他也得去见一面。

第二天下午，他处理完工作上的事，便独自来到了约定好的餐厅。

餐厅的环境非常好，安静又悠扬的音乐，

他点了一杯黑咖啡，独自坐着，不经意地看向窗外，却发现了一个熟悉的身影，肖萌正在往这家餐厅里走。

周逸群顿时慌了，他不想让肖萌看到他，便拿起报纸遮住了脸。虽然只是吃顿晚餐而已，他也不想让肖萌误会。但是这又怎么叫误会，毕竟是自己亲口答应了的。

这样想着，周逸群懊恼地叹了口气，他偷偷观察着肖萌的举动。只见肖萌推开门走了进来，选择一个靠窗的位置坐下后，就开始拨电话。

谁料此时，周逸群的手机突然响了起来，为了避免引起肖萌的注意，他赶紧关掉了声音。

“喂。”

“逸群，你到了吗？我现在马上就过去，我表妹应该也已经到了。”

“那个……我们能不能换一个见面的地方。”

“怎么了？”

“没事，就是感觉这家餐厅环境不太好。”逸群随意编造了一个理由。

“有什么不好的？我觉得挺好的，你放心，我表妹不会介意的。”

“好吧。”周逸群无可奈何地挂了电话，看来自己不能逃避了，还不如早点跟她打招呼。

他放下报纸，战战兢兢地走到肖萌眼前。

“你怎么在这儿?”肖萌瞪大了双眼。

“我和别人约在这儿吃饭。你呢?”

“我也是，和朋友一起。”

“你朋友呢?”

“马上就来了。”肖萌看向门的方向。

此时，洪斌从门外走了进来，他望向周逸群和肖萌的方向，伸出手打招呼。

周逸群心想，看来事情瞒不住了。他站起身，准备迎接洪斌。

没想到肖萌也站了起来，笑着和他打招呼：“表哥，你来了。”

周逸群坐在原地愣住了。

“你们认识?”洪斌惊讶地问。

肖萌也不明就里，她来这家餐厅是由于表哥洪斌非要带她来见一个他的好朋友，恰好在这里遇见了周逸群。看到他们两个的反应她也一头雾水。

周逸群恍然大悟，原来洪斌的表妹就是肖萌。这点他是怎么都想不到的，他以为这只有在电影里才会发生的情节。

不过知道相亲对象是肖萌后，周逸群倒松了一口气。

“太巧了。”洪斌爽朗地笑着，“原来你们早就认识，那就不用我介绍了。”

“我也没想到。我们两个以前就是相亲认识的呢。”周逸群说。

“表哥，你没跟我说是相亲啊。”肖萌嗔怪地说道。

“我要是说了，你不就不来了。”

“话是这么说。”

“来都来了，既然都认识，那我们今晚就好好喝一场吧。”

一场奇妙的巧合令周逸群很开心，他万万没有想到，洪斌的表妹竟然就是肖萌。如果早知如此，自己就不会那么抗拒了。也好，如果换做是别人，周逸群反而不知道怎么收场了。

也正因为如此，他们三个人相处得很融洽，一场相亲反而变成了朋友间的聚会。

他们从童年趣事聊到国际新闻，从金融业前景聊到中国华都发展银行，从古论今，把酒言欢，好不畅快。

“听说，你前段时间去大连了?”

“对啊，去出差了。”

周逸群将在大连的趣事向他们说了。

周逸群此次的成功决非偶然。高度的职业素养早已使他锻炼得无比坚韧，有耐心。从华风集团首次提出想要做债务风险管理时，周逸群就瞅准了这次机会，他教导他的员工们要有锲而不舍的精神。于是他们卧薪尝胆，三年磨一剑。

沈蓝宇是个聪明人，他对华都发展银行满怀期待，知道这是帮助自己成功的一个重要的合作伙伴，只要华都发展银行给出的方案足够出色，他就能果断做出选择。周逸群没有让他失望。

福利院那边，周逸群还是每个月都会去两三次，而那个素未谋面的神秘人摘抄的诗歌再也没有出现过，周逸群感到很失落。

爱女心切

有一天，周逸群接到了悠悠老师的电话。

“喂，你好，请问是悠悠的爸爸吗?”

“没错，请问你是哪位?”

“我是悠悠的班主任。”

“哦，吴老师，您有什么事吗？”

“我是来通知你悠悠的成绩的。最近的几次月考中，悠悠的成绩有所下滑，从第一名退步到了十几名，在年级里也退到了五十多名。我一直很担心她的学习情况。”

“吴老师，我最近工作有些忙，还没来得及问她。悠悠在学校里学习用功吗？”

“以前倒是挺用功的，但是最近她和班里几个成绩不好的学生走得很近，一群女孩子整天聚在一起。当然这是学生之间的友情，我们老师也不便插手管理，所以还得麻烦您多督促一下她，让她少跟这些孩子玩，以免耽误了学习。悠悠是个很聪明的孩子，现在面临升学问题，能不能考上重点大学就看这一年了。您得多关心一下她的学习。”吴老师语重心长地说。

“我知道了，吴老师。真不好意思，让你们操心了。我会多管教这个孩子的。”

周逸群听见这个消息后忧心忡忡。以前悠悠内向的时候，周逸群担心她有孤独症，而如今，悠悠已经变得活泼开朗了，可又出现了然而随着年龄的增长，在她身上体现出越来越多青春期的征兆，她会很注重外表，经常变换发型，涂鲜艳的指甲，想要买各种各样的衣服。周逸群知道这是女孩子在这个年龄阶段必然想做的事，但是悠悠最近有时会晚回家，周逸群担心她在外面乱交朋友。

这次，老师的通知加重了周逸群的忧虑。

当晚回到家后，悠悠正在兴致冲冲地看电视。

周逸群走了过来：“悠悠，我有事要问问你。”

“我现在在看电视呢，等演完再说吧。”悠悠盯着电视机目不转睛地说。

“我现在就要和你说。”

“什么事？非要现在说。”悠悠不情愿地挪开视线。

周逸群走了过去，把电视机关掉：“悠悠，今天你的老师给我打电话了，你的成绩为什么下滑得这么严重？”

“就是十一名而已。”

“十一名而已？你在年级的名次可是退步到了五十多名，这还不严重吗？”逸群的语气更加严厉了。

悠悠低下头不说话。

“你跟爸爸说，最近在学校是不是结交一些乱七八糟的朋友了？”

“哪有？”

“你老师跟我说了，你最近老跟班里的一帮差生混在一起，是吗？你前几次晚回家是不是就跟她们一起玩了？”

悠悠支支吾吾，不肯回答。

“我不是反对你交朋友，是你要择友而交，你的成绩最近下滑的这么严重，肯定因为你老是跟一群不学习，只知道玩的朋友在一起，近朱者赤，近墨者黑，你要变得跟她们一样吗？”

“您不能只用成绩来衡量一个人！”

“你们还是学生，不看成绩看什么？再说，你不学习有前途吗？什么不是靠学习得来的？什么都不会的人，以后只会一无所成。你才这么小，不知道孰轻孰重。你爸我年轻的时候学习成绩一直很好，自制力也强，从来没有落下过，也没交过狐朋狗友。你以后少跟她们来往，听见没有？”

“我有交朋友的自由，再说，您根本就不了解他们，凭什么否定他们？”

“我不管他们怎么样，原本我也不会干涉你交什么样的朋友，但是你是我的女儿，我得对你负责，也要对你的学习负责。”周逸群顿了顿，平心静气地说，“悠悠，你要认识到成绩退步的严重性，咱好好努力，重新赶上去好吗？”

悠悠点了点头，没再说话，就回到了自己的房间。

周逸群爱女心切，恨铁不成钢，他在心底深深叹了一口气。

银行这边，自从换到新的办公室后，周逸群的办公室离肖萌更近了。但是调来很久，肖萌一直没探望过他。

爱情、知音

洪斌倒是每天乐呵呵的，经常来找他喝酒。

“逸群，你看我表妹怎么样？”

周逸群刚喝到嘴里的酒水差点喷出来：“聊着工作呢，怎么就扯到这上面来了？”

“这不是为你操心吗？我跟你说，我妹妹看样子对你可是有那么点意思的啊。”

“啊？”周逸群吃惊地问，“你怎么知道的？”

“前段时间我问过她，她含含糊糊，半天没回答上来，这一看就知道有事。”

周逸群听言就像在夜晚的海洋中飘零已久的船只终于看到光芒一般，他小心翼翼地确认，却不敢相信。

“女孩子嘛，被这样问肯定会不好意思，说明不了什么的。”

“这可是我妹妹，我比谁都了解她。她不是那种扭扭捏捏的姑娘。你先别管她怎么样，你是怎么想的？”

“我没怎么想。”

“没怎么想是怎么想的？你不说清楚我可跟你急。不喜欢就早点说，别耽误我们家姑娘。”

“谁说不喜欢了，我不是还不确定吗？我要是随便答应了，那才叫耽误她呢。”

“唉，我真替你们着急。”

“最近肖萌在干什么呢？”

“哦，最近那个日本人又来找她了，穷追不舍。但是肖萌好像对他没什么感觉。可是我跟你说，女人最容易被感动了，我当初追你嫂子的时候，她最开始也是拒绝的，后来还不是被我娶回家了？你要是再不行动，她说不定就动摇了，到时候，可别说我没帮你。”洪斌斜睨着眼睛说。

周逸群知道自己很喜欢肖萌，但是他不确定这是一种对待妹妹的情感，还是对待知音的感受，或者是果真把她当成一个可以交往的女性去喜欢。

山口仍旧对肖萌念念不忘，也真是够痴情的，周逸群想，肖萌上次对他说她对山口没有感觉，但愿意跟他做朋友，这说不定是第一步罢了。做了朋友就有继续发展的可能性，如果他们真的在一起了，那肖萌肯定会疏远自己，至少不会像以前那么随心所欲地聊天。自己会因此失去人生中一个重要的知己。周逸群这样想着，不由得有些慌乱，他决定要去看看肖萌。

肖萌的办公处在出口信贷部门的办公大厅里，人多又杂。周逸群出现得低调，没引起几个人的注意。他往走廊的拐角处一转，就看到了一个办公室。

肖萌与她的两个同事正坐在办公室里，时间还早，还没有客户来办理业务。肖萌正在认真地翻看文件。

周逸群站在门口敲了敲门。

“请进。”

获得准许后，周逸群走了进去。

“诶，你怎么来了？”肖萌抬起头，眼底闪过一丝惊喜。

“我来看看你，最近这么忙，都没空去我那儿坐坐。”

“还好。”肖萌的眼神有些躲避，“前一阵儿确实有些忙，现在好多了。”

周逸群突然觉得有点尴尬，整个办公室静得只听得见他们两个的声音，其他几个同事仿佛都在默默听他们说话。

肖萌没再说话，周逸群手足无措道：“我就是来看看你，那没什么事我先走了？”

肖萌听言急忙说：“你等等，我们出去聊。”

她拉着周逸群往外走。

“去哪儿啊?”

“跟我走就是了。”肖萌回头朝他笑。

周逸群一头雾水地跟着她爬楼梯，肖萌欢快地走在前面。

楼梯间里，他们顺着弯曲的扶梯一路向上攀登，越往上走暗淡的空间变得越明亮。楼梯的最高处是一扇坚硬灰暗的铁门，肖萌用力推开门，眼前便豁然开朗。

周逸群看到了银行大厦最顶端的露台，宽阔而空旷，像是直升飞机降落的小型机场，看样子平时鲜有人至。湛蓝的天空就浮在头顶，洁白的云朵似乎触手可及。

“你经常来这儿?”周逸群眺望着远处的天空。

“是啊，我喜欢空旷的地方，”肖萌闭上眼用力吸了一口气，微风打在她的脸上，在耳边窃窃私语，发丝被吹得四处飞舞，凌乱又美丽，“从这儿可以一直看到我的家，你看，就在那儿，那一排白色楼房其中的一座。对了，往西看还能看到香山。”

周逸群顺着她指的方向看，视野既开阔又明亮，远处的群山伫立在浓浓的雾色中，原本的漆黑被冲淡开来，如同渲染的水墨画铺陈在蓝色的画布上。唯有香山色彩依然浓郁，正值金秋时节，漫山遍野的黄栌树叶像燃烧的火焰一般照亮山巅。

周逸群长时间沉浸在文件和数据堆里，身心紧绷，现在冷不丁被眼前的景色深深地震撼了，他完全放松下来，一跃跳上了边缘的平台。肖萌也趴在台子上畅望。

“自从我换了办公室，你怎么都没去看过我?”周逸群望着她问。

肖萌没有立即答话，她凝视了一会儿远方：“你都成了堂堂的副总经理了，我这个职位的人还能随便出入你的办公室不成?”

“那有什么不行的？我的办公室还不是我说了算。”

“我们两个又没什么关系，让人看见了多不好。”肖萌低声说。

这次换周逸群陷入了沉默，他没想到肖萌会这么说，但是仔细一想又无法辩驳，考虑到肖萌的感受，他不知怎么安慰。

“开玩笑的，”肖萌粲然一笑，“我是真的很忙，最近马不停蹄地替一个客户做信贷方案，一刻也不得清闲，这不，才忙完，刚想休息一下，你就来了。”

周逸群知道她是在搪塞，只好附和她说：“那可辛苦你啦。我也是刚处理完部门的事务，改天一起出去玩吧，放松一下。”

“好啊，”一谈到玩，肖萌的嘴角就不由自主的上扬，“要不叫着悠悠一起吧？我很喜欢和小孩子一起玩。”

周逸群叹了一口气，道：“现在悠悠长大了，没以前那么听话了。”

“这是难免的，她也会慢慢有自己的思想，成为一个独立的人。”

“但是我很担心……”周逸群把悠悠的近况向肖萌说了，“我怕这样下去，她以后的学业会一落千丈。”

肖萌露出略带担忧的神色，她也顺势往台子上跳了上去。

“你得跟她谈一谈，悠悠是个女生，需要很多母爱，母亲能给孩子父亲给不了的东西，可能她需要的就是陪伴和更贴心的照顾。只有这样她才能够健康成长不是？”

“我也了解，但是每次我想和她沟通都不知道从哪里开始，有些话让一个当父亲的说总是有点别扭。”

“也是。要不让她妈妈跟她谈谈？当然，你也要多和她沟通才行。悠悠现在上高中了吧？”

“对。”

“正值青春期。现在的小孩上学条件虽然变好了，但是遇见的问题也变多了。你多和她谈谈心，问问她最近发生了什么事，不要因为工作太忙使自己的家人受到冷落。”

“你说的没错，我回去就跟她谈一谈。”

肖萌的关切是打心底为他打算，而不是象征性的关心，她的善解人意也只是对他。她知道自己喜欢周逸群，但是她摸不透周逸群的想法，周逸群从来是一副很亲切的样子，但是她不知道他是不是对谁都这样。

表哥洪斌的问题让她猝不及防，又陷入了怀疑中。她的犹豫是一种害怕，害怕自己一厢情愿，害怕自己模糊了爱情和友情的界限。她没有想好，该不该完全抛出自己的心。

不欢而散

周逸群原本跟悠悠说好了晚饭不回家吃，他临时改变了主意，想要好好跟悠悠谈一谈。

回家后，周逸群精心准备了一桌晚餐，全是悠悠爱吃的菜，他将碗筷摆好，买了悠悠最爱喝的饮料，就坐在沙发上等着她回家。

墙上的指针从六点一直指到九点半，放学的时间已经过去好久了，悠悠却一直没有回家。桌上的饭菜早已放凉，夜晚似乎比平时都要漫长。

等悠悠背着书包一蹦一跳地回到家后，周逸群已经憋了一肚子的火。

“爸……”悠悠迟疑地停住了脚步，“您回来了?”

“去哪儿了?”周逸群坐着不动。

“老师找我有事。”

“什么事谈到这么晚?”

“就是班里的事。”

“悠悠，你说实话。”

“真的是班里有事。”

“还要我给你老师打电话确认一下？说你干什么去了?”

悠悠委屈地低下头：“和同学玩了。”

“我今天做了一桌子菜等你来吃，你却这么晚才回来。又是和同学玩，你看看你，整天也不学习，趁我不在就晚回家，你的作业做完了吗?”

“没有。”

“你白天在学校是不是也不认真学习?”

“没有。”

“快期中考试了，你复习了吗?”

“没有！没有!”悠悠的情绪突然激动起来,“爸，除了学习，您还在乎我什么?”

周逸群愣住了，他没想到悠悠会这么说。

“您平时没空管我，一跟我谈话就是学习的事，您怎么不关心我在学校里遇到了什么事，有没有被欺负，交的朋友什么样?”

“我哪里不关心你交的朋友了?”

“是，您是关心了，您一点都不了解她们，只听我们老师的一句话就否定了我们的友谊。可是，她们都是我生活上的好伙伴，各方面都有帮助我。她们学习的确不是很好，但是她们都有自己的优点，您不能以学习去断定一个人。”悠悠的眼眶红了。

“我不是为了你好吗？谁知道你跟着这些人会不会学坏？我怕你走歪路所以才提醒你。现在正是应该努力的时候，一旦赶不上去，以后就可能一直跟不上了。考不上好大学就找不到好工作，找不到好工作你的一生都完了，知道吗?”

“是是是，您说的都是对的。我要去做作业了。”

与女儿的沟通仍旧是不欢而散，周逸群的心里很不是滋味。他再次陷入自责中，开始怀疑自己是不是一个合格的父亲。即使事业做得再风生水起，女儿才是他心中的第一位。

最近，周逸群心情不是很好。部门运转得还算顺利，他手下的员工实力都很强，不用他太过费心。然而，悠悠自那不欢而散之后，已经连续好几天没怎么跟他说话了，他很担心。

一天晚饭过后，周逸群对悠悠说：

“悠悠，最近福利院里来了新的小朋友，你要不要跟我一起去看一看?上次见到糖心，她还说好久没见你，都想你了。”

悠悠一听到糖心，就高兴起来。

“真的吗？那我们这个周末就去吧？”

“好的。”

说不尽的缘分

周逸群如约带着悠悠来到了福利院。一见到糖心，悠悠就开心地拉着她到一边玩去了。

仍是百无聊赖地闲逛，他听到教室里有孩子们玩闹的声音，被吸引了过去。从窗口向里望去，只见孩子们围在一起看着什么，叽叽喳喳地议论。

周逸群从门口走了进去。

“在玩什么呢？”

“我们在看小阿姨给我们带的书。”

只见一摞崭新的书本被凌乱地堆在桌子上，周逸群随手拿起一本书，他将薄薄的小册子拿在手中，举在阳光下翻看，是张枣著名的诗集《春秋来信》。

又是张枣。

他望了望墙上，多了一张新的便利贴，还是那个工工整整的笔迹，刚刚书写完的墨水还没有干透，发出莹莹的光泽。

周逸群问其中一个孩子：“叔叔问你，这个小阿姨是不是经常给你们念诗？”

“对啊。”

“她现在在哪儿？”

“刚刚离开没多久。”

周逸群急忙跑了出去，边跑边四处张望，寻找着一个身影。他甚至不知道那个人是高是矮，是胖是瘦，也不知道她穿的是什么颜色的衣服，更不知道她的年纪。

以前，他从未想像过对方会是什么样的人，只要能够保持这份神秘的沟通，他就心满意足。而她长时间的消失竟令他徒增忐忑，令他害怕在这个大而忙乱的世界里丢掉了这份珍贵的，仿若游丝般的关联，内心深处的冲动使他出于本能地疯狂寻找着。

他跑出福利院的大门，追赶到一个又一个人的前面，直觉告诉他，这些都不是那个人。

蓦地，他看到前面有一个孤单而凄美的背影。她上身穿着一件白色的棉布衬衣，齐肩长发垂在衣领两侧，墨绿色的长裙轻盈翩跹，缠绕着她纤细的脚腕，生出清风。

周逸群放慢了脚步，跟在她的身后。

“您好。”他踏着悬铃木的落叶，姗姗来迟。

只见她缓缓地回过头。周逸群呆住了，这个熟悉的面庞使他感到无比惊讶，竟然是肖萌。

“是你？”两个人异口同声，天地间突然寂静。

周逸群拿起手中的便利贴，上面是肖萌刚刚抄录的诗。

“我未曾旅行过的地方，
欣然于任何经验之外。
你的眼神多寂静，
你至柔的手势中有力量将我关闭，
我无法触及，因为它太靠近。
你轻轻的一瞥，便轻易地将我开启，
虽然我紧闭自己，如紧握手指，
你永恒地，一瓣瓣解开我，
如春天以神秘巧妙的碰触，
开启第一朵蔷薇。

若是你要关闭我，
我和我的生命将合拢，
很美地，很骤然地，
正如这朵花的心脏，
在幻想雪花小心翼翼地，四处落下。
我感知过的一切，没有什么能抵挡你，
你惊鸿般的柔弱，幻形无色，
囚缚着我，
操纵生死，万劫不复，只需你
每一次，吐气如兰。
（我至今无法理琢磨，究竟是什么，
你的什么魔力将我收合自如，
我仿佛只有身体才能理解，
你双目传达的声音，
深邃超过世间所有的玫瑰）
没有谁，也没有什么，包括雨滴
生有如此小巧的手。”

“你怎么会在这里？”

“我还想问你呢？我是来看孩子们的。”

“你就是小阿姨？”

肖萌莞尔一笑：“对啊，我让他们叫我肖阿姨，谁知道他们叫着叫着，就变成这样了。所以，你就是‘孤岛’？”

“没错，是我。”

“这也太巧了！”

“我也没想到会是你，我还没见过你穿成这种风格呢。”

“怎么？你觉得不是我的风格？”

“没有，出乎意料得好看，让人觉得很舒服。对了，你那么喜欢张枣的诗吗？”

“非常喜欢，我是他的诗迷，喜欢了他很久。你从什么时候开始来福利院的?”

“两三年了，你呢?”

“我也是，怪了，我们怎么一直没有遇到过?”

“缘分未到吧，我今天正好带我女儿来玩，看到了你带来的书和这首诗。”

“悠悠最近怎么样?”

“以前的时候，她不爱与人交流，喜欢自己一个人玩，我害怕她孤单，就经常带她来福利院和这群孩子们一起玩，后来，她的性格果然变得外向了很多，而现在我却开始怕她太过外向，以至于变得不务正业了。人真是一个矛盾结合体。”

“你的顾虑也不是多余的，可以好好和她沟通一下。”

“我尝试过，每次沟通都没有效果，可能是我用错了方式，也可能是作为一个父亲，有些话不应该由我来说，但有些事情她的妈妈也没法照顾到。为人父母真难。”

肖萌和周逸群并肩走在寂寂无人的林荫路上，踩在悬铃木的落叶上吱吱作响，露水浇湿了树干和树木的影子，他们边走边聊，到达路的尽头后又折返回来。

周逸群从未有过这种感觉，一种千言万语，诉说不尽的感觉，他遇到过投契的人，也遇到过性格和善的人，但两者兼备的人几乎很少，肖萌是第一个。从他们的交谈中，周逸群发现肖萌是一个完全没有棱角的人，她对生活没有太多的欲望和期许，无欲无求、云淡风轻，但她也并不是毫无个性，她将日子过成了诗，像是漂浮在空中的城堡，又像温柔扑面的春风。

他们从诗词歌赋谈到人生哲学，从金融谈到政治，又从美食聊到平时的生活。人的一生最难得到的东西便是懂得和陪伴。周逸群的父母相知相守了这么多年，是因为他们的心灵早已在漫长的岁月里达成了契合，使彼此成为了不可替代的伴侣。

而周逸群遇到肖萌，如伯牙遇见子期，心有戚戚然，只需简单的眼神交汇就会产生无数火花和心灵的共鸣，一触即发。

高山流水、沧海桑田、世间万物都处于变幻之中，唯有这两颗灵魂亘古不变，自由穿梭于不同的时间和空间里，并肩俯瞰着人世。

悠悠和糖心玩得累了，就来找爸爸。

“阿姨好！”虽然只有过一面之缘，但悠悠看到肖萌感觉分外亲切。

糖心看到肖萌则直接扑了过来，所有经常出入福利院的孩子、大人们都认识糖心，肖萌也不例外。

“悠悠，好久不见，改天再一起出去玩吧。”

“好啊。”一听到出去玩，悠悠就变得格外开心。他们约好了下个周末一起去爬香山。

一周的时间总是过得很快，周末的天气出奇得凉爽，不带有丝毫夏季高温的残留，也没有冬天降临的征兆。天清气朗，万里无云，让人无可挑剔。

周逸群带着悠悠来到了香山公园的门口，一眼就从人群里发现了肖萌，她的头顶上正飘着一个红彤彤的气球，在黑压压的人群中格外显眼。

肖萌径直走向悠悠，将气球递了过去。

“你还记得，”周逸群笑着对悠悠说，“快谢谢肖阿姨。”

悠悠抬头礼貌地说：“谢谢阿姨。”

“悠悠长高了好多，也越来越标致了。悠悠，还记得阿姨吗？”

“当然记得了，我还记得浩浩呢。”

“浩浩现在都快要比我高了，估计再见面你们都不认识了。”

“都好几年了，小孩子长得快。”

“悠悠，你来香山公园玩过吗？”肖萌拉着悠悠往前走，边走边交谈着。

果然，女人对小孩比较更有亲和力，周逸群心里对肖萌的这个优点可是望尘莫及。

想着，他也快步跟了上去。

香山正值游客鼎盛的时节，隐藏在山间的园林寺庙，拱桥回廊，漫山遍野如火般的红叶吸引无数游人前往观赏。自然与雕琢浑融一体，俨然一座层峦叠嶂掩映下的世外桃源。每个慕名而来的人无不为大自然和工匠们鬼斧神工的创造力所折服。

肖萌和周逸群带着悠悠坐上了爬山的缆车。从高空俯视整片山林，树木的色彩更加斑斓，在太阳光的照耀下，枫叶呈现出不同程度的红色，掺杂着墨绿、金黄，像一个天然的调色板。丛丛锦簇中可以看见远处山顶的寺庙和佛塔顶部，亭台楼阁宛若星辰，散布在山林之间。

肖萌与悠悠坐在一起，交谈得很欢快，很快就成了好朋友。

“悠悠最近学习怎么样?”

“不太理想。”

“怎么会呢？你爸爸可告诉过我，你在班里一直是名列前茅，十足的尖子生啊。”

“那是以前的事了。”

“你这么聪明，加把劲就赶上去了，快要高考了，阿姨相信你一定能考上好的大学。”

“我会努力的。”

“那在学校里，有没有欺负你的人?”

“没有。”

“没有就行。有就告诉你爸爸，有他在没人敢欺负你。”

两个人笑得很开心。

去买饮料刚回来的周逸群忍不住调侃：“你们可真玩到一起了，笑得这么开心，说我什么坏话呢?”

“哪有，我们在夸你呢。”

他们相处融洽，度过了美妙的一天。

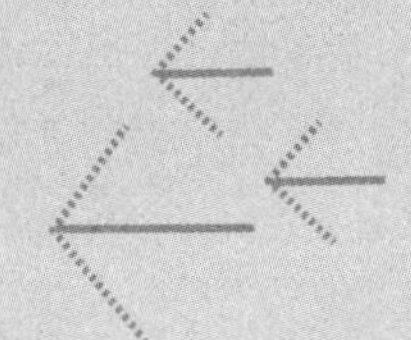

第八章

盈利之战，债券交易杠杆

总行决定设立新的部门——金融市场部，由周逸群担任总经理。周逸群多年的努力终于没有白费，他觉得再多辛苦，再多打击，在这一刻都可以烟消云散，守得云开见月明，正是他此刻的心情写照。既然有了一个新的平台让周逸群发挥，那么挑战和所面临的的困难是必不可少的，而周逸群也欣然接受了这些挑战和困难。周逸群不容小觑的能力让其部门在过去的一年里整整获利18亿元人民币！

金融市场部，统一管理全行本外币资金交易业务，是银行重要的利润中心。

有志者，事竟成，破釜沉舟，百二秦关终属楚；苦心人，天不负，卧薪尝胆，三千越甲可吞吴。

——蒲松龄《自勉联》

2005年，我国再次宣布进行人民币汇率形成机制改革，从单一盯住美元改为实行以市场供求为基础，参考一篮子货币进行调节、有管理的浮动汇率制度；货币兑换起始水平从8.2765元人民币/美元调整为8.11元人民币/美元。同时，实施一系列配套外汇管理政策，包括提高经常项目外汇账户限额；提高个人因私购汇指导性限额和简化手续凭证；扩大银行为客户办理远期结售汇业务和开办人民币与外币掉期交易；调整银行挂牌汇率管理；并加强外汇政策的宣传和培训；等等。这些举措为改革开放后新时期的企业、银行逐步适应市场汇率波动的变化创造了条件。

金融市场部

2005年的春季刚刚来临，中国华都发展银行召开了全体员工会议。

会议室里，王耀奇站在演讲台的中心，气定神闲地环视了一圈：

“近年来，随着利率改革的深化利率市场化的步伐越来越近。长期以来，存货款的息差收入是银行的传统盈利模式，但利率市场化之后，存贷款的息差就会不稳定，很可能息差会变窄，息差收入也会随之减少，这将大大影响银行的盈利水平。”

“这就要求我们华都发展银行要调整盈利模式，做好迎接利率市场化到来的准备。为此，行里做出了重要决定，我们要大力开展金融市场业务用资金业务赚来的钱来弥补息差收入的减少。我们银行赚钱多了，也能给我们的员工多发些资金，你们说不是不？”

底下的人一阵欢呼。王耀奇微笑着摆手，示意让大家噤声：

“为了具体实施这一战略，总行决定设立新的部门——金融市场部，来统一本外币资金业务，就由周逸群同志来担任金融市场部的总经理。”

台下顿时响起了热烈的掌声。周逸群感到激动不已，他感到自己多年的努力并没有白费，行领导能将一个全新的部门交给他，表明了对他能力的信任，这个部门也将会是他施展抱负的一个更为自由的平台。

新的成功，新的起点。

周逸群会永远铭记这一刻，就在此刻，他的事业翻开了崭新的篇章。这些年在事业上打拼，有苦又有甜，失败在所难免，成功也不骄不躁，他的成绩是由多年的磨练和艰辛一点一滴累积得来的。

有志者，事竟成，破釜沉舟，百二秦关终属楚；苦心人，天不负，卧薪尝胆，三千越甲可吞吴。

他用耐心和毅力向所有人证明了这个道理，证明了自己的实力。

接着，王耀奇宣布了金融市场部的职位安排，面不改色地说道：“金融市场部的成立肩负着我们银行保持和增加盈利的重任。接下来行里给金融市场部安排第一个任务，要求金融市场部在两年内，也就是截至2007年年底，不用行里的资金，自己解决所需要的运营资金，并且利用这些资金赚人民币三十亿元。”

话刚落音，台下的人一片哗然。人们交头接耳，议论纷纷。

“这怎么可能?”

“对啊，没有资金支持那不就是空手套白狼吗?”

“更何况还是三十个亿，太难了!”

……

“我相信，我们金融市场部的同志们都有足够的能力去实现这个目标。”王耀奇鼓励大家道。

周逸群突然意识到了自己所承担的责任的重要性。他掌握的是补贴银行收入来源的渠道，也就是维持银行运行平衡的天秤的重要一端，全行员工的很大一部分收入都将来源于他的部门。

一旦金融市场部业绩不够，那么银行效益下降，员工收入减少。在战场上，金融市场部就相当于后方的粮食补给处，前线上打得再水深火热，一旦断了粮草的供应，整个军队就会犹如汽油燃烧殆尽的汽车，各方零件失去动力，减速运转，最终陷入瘫痪的状态。

他顿时感到无形的压力，周逸群在心里暗暗下定决心，在以后的工作中，他只能成功，不能失败。

会议结束以后，洪斌、孙筱和以前的一些员工们都来向他表示了祝贺。

“我得改口叫你周总了，去了新的部门以后，别忘了经常回来看望我们，咱保持联系。为了庆祝你升职，我们去聚个餐吧。”

酒席中，孙筱表现得极为不舍，一直拉着周逸群聊天。

第二天，周逸群像往常一样来到住宅小区的中心花园散步，他一边走一边思考着怎么赚钱的事情。

不同于一般的商业银行，华都发展银行除了资本金外，相当多的资金都来源于发行人民币金融债，而且发行金融债的规模都是要央行按照信贷规模来审批的，几乎没有什么闲置资金是可以运用。所以，要赚钱首先要解决资金问题。

去哪里获得充足的资金呢？只有一条路！他苦思冥想，大体准备了一套方案。

征战开始

第二天，周逸群西装革履地出现在新的办公室里。

办公室处在大厦的中心位置。房间里他的物品早已归置妥当，干净整洁，窗户也一尘不染。

他的办公室没有沈蓝宇布置的那么有格调，但是也并不沉闷。他喜爱书法，朋友们和自己的作品，挑出一部分精致的、精心装裱过，挂在了墙壁上。

原本空荡荡的墙面变得丰富起来，水墨画、油画和水彩画，都用精致的画框裱起来挂在墙壁上。他又把两个大书柜充分利用，将自己平时读的书和供参考文献摆在里面。多了几分书卷气，俨然一间文人雅舍。

以前闲暇时他会靠在椅背上闭目养神，或者翻看书籍。他爱看书，是从小养成的习惯。读书使他觉得充实，什么样的书他都爱看。尤其爱逛书店，一逛就是一整天，逛了就买几本回来放在办公室里，以供闲时娱乐。直到这次收拾东西换办公室，才发现书已经多得快要搬不过来了。

周逸群心情很好，也有些许的激动。

一上班，周逸群就召集了金融市场部各处的正副处长开会，这是金融市场部成立以后的第一次正式会议。

周逸群提前十分钟出现在会议室里。这个会议室足足有半个蓝球场那么大，桌椅交替相接围成一圈，中间是一张较大的长方形的会议桌，能坐下四十多个人。

会议室的南面是一排铝窗，与北面空白的墙面相对。北墙的正中便是黑色的大门，两扇平敞开便四通八达，颇为明亮。周逸群坐在长桌的最东端，静候大家的到来。

各处的处长陆续进来，相互打了招呼后就座。

周逸群清了清嗓子，周围的人将目光投向他，他面带笑容地说："大家好，很荣幸能成为金融市场部的总经理，在座的各位都是行领导选拔出来的最优秀的人才，我们部门在整个银行中的地位也是极其重要的。希望我们日后能合作愉快，为银行的发展贡献自己的力量。"

"现在我们责任重大，行领导和全体员工都对我们寄予厚望。为了不辜负大家的期望，行领导安排给我们的第一次任务，我们一定要完成。"

说完，他扫视了一下参加会议的各位处长，发现大家都信心满满。于是接着说："大家都有信心，这很好，我们就是要有勇气，勇于挑战的勇气！但我们还缺少一样东西。缺什么呢？"

有人回答说是“资金”。

“对，我们还缺少资金交易所需要的资金。没有资金，就是巧妇难为无米之炊。所以，我们首先要有资金。”

处长们异口同声地说：“是的，我们没有本钱，拿什么赚钱?”

周逸群说：“情况大家都知道，发金融债筹来的钱都得用于信贷，所以行里是没有资金能够让我们使用的。那我们怎么办? 只有一条路，向市场要钱。”

大家看着他，纷纷表示同意。

首先，周逸群看向坐在他左手边的金融同业处的处长和副处长：“你们二位有什么想法吗?”

金融同业处负责与其他银行或非银行金融机构之间的业务合作，比如人民币资金的拆借等。

处长冯鹏程双目炯炯有神，平常非常严肃，不苟言笑，缺乏亲和力，而他的助手副处长李梦雅则是一个温柔大方的女人，幽默风趣，两个人恰好形成了互补效应。

冯鹏程的声音有些沙哑：“我们金融同业处可以通过同业拆借和协议存款获得资金。先拆入后拆出，从中赚取差价，然后就是尽力吸收其他银行的存款以赚取利息。”

周逸群问道：“目前人民币 6 个月的拆借利率是多少?”

“人民币的拆借利率在 4% 左右。”李梦雅说，“周总，您给我们安排任务吧。”

周逸群思索了一会儿，镇定地说：

“你们的任务有两个。一是从银行同业拆借市场拆入人民币 300 亿元，期限在 6 个月以上。然后将这些全部拆借给中小银行，利差要在 50bp 以上。二是从保险公司吸收同业协议存款人民币 500 亿元，期限 3 ~5 年，存款利率要控制在 4. 5% 以下。这部分资金到位后，立即全部交给债券交易处使用，明白了吗?”

冯鹏程和李梦雅点了点头。

周逸群转过头对坐在冯鹏程和李梦雅对面的债券交易处的处长和副处长说："交给你们的人民币500亿元，是用来做债券买卖与投资的。"

债券交易处的处长和副处长都是女性。两个人都带着黑框眼镜，手里拿着中性笔仔细地做着会议记录。其中一位看上去年龄较小一点，两颊有些婴儿肥，涂着颜色鲜艳的口红，另一位则看上去成熟严谨，做事井井有序。

较为成熟一点的名叫做吕敏，目光犀利，语气也锋利无比："周总，只做一般的债券投资收益不高。目前，7天债券回购利率为2.8%左右，适合做一些的杠杆交易。"

周逸群补充道："你的意见很好，我就是要你们放杠杆。在严格做到风险控制的情况下，杠杆还可以加大到3倍。除了做利率债之外，你们还可以做信用评级AA以上的信用债。你们处是我们盈利的重头戏，现在债券市场大好，而且会继续向好，目前1年期人民币国债利率为3.5%左右，1年期政策性金融债利率4.3%左右，1年期AA信用债利率在5.5%以上，可以持有一些期限较长且票息较高的债券，盈利是有保障的。"

坐在后面的是人民币外汇交易处的处长孙明祥和副处长赵长春。孙明祥身材高高瘦瘦，眼睛细长，鼻梁高挑，看上去阳光充满朝气。赵长春相比则较为沉稳安静，眼睛大而有神。

人民币外汇交易处负责的是结售汇业务，即进出口企业从银行购买外汇用于支付进口的货款，或将出口获得的外汇收入卖给银行换成人民币。

周逸群问："孙处长，现在美元对人民币的汇率是多少？"

孙明祥早已做好了准备，看到周逸群问，他不假思索地说："现在美元对人民币汇率在8.27%～8.29%之间，中间汇率是8.28%，我们会根据实际情况缩小汇差，以此扩大交易量。"

一旁的赵长春沉默不语，似乎在沉思。

周逸群原本最担心人民币外汇交易处的情况，当他看到孙明祥的反应时满意地点了点头：

"嗯，可以适当缩小汇差。你们处要与各分行中间业务处密切配合，加大营销力度，争取更多的进出口企业到我行做结汇或售汇。一年之内结售汇的金额至少要达到200亿美元。明白吗？”

孙明祥信誓旦旦：“好”，赵长春也肯定地给予回应。

周逸群又将目光放在王杰和张振丹的身上。他们是外汇交易处的处长和副处长。

外汇交易处负责的是银行之间外币的拆借和买卖，以赚取利差或汇差。

“你们外汇交易处要利用短期闲置的外汇资金做自营外汇买卖、即期外汇买卖、远期外汇买卖、掉期外汇买卖等，还可以做外汇期权交易，你们的年收益至少要达到5000万美元。有信心做到吗？”

王杰和张振丹开心地回答：“有。”他们两个都有过在国外工作的经历，风格做派国际化，合作起来也比较有共同语言。

代客交易处的处长和副处长正在窃窃私语，看到周逸群严厉的目光立马停止了讲话。

周逸群说：“你们代客交易处的业务是不需要动用资金的，但是也非常重要，因此你们做得越多越好。首先要做好客户营销工作，要将举办客户研讨会与一对一拜访客户相结合。对重点客户一定要上门营销。你们的任务有三点，一是要做更多的代客外汇买卖交易，赚取利差；二是要设计出外币债务风险管理好的交易产品，做利率掉期、交叉货币掉期和结构性掉期交易；三是要尽快研发出人民币利率掉期产品，争取做市场上第一笔人民币利率掉期交易，做第一个吃螃蟹的人，占领市场先机！听见了没？”

“听见了！”他们二人齐声回答。

最后是债券承销处。债券承销处的主要工作是帮助想在债券市场发行债券筹资的企业客户将债券发行出去。

债券承销处的负责人是两个原来做人民币债券发行的，看起来朝气蓬勃的大男孩，但他们不熟悉此项业务，不免有些害怕。

周逸群耐心地对他们说：“虽然你们刚刚开始做债券承销业务，但你们要不惧困难，迎头赶上，有什么不懂的多请教前辈，也可以随时来咨询我。在各分行的支持配合下，要拿到尽可能多的单子。你们今年承销费收入的指标是人民币2亿元。”

任务分派完，周逸群热情昂扬地激励大家：

“两年赚30个亿不是遥不可及的神话，我们不止要达成目标，更要超越自我！我相信你们，只要我们大家团结在一起，一定会创造属于我们的神话！”

在周逸群的鼓励下，这个全新组合的部门重整旗鼓，激发起雄心壮志，每个人都有了一种不达目的誓不罢休的决心。周逸群对这个团队非常满意。对一个团队而言，最重要的不是人人出色，而应该是互补，分工明确，配合默契，才能事半功倍。

征战开始了。

周逸群一直奋战在最前线，帮助各处实施工作，每天都加倍努力着。部门里各处人才兼备，配合也比较默契，逐渐走上了正轨。

涂鸦风波

初春乍临，空气仍然十分干燥，寒风吹在人的脸颊上犹如刀刮般凛冽。正午的时候，太阳虽然高高地挂在天上，却丝毫不让人感到温暖。室外的温度比室内整整低了十几度，所有商店的玻璃窗上都蒙上了一层厚厚的雾气，像是清一色换成了雾面玻璃一样。

整个街道每换一个季节都会改头换面一次，但是无论如何都不会太过清冷，商店的音乐声混杂着人们的交谈声回绕在每个角落。

此时，肖萌刚从一家餐厅里出来，她打包了一些菜肴，准备晚上回家探望一下父母。

大街上吵吵嚷嚷，走在街上仿若置身早市一般。当她经过一个胡同时，里面传来训斥的声音，喧闹中还有一个声音在啜泣。她不禁扭过头看去，一个中年男人正在高声责备两个小女孩，其中一个女孩低着头，身体也在轻微颤抖。

仔细一看，这不是悠悠吗？肖萌走了过去。

“您好，请问出什么事了？”

“你就是孩子的家长？”中年男人上下打量了肖萌一番，变本加厉地叫喊起来，“你平时怎么教育孩子的？是谁教她们往别人墙上乱画的，一点素质都没有。我在这儿住了这么多年了，还是头一次遇到这种事，要不是我出来倒垃圾，就让她们跑了……”

肖萌看了看泪盈于睫的悠悠，知道她们闯祸了。

“对不起，对不起，先生，我马上让她们向你道歉。”肖萌把手放在两个女孩的肩膀上，“快道歉。”

悠悠泣不成声：“对不起。”

“我们以后再也不敢了。”另一个女孩也低下头去。肖萌这才看清她，女孩穿着一身中性的牛仔服，留着干净清爽的短发，眉眼清秀，像个小男孩一样。

“先生，您看这样行吗？我们给您清理干净，然后该赔偿就赔偿。”

听到“赔偿”二字，悠悠顿时感到十分内疚。肖萌的手掌仍然充满力量地放在她的肩上，像是一种安慰，一种支撑。

中年男人可能已经消了气，他看了她们一眼，摆了摆手：“算了算了，看在小孩不懂事的份上，不用你们清理了，好好管教自己的孩子，别再让她们做这种事了。”

“是是是，”肖萌着笑脸，“她们不会了。”

中年男人走后，肖萌带着她们两个来到了一家饮品店。

“你叫什么名字？”

“我叫陈启月，”女孩顿了顿，“阿姨，您千万不要怪罪悠悠，这件事是我的主意，是我怂恿她一起干的，不是她的错。”

启月看向肖萌，眼神中竟没有畏惧，有的是倔强和感激。

一旁的悠悠已经害怕得说不出话来，看来她是第一次做这种事。

“好啦，我不追究是谁的错，我不是悠悠的妈妈，但是你们这么喜欢涂鸦吗？”

陈启月犹豫了一会儿：“阿姨，我从小就是学油画的，悠悠也很喜欢画画，但是她的爸爸不同意她学习美术，所以我经常陪她画画。”

“原来悠悠喜欢画画啊。”

悠悠已经渐渐冷静了下来：“阿姨，谢谢您帮我们解围，我有一个请求，求您不要告诉我爸好吗？如果他知道了会很生气的。”

说着，她的眼泪又掉了下来。

肖萌心疼地看着她：“好，阿姨答应你，不告诉你爸爸，但是你们以后要听话，下不为例，听见了吗？”

两个孩子都点了点头。

肖萌想在帮悠悠保守秘密的前提下提醒逸群，周逸群爱女心切，却使用了错误的表达方式。他对悠悠的教育太盛气凌人，悠悠便觉得自己的父亲顽固不通情理，不免会对他隐瞒很多事。这种沟通方式基本都是徒劳的，只有换一种交流方式才能有效，该怎么做呢，肖萌陷入沉思。

金融同业交易

周逸群仍在为金融市场部今年的盈利额费尽心思，他发挥着最高的领导权力，担子也更为重大。面临严峻的任务，他根据为各处分配的任务来观察各位处长的工作能力，一些重大的交易和谈判他也会亲力亲为。

金融同业交易处的拆借工作开展得比较顺利。由于中国华都发展银行是大型商业银行，信用比较高，所以拆借成本较低。华都发展银行利用自己的优势从大银行拆入资金，然后转拆给难以拆到资金的中小型银行，从中赚取利差。

在处长冯鹏程严谨的操作下，通过拆借获得的利差收益颇丰。

另一方面，李梦雅负责银行协议存款业务。银行协议存款是指根据中国人民银行或中国银监会的规定，针对部分特殊性质的人民币资金，如保险资金、社保资金、养老保险资金等开办的，存款期限较长、起存金额较大、利率期限、结息付息方式、违约处罚标准等由双方商定的人民币存款品种。

要吸收人民币 500 亿元的同业协议存款，还要满足一定的期限和利率，可不是那么容易的事。周逸群准备亲自出马与承华人寿保险公司进行协议存款的谈判。

承华人寿保险公司是国内较大较有权威的一家保险公司，资金充足。周逸群得知他们最近有存款的意向，便与保险公司的总经理约定好进行谈判，第二天下午三点在丽思卡尔顿酒店见面，助理提前订好了酒店的座位。

这家酒店是位于金融街的一家五星级酒店，是各界人士进行商务谈判的重要场所，尤其是银行家居多。

从外观看，已经能够感受到丽思卡尔顿酒店的奢华的气派，宫殿般宽大的大门，古典欧式的皇室喷泉，高耸的大楼拔地而起，酒店的大厅高档简约，具有国际化风格，光滑的地板可以照出人的影子，一些小的装饰细节相当有艺术感。

周逸群正坐在大厅中一盏华丽的水晶灯下，服务员穿着整洁好看，手中托着银盘为他送来一杯现磨的美式黑咖啡。

周围安静地只剩下优雅的钢琴声和偶尔经过的女士高跟鞋的声音。周逸群认真地思考着，没有注意到一个人正推开旋转门朝着他的位置走过来。

周逸群亲自会见承华人寿的总经理，自然下了十足的功夫。他对承华人寿保险公司的信息已经了如指掌，凭借他以往的经验和智慧，他有很大的信心。

承华人寿保险公司的总经理钱伟华是一名四十岁左右的中年男子。他脸颊瘦削、眼窝深邃，黑色西装上有些许褶皱，形容有些憔悴，似乎是太过忙碌，顾不上打理自己。

“对不起，周总，我来晚了，最近太忙了。”

“没关系，钱总，您请坐吧。”周逸群站起来同他握手。

二人简单聊了几句，便开门见山。

“钱总，关于存款的事，您是怎么考虑的？”

“是这样的，目前我们公司确实有意向存款，想咨询一下贵行协议存款的相关条件。”

钱伟华望了望手腕的手表，然后抬起头静静等着周逸群说话。

“贵公司的存款金额是多少？”

“200 亿元。”

周逸群心里一阵狂喜，200 亿元可不是小数目，对普通人来说是想都不敢想的巨款，如果能有这 200 亿元在手，债券交易处的运营资金就已经快筹措到一半了。有了资金，对他的团队来说，赚钱只是时间的问题。

周逸群心里十分动容，表面上故作镇定地点头。”

“对，存款年限是五年，不知道您能接受的利率是多少？”

“4. 2%，您觉得怎么样？”

钱伟华的眉头随着深邃的眼眶轻轻一挑，然后随之紧蹙起来。

“4. 2% 有点太低了，我们希望更高一点。”

“你们预期的利率是多少？”

“4. 8%。”

周逸群沉思了一会儿，习惯性地将怀中的念珠拿出来把玩。习惯性地，钱伟华的要求在他的意料之中，现在有许多银行都忙着搜集资金，承华人寿这条“大鱼”肯定被许多银行觊觎着。然而，他必须使利率达到自己预期的范围才行。

“钱总，协议存款比一般的定期存款利率要高一点，我们很荣幸能和贵公司合作，我们愿意作出让步，但是利率还要再协商一下好吗？”

“周总，我们这是对比了多家银行后给出的数目，200 亿元资金不是小数目，而且我们的存款期限又长，我们想要较高的利率。”

“那您看 4.3% 怎么样?”

钱伟华看着周逸群充满诚恳的目光，欲言又止。

“既然这样，为了表达我们公司的诚意，我们做出让步，4.7% 。这是我们能接受的最低利率了。”他步步为营。

“钱总，您是个爽快人，那我也不跟您周旋了。考虑到贵公司的实际情况，我们做出最大的让步，提高到 4.5% ，您看可以吗?”

“好，周总果然有大家风范。”

周逸群谦虚地笑道：“那我们讨论一下结息方式吧。”

“嗯，关于结息方式，我们要求定期结息，由于我们公司的业务性质，会不定时地需要资金支出，为了防止出现资金周转问题，我们选择定期结息。”

“那您是希望按季结还是按年结?”

“按季。”

“嗯，好的，就照您说的，还有其他要求吗?”

“没有。”

“那我们选择一个合适的时间签合同吧。”

周逸群显得十分爽快，他一马当先想要套牢这笔巨款，一再做出让步是为了放长线钓大鱼，他唯恐错失良机。

金融市场部刚成立不久，为了给各处起到好的领导作用，重大事务他事必躬行。而金融同业交易处是吸收资金最重要的来源之一，它的业绩至关重要，直接影响到债券交易处乃至整个部门的业绩，是必须打响的第一枪。

与承华人寿保险公司的协议签好后，李梦雅来到周逸群的办公室，向他汇报情况。

“周总，您不愧是金融专家，旗开得胜，我得多向您学习!”

周逸群微微一笑：“没什么。剩下的 300 亿元可就交给你了，这个月内抓紧时间完成，债券交易处的工作就等着你们了。”

“好的，保证完成任务。”

语毕，李梦雅离开了他的办公室。

第一笔交易还算顺利，周逸群舒了一口气，战斗才刚刚开始，他不能掉以轻心。

他为自己冲了一杯咖啡提神，时间已是傍晚，暮色四合，昏黄的帘幕缓缓下坠，寂静又喧哗。每天只有在这个时候，他才能够放松下来，享受片刻的静逸。

其他时间，他的神经都必须紧绷着，把注意力集中在电脑屏幕和文件上，市场动向、财经新闻以及各种业务资料，一点小小的波动都能唤起他敏感的 Market Feeling，虽然部门每天有上百人一起工作，他还是习惯了事事操心。许多夜晚也因思虑过重难以入眠。

他静静地闭上了双眼。

他刚刚帮助金融同业处赢得了一笔巨额交易。债券交易处的资金问题还没有得到完全解决，人民币外汇交易处的业务问题却也十分棘手。

深圳分行

周逸群收拾起疲惫的心情，决定要带领人民币外汇交易处的人到各分行去进行业务督促，以鼓励各分行的信贷部门拿到更多的结售汇业务。

由于人民币外汇的汇差不是很大，所以，人民币外汇交易处需要从信贷部门开发更多的客户，以量取胜，通过大量的交易来获得足够的盈利。

周逸群向行领导进行了请示，他想到肖萌现在正是出口信贷部的副处长，负责信贷管理，分行信贷处的贷款业绩也会促进人民币外汇交易处的盈利。为了方便工作的进行，也是出于私心，他提出要求肖萌陪同他进行营销，得到了领导的批准。

随即，周逸群与赵长春、肖萌开始了他们的“分行之旅”。

飞机上，周逸群特意安排肖萌坐在他的旁边。

“周总，咱这一趟可是跑遍全国，悠悠自己在家能行吗?”

“没关系，我把她送到她妈那儿了，正好让她妈妈跟她谈一谈，她什么都不愿意跟我说。”

“如果我是你，我就请她的那些好朋友们一起来家里玩，从她的朋友那里或许可以了解到一个不一样的她。你应该摒弃一些偏见，现在的小孩子很早就懂事了，也不是一件坏事，说不定她有自己的想法呢。”

“嗯。”周逸群若有所思，“这个建议挺好，可以考虑一下。你和悠悠相处得挺好，看上去像姐妹两个似的。悠悠有没有跟你说什么?”

“悠悠好像挺喜欢画画的，别的我就不知道了。”

“她是挺喜欢的，之前还跟我提起过想要报兴趣班，但是她以前还小，上下课没有人作伴，也没人接送，我不太放心。”

“她妈妈呢?”

“她快要移民美国了，忙得很。其实她原本就很想定居国外，我们离婚也有这个原因，如今也算是圆了她的梦。不聊这个了，我们聊聊这次出差的任务吧。”

周逸群将此次出行的计划详细向肖萌讲述了一遍。肖萌负责鼓动各分行信贷部门的主管在加大信贷业务营销力度的同时，获得更多结售汇交易额，以协助完成人民币外汇交易处的业务目标。

任务交待明白，周逸群便闭眼休息了一会儿，不久便来到了深圳分行。

之所以选择深圳分行当做第一个考察目的地，是由于深圳是国内重要的对外港口，信贷业务量较大，是仅次于上海的潜力最大的业务发展城市。

深圳这些年的经济发展的速度令人咋舌，从30年前的小渔村摇身变为繁荣的大城市，是改革开放后杀出的一匹黑马。近年来，金融业也蒸蒸日上，在国家政策的大力扶植下，深圳成为中国华都发展银行第一批设立分行的城市之一。

周逸群一行人到达深圳宝安国际机场，行李很厚重，周逸群在肖萌的百般推辞下还是接过她手中的提包背在了肩上。

虽然深圳位于南方，气温比较高，但是还是能感受到凉意。

深圳分行派来接待他们的秘书带领他们将行李放置在酒店里。与深圳分行的行长陆鑫碰头之后，周逸群简单讲明了来意。

“周总，您放心，我们会尽量配合您的工作。这次您和肖处长、赵处长冒着严寒远程而来，一路上辛苦了。今天中午已经订好酒店了，咱们到时候边吃边聊。”

“好的，陆行长您费心了，那我们就恭敬不如从命了。”

陆鑫派人安排好了一切，事无巨细，打点得很周到。酒店是五星级，位于罗湖区最繁华的金融地段，外观富丽堂皇，如同巍峨的宫殿一般。许多社会名流和上层人士汇集于此，以此作为社交、办公、娱乐的场所。

露天泳池、私人派对、大型舞会及各种艺术、科技展览都常在这里举办，更不用说大大小小的商业会议。

中午收拾完毕，在陆鑫的指引下，他们在订好的包间里就坐了。

陆鑫面容和善，为人大方有礼，穿着时髦讲究，但是偶尔会让人感觉有一丝高傲。

他站起身来，举起手中的红酒杯，声音沙哑浑厚，铿锵有力：“首先，我要代表深圳分行欢迎总行领导们的到来。我先干为敬。”

他仰头将酒全部咽下。红葡萄酒质地柔滑，酒体浑厚，恰到好处的酸味后觉后知，在喉间留下一丝淡淡的余味。

“大家尽管吃，有什么招待不周的地方尽管告诉我，我立马吩咐人去办。”

酒过数巡，寒暄完毕，周逸群郑重其事地说：

“陆行长，我们此行的目的刚才已经跟您大体讲了一下。我们金融市场部主要是希望分行在结售汇业务上向客户多做推销，借此提高我行的盈利。”

陆鑫有些不以为然：“关于结售汇业务的事情，我们有不同的想法。我们深圳分行的进出口业务的客户非常多，信贷业务是我们工作的核心业务，在盈利方面也一直是重头戏。结售汇业务在我们分行进展得也算不错，但是若要加大力度，还是有些勉强，一来客户群不够壮大，二来信贷员们也心有余力不足，盈利的问题，希望周总放心，我们分行的业绩未来一定会保持下去，争取新高的。”

肖萌默默地看了周逸群一眼，他的神色不太好。陆鑫对结售汇业务并不上心，这出乎了他的意料。

“陆行长，我很理解您的心情，毕竟没有人比您更了解深圳分行的情况。深圳分行这几年的业绩增长迅速，成为了我行的主力军，都离不开您的功劳。但是正因为如此，贵分行才更应该为我们华都发展银行的发展贡献一份力量。行领导们对金融市场部这项结售汇业务给予了高度的重视，如果发展好了，会成为最稳定最安全并且收益丰厚的重点发展业务。我们对深圳分行非常信任，如果这项业务在您的领导下出现重大突破，那大家都会对您刮目相看，对您也有好处，不是吗？”

陆鑫被周逸群这切中肯綮的一席话劝得失了定夺，但他依然波澜不惊：“周总，您说的不错，这样吧，你们既然来指导，那就先了解一下我们分行的信贷情况，我们再商议，行吗？”

“好，”周逸群点头，他需要多花些时间，费点口舌，令陆鑫真正意识到结售汇业务的重要性，只有他真正重视起来，信贷员们才会受到鼓动。

接下来的一天，周逸群、肖萌还有赵长春到深圳分行的信贷处实地考察了信贷员们的日常工作及业务情况，三个人在酒店里开了一个简短的会议。

“肖处长，关于深圳分行的信贷处的信贷业务情况，你有什么发现？”

肖萌有条不紊地说：“经过这一天的考察，我们可以看出深圳分行的信贷客户群确实很广，信贷业务的业绩在分行中的排名也数一数二。最重要的是，他们的员工们非常能干，人均业务成绩高得惊人。”

赵长春边点头边说：“正是因为如此，他们在结售汇业务上也有极大的潜力。可以看出陆行长对他们分行的业绩十分满意和骄傲，所以不愿轻易尝试改变业务结构，这也是可以理解的。”

“嗯。我们必须说服他，只要规劝得当，这么好的机会，像陆行长这么好胜的人肯定不愿放过。”

周逸群说着，肖萌忍不住打了一个喷嚏：“不好意思，有点着凉。”

“感冒了吗?”周逸群关切地问，“让你多带点衣服，你还穿这么少。今天晚上在房间里好好休息，我们去给你买点药，别加重了病情。”

“我没事，小病，休息会儿就好了。”

“你在北京呆久了，乍来到深圳，水土不服也是有可能的，还是多加注意为好。快回房休息吧。”

肖萌经不住周逸群的一番劝说，只好回到房间休息了。

周逸群的预料果然没错，当天晚上，陆鑫便主动找到了周逸群。

“周总，昨天是我失礼了。我最近太忙，一时间脑子转不过来，今天我考虑了一下，发展结售汇业务是我行的责任，不容推脱，原谅我昨天的鲁莽。我们一定义不容辞。”

陆鑫想到周逸群一行人一旦去到了每个分行进行宣传，那么全国各地的分行必定会高调地响应这个号召，而自己不积极的反应是非常不合时宜的。即使自己分行的业绩再优秀，当别的分行另辟蹊径时，他的那些优势很有可能会土崩瓦解。他又怎么甘心居于人下。

“好好，想明白了就好。”周逸群心想，自己揣测地果然没错。就算他再骄傲，以陆鑫的见识，这个道理他不会不懂的。

“谢谢陆行长的配合，希望您能鼓动全体信贷员加大对结售汇业务的推销力度。我们相信，贵分行一定能够继续出色下去。”

周逸群的心里稍稍有些舒缓，想到接下来艰巨的任务，事不宜迟，刻不容缓：“陆行长，这两天谢谢您的款待，我们还有任务，明天就要启程了。”

“好，那我去送你们。”

自由与自我

陆鑫走后，周逸群去药店买了感冒药，带到了肖萌的房间。

他轻轻敲了敲门。

“周总，你怎么来了？”

“我来看看你，感冒有没有感觉好一点？”

“睡了一会儿，头有点重。”

肖萌让周逸群进来坐下。

“不会是发烧了吧？我试试。”周逸群用手试了试她额头的温度，然后试了试自己的，“有点热，我带你去医院看看吧？”

“不用，就是感冒而已，吃点药睡一觉就好了。我就是怕耽误工作。”

“身体都这样了，还担心工作干什么？生病了就要去医院。”

“不用担心我，没什么大问题，明天再说吧。”肖萌满不在意地说，“对了，陆行长那边怎么样了？”

“他刚刚来找我，说是他想明白了，会配合我们的工作。”

“看来你的预料没错，那深圳这边是不是已经可以了？”

“对，如果明天你身体恢复了，我们就起身去上海，要是不行的话，你就……”

“哎呀，我会好的，你放心。”肖萌吐了吐舌头，打断了他的话。

深圳的夜色比起北京要更加热闹、多彩。同样作为不夜城，深圳的夜来得非常快，夜幕一旦落下，人们的夜生活就已经开始了。

从房间的落地窗望出去，华灯眩目缤纷，车流仍如白天一般不息。各式各样的人都开始了他们的落寞或者狂欢。

肖萌的内心此时思绪万千，她对待生活一直保持着热情的姿态，所有人都以为她是天塌下来也不怕的乐天派，而且对周围的人表现得非常热心，毫不吝啬她的援手。但只有她自己知道，她的心里其实埋藏着一个很庞大很隐秘的自我。

她是一个对生命非常通透的人。她深感人生短暂如白驹过隙，但在世界面前也充满了无力和恐惧。

她有一颗自由而灼热的灵魂，却被束缚在人世间的规则与爱里。乐观如她，在日复一日的生活外，也无数次厌倦到想要放弃。

坚强如她，在无能为力的孤独中，也不能忍住惊慌的眼泪。

看着窗外的夜色，她竟然不由自主地哭了。

“你怎么了?”

“被夜景感动的。”

“北京的夜景也能感动你吗?”

“可能人只有在异地才能冷静客观地思考生命吧。”

“你刚刚在思考什么?”

“我想，我们每个人都像是独立于世的，但是人与人之间有太多的情非得已，在自我和世界的关系里，其实大多数人都很无私。可是，大多数人也不那么甘愿，如果生来是一个无拘无束的吉普赛人该有多好!”

“也许因为有欲望，所以人才不那么自由的吧。”

“没错，你说的很对。”

周逸群看着此刻的肖萌，终于察觉到她内心细微的变化，也许她并没有看上去那么快乐。这个活泼似孩童的女人，对人生有着自己深刻的见解，她像蚕一样用茧把自己一层一层地包裹起来，把最脆弱的自己置于不见天日的境地。

她对世事感到深深厌倦，却又不得不牵涉其中。她不属于这个俗世，她属于星辰、大海、草原、冰川，一切的辽远与壮阔。

而现在她只能安静柔弱地蜷缩在人世间一个小小的角落，静静感受着内心的动荡和澎湃。

周逸群不敢开口，只默然陪她感受当下的感受。

第二天，肖萌的感冒还是没有康复。周逸群给她请了假，买了机票回北京，临行前，周逸群再三叮嘱她一定要按时吃药打针，好好休息。

她离开后，周逸群一直心不在焉，担心她的健康。等她回到家打电话报来平安后，他才放下心来。

他和赵长春又踏上了奔波的路程，辗转于全国各大城市间。这段时间的考察进行得比较顺利，几乎所有的分行都热烈回应，表示会全力以赴开展结售汇业务的营销工作。

十天后，他们坐上了回程的飞机。

理　解

周逸群去悠悠妈妈那儿把她接了回来。

“悠悠，有没有想爸爸？”话一说出口，周逸群心里咯噔了一下。十多年前，自己从英国回到家时与悠悠说的第一句话也是这句。当时的悠悠虽然和自己阔别已久，但是非常亲切，小小的双手像是能抚平一切伤痕一样。

而如今，悠悠只是用笑回应她。

“悠悠，爸爸有个提议。过段时间，我想请你的朋友们来家里吃饭，怎么样？”

悠悠看到爸爸的态度发生了一百八十度的转变，像完全变了一个人一样。她既担心又害怕，她担心肖萌将她们胡乱涂鸦的事告诉了爸爸，而按照周逸群的脾气，如果不勃然大怒，那就很有可能想跟悠悠的朋友们沟通。

“爸爸没有别的意思。爸爸想过了，每个人的朋友都是一笔重要的财富，我不会再干涉你交朋友了。不过，你们经常一起在外面玩到很晚，爸爸很担心，所以我想你们还不如带她们来我们家玩。我不在家的时候也可以，时间晚了我还能送她们回家。只要保证安全就行。”

“那我问问她们什么时候有空吧。”

“嗯，悠悠乖，爸爸这次出差给你带了很多好吃的。”

“真的？有什么？”

“你猜……”

周逸群能够想通悠悠的事，全靠肖萌的劝导。他想，也许真的需要改变自己的教育方式了。不知道肖萌的病痊愈得怎么样。周逸群回到家后，赶紧带着礼物去探望她。

深入了解

周逸群找到她的住址。肖萌知道他要来，就把朱红色的木门敞开。周逸群礼貌性地敲了敲门。

肖萌穿着粉红色的家居服出现在他眼前。

“不错，元气恢复得很好。”

“小病一场。来就来，带什么东西？”肖萌像以前一样活泼，一会儿给他拿拖鞋，一会儿跑去放东西，忙得不亦乐乎。

周逸群趁这个空闲欣赏她家的风貌。客厅弥漫着浓浓的古典艺术气息。迎面是一面具有工业质感的镂空水泥砖墙，保留了原始的风貌，毫无装饰的痕迹。砖与砖之间的空隙里摆放着书籍、CD、DVD、葡萄酒还有一些欧式小雕塑。

越仔细观赏越叹为观止，没想到肖萌骨子里其实是一个文艺青年，喜欢收藏艺术品。

“这些也不是很名贵的大家之作，我只是觉得好看就买下来了。”肖萌见逸群看得如痴如醉，便解释说。

“你的身体怎么样？”

“挺好的，及时吃药，休息了两天，已经恢复了好多。我昨天就回银行上班了，我看我要是再晚回去一天，总经理就要亲自来请我了。”

“我去给你倒茶喝。”

不一会儿，肖萌将西湖龙井端了上来。

“你也有这种茶？”周逸群笑着说，“那你还老来我办公室蹭茶喝？”

像被识破恶作剧的小孩子，肖萌装傻：“还不准我去探望朋友了？喝都喝了，不然你今天全部喝回去好了。”

周逸群端着茶情不自禁笑了起来，不小心将一些茶水翻到了身上。

肖萌赶紧拿来纸巾：“赌书消得泼茶香，你这是要学李易安啊。”

“我就算是有这样的闲情逸致，也要有赵明诚这般相知的人相陪啊。”

肖萌不知道在想什么，也笑了。

“怎么了？”

“没事，我这儿有很多好电影，你想看点什么？”

“我什么都行，你平时都爱看什么？”

“我也是什么类型都看，但是比较喜欢文艺片，比如《One Day》和《天使爱美丽》之类的。”

“悠悠应该会喜欢这种类型的影片，我刚刚把她接回家，也打算请她的那些朋友们来玩。谢谢你的建议。”

“和我还客气什么。我这个人就是想得比较多，能帮上别人的忙我就很开心。”

周逸群想了一会儿，

“其实，我觉得你的灵魂非常强大完整。不过总为别人着想会很累的。”

“我也没有那么伟大，只是对有的人会比较好而已。不说这个了，我给你找部好电影看。”说着，肖萌开始从摆放着的 DVD 里翻找。

“咦，有人来看过你吗？”

“哦，你说桌上那束花。山口先生昨天来过，他听说我没去上班，来探望了我。”

“他这么用心……”

“还好吧，紫罗兰是很美，但我不太喜欢这种很快就枯萎的花束。我家院子里也养了几株，要是你夏天来就好了。那个时候，我的小院可美了。”肖萌言语中透着有一股自豪感。

“那等到夏天你再邀请我来赏花吧。”周逸群为自己不知道她喜欢花而懊恼。

“好啊。”

周逸群发现肖萌是一个很有情调的女孩。她兴趣广泛，从音乐到电影，从艺术到自然，知之甚广。论生活格调、眼界心胸、情商智商，她都不输于男人。

作为员工，周逸群很欣赏肖萌这样聪明用心的人，而不是不讲方法，只会苦干的人。而作为妻子，她更是一个合适的人选，品味出众、宽容大度，大事小事都能处理得井井有条。她没有王熙凤的阴狠泼辣，也没有李纨的保守无趣。想到这儿，周逸群不免觉得，谁娶到她一定是三生有幸。

周逸群在肖萌家里看电影，听音乐，品尝她的厨艺，度过了一个快乐的下午。

旗开得胜

初冬将至，凛冽的寒风开始在人间游荡，北风摇撼着北京，像是要把整个大地都翻个个似的，大地脱下了绿色的套装，冰封的河流安静地沉睡，与天空一样换上了灰白色的点缀。

即使日光依然强烈地照耀着出行的人们，但寒意早已悄悄侵袭着人们的身体，无声地变化着。

转眼，银行已经到了年度总结的阶段。金融市场部的工作在今年完成的还算顺利，周逸群正在派人合计今年的总收入，全部门上上下下都在期待着第一战胜利的消息。

年终总结大会上，作为金融市场部的主管副行长，严秉贵宣布金融市场部在过去的一年里整整获利 18 亿元人民币！

掌声欢呼声顿时响彻大厅，经久不息。

全体员工大会结束后，趁大家热情仍旧，周逸群召开了部门会议。

“今天我也非常激动，我们金融市场部刚刚成立不到一周年，成就非常突出，这和我们每个处的密切配合是分不开的。就把总结工作交给处长们吧，我先歇会儿。”

接下来，处长们轮流发言，把每个处今年的工作大体总结了一遍。每位处长都非常郑重地对周逸群的贡献表示感谢。

周逸群在今年里首先拿下了承华人寿保险公司的一笔大单，为债券交易处获得了资金，又各地奔波进行考察，督促分行的结售汇业务的开展，取得了显著的成效。他杰出的工作能力和领导才能是大家有目共睹的。

这次的旗开得胜令周逸群信心十足，他仿佛看到了金融市场部美好的发展前景，一种成就感油然而生。在他广阔又苦心孤诣的事业轨迹上，这是最荡气回肠的一个乐章。

第九章

创造奇迹，受邀国际演讲

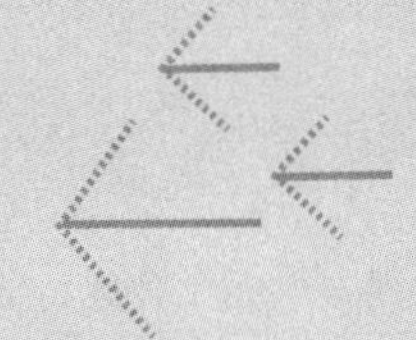

上一年的18亿元获利已经完成了总行布置的“两年赚30亿”任务的一半多。而周逸群并不满足于只是单纯的完成任务，他给部门各处布置了更严峻的任务。为了迎合市场需求，金融市场部决定研发推出人民币债务掉期产品，为此，部门职员又投入到紧张又繁忙的业务中。最终，“两年任务”超额完成，周逸群因此受邀参加“第二届亚洲债券市场高峰论坛”，由此声名远播各国金融界。

债券市场是发行和买卖债券的市场，是（金融市场）一个重要组成部分。债券市场是一国金融体系中不可或缺的部分。

为进一步完善社会主义市场经济体制，提高汇率形成的市场化程度，充分发挥市场在资源配置中的基础作用，中国人民银行决定加快银行间外汇市场的发展，为银行和企业提供更多的风险管理工具。2005 年 8 月，中国人民银行发布《中国人民银行关于加快发展外汇市场有关问题的通知》（银发［2005］202 号）。

久违的温暖

一个周末，悠悠把所有的好朋友都召集到自己家里。周逸群像过年一样做了满满一桌丰盛美味的菜肴招待她们。

周逸群发现，悠悠的朋友都是很有礼貌的女孩子，活泼可爱又懂事。

她们嬉笑打闹，充满了青春的活力，和她们在一起，悠悠比平时开朗很多，脸上一直笑意满满。周逸群好久没有感受过这么热闹的氛围了。

在与她们的交谈中，周逸群得知这几个女孩各有所长，有的从小学习音乐，有的从小喜欢跳舞，有的热爱美术。

她们并不是老师口中的差生，她们有自己的爱好和长处，也许在学习方面她们并不擅长，但她们确实是一群善良可爱的孩子。

周逸群想起他年少时，虽然学习刻苦且非常充实，但在那个人人自危的年代里，除了兄弟姐妹的陪伴，每个人都很孤独，他就是从清苦中一路走过来的。而悠悠不同，她生活在和平幸福的年代，她是独生子女，更加需要朋友的陪伴。

重点大学固然重要，但如果悠悠不快乐，那又有什么意义呢？她总归是要走上自己的人生之路，她也有权利做出选择。

当晚，周逸群收拾了余下的狼藉，来到了悠悠的房间里。

她趴在桌子上睡着了。旁边摆着一幅未完成的画，画着六个小女孩待在一起，有的在弹吉他，有的在弹钢琴，有的在跳舞、画画，玩得非常开心。

周逸群把悠悠轻轻唤醒，想提醒她回床上睡觉。

悠悠揉着惺忪的睡眼，一把搂住了周逸群的脖子，久违的温暖感觉向他袭来。

"爸，我想学画画。"

"怎么突然想学画画？"

"她们都有自己特长，可我却什么也不会。我一直很喜欢画画，想跟着老师学。"

周逸群突然意识到，悠悠和她们在一起居然是自卑的。

"你不是什么都不会，你学习又好，长得也好看，不比她们差。你想学画画没问题，但是还有半年就要高考了，如果这个时候学画画，可能会耽误学习的时间。这是你自己的事，你可以自己做主，但是你要想清楚再做决定，你说呢？"

悠悠沉默了一会儿："嗯，爸，我知道了，那就等高考完再说。"

"好的，宝贝，就知道你最懂事了。快早点睡觉吧。"

"谢谢，爸爸。"

周逸群和悠悠的矛盾得到了缓解，在他尝试着走进悠悠的小世界的同时，悠悠也开始懂事。父女俩的感情逐渐升温。

接踵而至的是2006年春节。每到此时，偌大的北京城终于可以不再那么拥挤。今年的周逸群格外喜悦，在悠悠的强烈建议下，他邀请肖萌来家里吃年夜饭，没想到肖萌答应了。

他们一起包水饺、放鞭炮，边看晚会边聊天。窗外的烟花绚烂夺目，尽情地绽放着它的美丽，这是天空的狂欢，仿佛要赶走整个城市的阴霾。

年年有今日，对于中国人来说，新年是他们千年万世都不会熄灭的生命的希望。一切形式都不重要，重要的是最亲近、最爱的人在身边，健康快乐，团圆和美，这才是过年的意义。

走街串巷的大年初一，悠悠随周逸群回到了老家。悠悠第一天就收到了不少红包，她开心地如同拥有了自己的世界一般，规划着钱的用途。

小孩子本就容易满足，而再成熟的大人，即使平时再压抑、再拘谨，到了新年，也恨不得把满腹牢骚、满腔不悦都抛诸脑后，第二年的自己就像获得新生一般，重燃起饱满的热情和希望。

岁月一直不曾亏待过谁，是非得失全都成为了过去式。只要还拖家带口地活着，他们就不会感到太难过，至少还有家人。

周逸群又何尝不是这样。他的前半生经历了颇多坎坷，却也无比幸运。随着岁月的推移，他慢慢沉淀出独特的人格魅力。他早已感悟出自己的一套人生哲学，正在承受着人世涤荡的他也会随之改变，不断地学习，丰富自己，与时俱进，这是他成功的原因之一。

春节过后，周逸群又回到了工作岗位。

实现目标，继续创新

在 2005 年秋季的全体员工大会上，行领导们给刚成立的金融市场部布置了“两年任务”，也是他们部门成立以来的第一个短期目标——两年赚 30 亿。目前已经完成了一半多，如果要实现这个目标，接下来的一年里周逸群只要确保部门的正常运作就可以了。

但是周逸群不满足于仅仅完成任务而已。他作为这个部门的第一任总经理，算是创始者，他要给部门开个好头，要得到全部门的人的信任，就需要竭尽所能做到最好。

2006 年是至关重要的一年，周逸群给各个处布置了更严峻的任务。今年，他打算在保持盈利最高的几个处占据盈利高地的前提下，帮助去年业绩不是很理想的几个外室提高业绩。

2005 年，作为盈利重头戏的债券交易处得到了 500 亿元，却没有达到特别理想的成绩。

周逸群专门找到处长吕敏来谈话。

吕敏直言不讳地说："周总，去年我做利率债，一直很顺利。出问题的是副处长那边，她做信用债时畏首畏尾，我让她多放 1 倍杠杆，她非不听，自作主张，所以杠杆没有放足，盈利较少。"

"是不是你们的沟通出了问题?"

"我有跟她沟通，她只需要听我的就好了。"

"吕敏，实话说，这一年我有在观察你们，我发现你的各方面能力都很棒，只是有一点，你太独裁了。副处长这个职位是为了帮助你，辅助你处理事务的，你有些事需要听听她的意见。这次你的判断没错，但是你的态度需要改变。"

"周总，我这个人脾气就是这样，性子很急，一些事说一遍就够了，她非得等到我说第二遍，第三遍再去做，让我很烦。"

"在我们部门里，不只是你个人的战场，你不是一个人在战斗，所以你也不能一腔孤勇。她比你年轻，不如你聪明，但是她性格很好，这也正是你们互补的地方。她刚刚当上副处长，很多工作不熟悉，也会出错。这就是你的任务了，带她去熟悉她的工作，耐心地跟她沟通，保证你们两个人的默契度，工作才会顺利。你说说，你这一年里有没有在帮助她熟悉工作?"

吕敏惭愧地低下了头："没有。"

"这不就对了。你很出色，也要适时拉一拉身边的人，她们才能更好地去配合你。你说是吗?"

"周总，您说的对，我知道问题出在哪里了。"

"知道就好，以后努力改正。你把她也叫过来，我跟她谈一谈。"

周逸群耐心地帮债券交易处的两个负责人协调关系，帮她们分析利弊，给她们一个月的时间去改正以前的错误。

果然，周逸群劝导之后，债券交易处的工作短时间内就有所进益。

另一方面，代客交易处正在研发人民币债务利率掉期产品。

人民币利率掉期又称“人民币利率互换”，是指在人民币不同利率产品之间的互换交易。

从20世纪90年代末开始到现在，中国金融市场上只有外币债务的利率掉期交易。随着外币债务掉期市场的饱和，一些中资银行开始开发人民币债务掉期产品。目前，人民币市场利率处于比较低的水平，但央行加息的预期越来越强烈，利率上升的趋势也越来越明显。在以往数年里，借款企业享受了低利率的好处，但利率一旦上升，企业的好日子就没有了，债务成本就会陡然上升，利润就会减少。所以，人民币债务掉期产品是大有市场需求的。

有需求就有市场，现在迫切需要的是尽快开发出一种能够化解市场利率风险的金融产品。如果中国华都发展银行现在能够推出人民币债务利率掉期产品，那么就可以抢占市场先机，尽情享受一顿饕餮大餐。

周逸群的想法是，在当前的中国，大小借款企业客户遍布全国，单华都发展银行的贷款余额就有数万亿，而其中一半都是浮动利率，利率上升将是令每个借款企业都很头疼的事。如果能够推出人民币债务掉期产品，那么就有可能帮助众多的借款企业规避利率风险，为企业减轻负担，还能拓展银行的客户，一举两得。

在周逸群的督促下，代客交易处举办了数次客户研讨会。

他们认真调查了解不同借款企业的债务结构和需求，根据他们的实际需要来设计该产品。很快，他们讨论出了大体的方案。

接下来的两个月，他们专心致志地进行研发，产品雏形初现以后。

周逸群欣喜若狂，紧急召开了会议来讨论产品的推行。

“大家辛苦了！首先我要感谢你们这两个月的努力。我们的产品正在监管部门审核，监管部门一旦批准，我们就可以进行业务试点了。其他银行也在虎视眈眈，想要研发人民币债务利率掉期产品，而等我们抢占了先机，就会在市场上获得很大的资源和客户。我们将会完成市场上第一笔人民币债务利率掉期交易，这在国内可谓开天辟地的第一次!”说着，周逸群有些激动，他很快平静下来，“我们本次会议的主要目的，就是讨论如何对本产品进行推行。你们有没有好的看法?”

代客交易处的处长首先说：“我们知道，人民币债务掉期业务的市场需求应该是非常旺盛的，我们的产品有很大的推行空间，但是推行能否顺利开展，我们还需要持谨慎态度。一方面，国内的金融市场并不成熟，定价机制和市场标准不够完善，那么新的交易品种就会存在交易缺陷。另一方面，由于市场上没有过这种产品，客户对衍生产品还很陌生，我们的产品能否得到市场的认可还有待试验。”

“你说的没错。我们确实不能过于乐观，交易产品总会经历一个由冷到热的过程，市场会由态度谨慎转变为积极支持，只要我们的产品是符合市场需要的。市场是不断变化发展的，我们无法预测，我们能做的就是加大推广力度，加强客户的信任，这也需要一个过程。两个过程重合起来，我们的产品也就能保持相当的热度,。”

副处长比较乐观：“没错，不过随着利率市场化的推进，新推出的避险工具也在逐渐被大众接受，这对我们产品作用的发挥有着推动作用。”

随后，他们针对人民币利率的问题进行了深入讨论。讨论完毕，他们便开始研究推行计划。

不久，监管部门批准中国华都发展银行发布该产品并进行业务试点。

产品发布会上，周逸群亲自出面向客户们讲解这款产品的作用和好处。由于产品的复杂性，他费尽了口舌，但还是有很多客户没有完全理解，他们有的中途就离开了，有的似懂非懂地听着，没有任何反应。

周逸群有些苦恼，这对外行人士来说，简直比做数学题还枯燥。怎么能够通俗地向大家讲明呢?

他灵机一动，找来了一块白板，用记号笔在上面画出了一个坐标轴。人们的注意力很快被吸引了过去。

他一便画着一边思维清晰地用简洁的语言向大家讲解，“市场上有两种形式的利率，一种是固定利率，一种是浮动利率。固定利率是确定不变的，无论市场利率如何变动。而浮动利率是随着市场利率的变动而变动的。当市场利率处于上升趋势的时候，我们是不是应该选择把浮动利率换成固定利率，锁定成本，规避利率上升的风险。而在市场利率处于下降趋势的时候，我们应该选择把固定利率换成浮动利率，这样我们就会享受到利率下浮的好处。”在图形和语言的双重帮助下，人们用掌声表达了自己的理解，也是对周逸群的赞扬。

五月，中国华都发展银行与默成集团完成了一笔人民币 50 亿元债务利率掉期交易。这也是市场上第一笔人民币债务利率掉期交易。

这笔交易轰动了整个国内金融界，周逸群成为不折不扣的金融专家。他的事迹被各大媒体报道着，像一个传奇一样被业内人士传颂。

美好回忆

六月是悠悠高考的时候。周逸群这段时间更加悉心照料着悠悠的起居，帮助她缓解心理压力，保持平常心。

悠悠也十分刻苦，每天晚上都学习到半夜十二点，周逸群每次都心疼地把已经趴在桌子上睡着的她叫醒，等她睡着自己才安心地躺下。

第二天早上，还要早起给她准备营养早餐，每天都换不同的花样。晚上回到家吃完晚饭，周逸群也会陪悠悠出门散会儿步，保持身体健康和精神放松。

6 月 6 日，一年一度的高考日，学校外的大道上停满了车，许多父母都等在门口，希望能第一时间得到儿女们的消息，给予安慰和鼓励。全国考生的父母在这几天，心都是揪着的。

周逸群也静静地等在门口，一门结束后，悠悠随着人群惴惴不安地走出校门，周逸群赶紧迎了上去，递上一瓶能量饮料。

悠悠一出来就哭了，给了周逸群一个大大的熊抱，周逸群拭去她眼角的泪水。

“爸，我好像发挥得不太理想，怎么办?”

“没关系，我们尽人事，听天命，回家好好准备其他几科，你一定可以的。”

“好后悔我以前没有更努力，都说高考改变命运，万一我考不上重点大学怎么办?”

“你已经很努力了，只是一次考试而已，存在很大的偶然性，考得好与不好都不会决定你的人生。不要太担心了，爸爸支持你，无论考得怎么样，我们就静待结果好了，或者先把它放一边，我们去学画画吧?”

悠悠的瞳孔无限放大，不再愁眉苦脸：“真的？太棒了！我可以学画画啦!”

“你爸爸我啊，刚刚因为画画完成了一个很重要的工作，体会到了画画的好处。既然我的小宝贝这么喜欢，那我们立马就学!”

“爸爸，我爱你。”悠悠十分开心，她终于可以把压力抛到脑后，做自己喜欢的事了。

肖萌听说这个消息，也为悠悠感到高兴，送给她一整套画具作为升学礼物，悠悠每天都捧着它们当成宝贝一样。

同时，周逸群为产品的推行也操碎了心，幸好比较顺利，如同想象的一样，人们对该产品态度比较积极，一经推出就有很多借款企业争先恐后地前来咨询洽谈。

悠悠如愿地考入了全国重点大学，她在高考中发挥超常，考了年级第七，令老师和同学们惊讶，也令她的好伙伴们欣羡不已。

作为奖励，周逸群决定带悠悠去欧洲玩。旅行长达十多天，伦敦大本钟、巴黎凯旋门、普罗旺斯薰衣草花海、德国柏林墙，在悠悠的脑海里，世界有了它最初的模样。

世界不再是只能从电视机里看到的样子，也不再是地理书上各种各样的形状，她走出了平时生活的小圈子，用心感受着大千世界的美好，这一切的一切都在她年幼又好奇的心灵上留下了最美的回忆。

对于周逸群来说，他终于能够回到以前生活过的伦敦，感受在他回国这些年里的变化，那么熟悉又那么陌生。

“爸爸，这些地方你以前都来过吗?”

“对啊。”

“太棒了！我也要像爸爸一样!”

“悠悠好好学习，长大后就能够和爸爸一样了。”

“以后我也要再来玩，等我学了画画，就把这些景色全部画下来。”

“好！我等着欣赏你的作品。”

“两年任务”圆满完成

在这一年里，周逸群丝毫不曾懈怠，他不辞辛苦，凡事亲力亲为。经过一年的磨合，各处也早已培养出了高度的默契，再加上这群金融精英的超群的工作能力，金融市场部就像是一辆装备精良的顶级赛车，周逸群一加油门，各个零件飞速运转，像火箭一样冲了出去。

在全部门的通力协作下，经过团结奋斗，在“两年任务”的第二年里，他们整整盈利 22 亿元人民币，两年累计收入 40 亿！超额完成了行里交给的两年创造收益 30 亿的任务。

这个数字一出，全行上下无不交口称赞，人们对此表示惊讶和佩服，金融市场部在周逸群的带领下创造了神话！此时，他的名字就是一个传奇。

过程有曲折艰辛，也有迷茫，他们不畏艰难，在摸索中前进，逾越了一个又一个沟堑，成功并非信手拈来，确实来之不易。

借着成功的势头，周逸群的名气一夜之间如星火燎原，好友们纷纷前来祝贺。

洪斌第一个赶到他的办公室。

未见其人，就先听到了他爽朗的笑声。

“不得了，不得了。”洪斌像古代的侠客一样不拘小节，一进门就搭上了周逸群的肩，“现在，你可是响当当的一号人物啦。”

“不敢不敢，”周逸群看着他豪爽地样子，就分外高兴，“洪兄说笑了。”

“我还真没夸张，到处都能听到你的那些丰功伟绩。我这个做兄弟的，都不好意思和你称兄道弟了。”

“哪里的话，做人不能忘本，这个道理我还是懂的。前段时间也没来得及祝贺你升职，真是惭愧。”

“我们两个谁跟谁？不要拘束这些。改天一起喝酒！”

“别改天了，就今天吧，我也没有局，你有空吗？”

“你叫我哪敢没空啊。”

周逸群便随洪斌一起喝酒去了。

“最近也没见肖萌，她在忙什么？”

“她啊，最近忙着被逼婚呢。”

“啊？”

“开玩笑的。就是我姑姑和姑父最近又在张罗着给她相亲，她都快愁死了。”

周逸群长长地“哦”了一声，然后若有所思。

“哎，不是我说，你们两个就跟木头似的，多大的人了，自己的事还不抓紧，真让人操心。”

“我……”

“别你了，改天我做主，你们交往试试吧。”

“这种事都是水到渠成的，急不来。”

“我真是皇上不急太监急。”洪斌忧伤地叹了口气。

“好了好了，喝酒，喝酒！”

“好吧，来，我敬你，祝贺你青云直上，事业有成。”

……

受邀演讲

2008 年年初，周逸群应亚洲债券市场高峰论坛组委会的邀请，远赴澳洲参加由亚洲财资杂志社主办的第二届亚洲债券市场高峰论坛会。

与会的人有亚洲各国金融领军人物、银行家、经济学家等。

周逸群作为第一个演讲嘉宾，介绍了中国华都发展银行几次在境外发行外币债券的情况。

他站在国际性的讲台上，慷慨激昂地用流利的英语发表演讲：“在适当的时机中国华都发展银行还会进一步进入国际资本市场，发行外币债券。经过几次的境外发展，国际上越来越多的投资人了解熟悉了中国华都发展银行，为中国华都发展银行今后涉足国际资本市场奠定了坚实的基础。”

另外，他介绍了中国债券市场的发展情况：“中国的债券市场也在不断地扩大，发行体越来越多，发行品种日趋丰富，人民币也正在开始走向世界。相信，不远的将来，随着中国债券市场的进一步发展，境外的发行体也会到中国债券市场发行债券。”

会议结束后，举办方召开了记者招待会，参加招待会的人里，周逸群成为众人瞩目的焦点，他应对自如地回答记者抛来的一个又一个的问题。偶尔有一些记者提出的问题较为刁难，但是周逸群依然镇定自若，随机应变，谈吐既幽默又得体。

会后，他又接受了澳洲新闻媒体记者的专访。

“周先生，听说您是中国国内资深的银行家之一，您在会议上对中国市场的分析非常透彻，请问您对未来中国金融业的发展怎么看？”

“中国金融业目前尚在发展中，它的发展速度是全世界有目共睹的。中国人富起来了，那就意味着中国的经济会越变越好，甚至以后会超越英国、日本，都有很大的可能。与此同时，金融业也会随之越变越好。这是我对中国金融业未来发展的预测。”

“那您认为中国金融业目前存在的问题是什么？”

“中国金融业还处于改革发展阶段。我们正在朝着市场经济的发展目标迈进，鉴于中国体制与西方有所不同，这就决定着我们还有待于探索出一条独特的符合中国国情的道路。银行的很多服务措施都对国家经济发挥着重要的支持作用，我们要善于利用各种金融手段和工具来促进经济发展，为国家的繁荣发达也贡献一份力量。”

……

此次会议在各国主流媒体、金融报纸上都有所记载，澳洲某杂志专门刊登了对周逸群的采访实录。周逸群的名字因此在各国金融界也小有名气。

大树一般的父亲

悠悠在海淀区上大学，虽然她和陈启月他们不在一个学校里，但是周末也经常一起玩。

陈启月是个很有个性，酷酷的女孩子，她和悠悠的关系在六个人里面是最好的。

她们像一般的女孩子一样分享彼此的秘密，启月又更像是一个大姐姐，在生活的方方面面都比悠悠成熟得多，因此悠悠非常依赖她。

六个女孩里有个八卦消息很灵通的女生，她就是林秋儿，林秋儿家境很优渥，因此接触的人也比较多。

一天，聚会时，她神神秘秘地把悠悠拉到一边。

“悠悠，你怎么不告诉我们呢?”

“告诉你什么?”悠悠有些纳闷。

“你说什么?”

“我怎么知道你说的是什么?”

“我妈妈跟我说，你爸是金融界的风云人物呢。世界各国金融界人士都知道你爸的名字，真了不起!”

“什么？不是吧？我怎么不知道?”

“你这都不知道?”

“我爸一般不跟我说工作的事。”

“我妈还说，以后家里理财投资就去你爸爸的银行，你爸爸可是总经理啊，和世界各个国家的银行家打交道，真羡慕你。”

悠悠第一次听说这样的爸爸。在他眼里，爸爸是可以遮风挡雨的大树，但是她没想到，爸爸竟然是个这么有名气人物。

她一时之间有点接受不过来，她心里既自豪，又惊喜。

周逸群回国之后，悠悠很严肃地拉着他的手要他坐下。

周逸群还没来得及放下包，就被拽到沙发上。

“爸爸，你怎么什么都不跟我说?”

“说什么?”

“你的工作啊。要不是我同学跟我说，我都不知道原来你的名气那么大，我同学都说羡慕我呢。”

“原来是这个啊。”周逸群没想到悠悠竟是为了这件事跟他聊天，“悠悠，你听爸爸说，别人怎么说我不知道。但对于我来说，我只是做好本职工作罢了。爸爸在这一行干了二十多年了，你一直觉得爸爸工作很认真是不是？所以，有点名气也是很正常的事。但是无论别人怎么说，我只是你的爸爸，金融是我的工作，我热爱我的工作。”

“我知道了。爸，你再多跟我讲讲你工作的事。我想听!”

“好，悠悠想听的话，等爸爸收拾一下，休息一会儿再跟你讲，好不好?”

“好!”悠悠很开心地去拿零食，准备听爸爸讲他的故事。

周逸群觉得，悠悠懂事了，是时候跟她讲自己的工作了。

他们坐在沙发上，聊了一整晚。悠悠才了解爸爸这些年都在做什么。她很惊讶，充满了对新鲜事物的好奇，还不时提出她的问题。周逸群都一一耐心为其解答。

悠悠从周逸群口中对金融这个行业有了初步的认识。以前的她只知道银行只是存取款的地方，没想到原来还有这么高端，眼界开阔的职业。

她想象着，被吸引着，慢慢对金融业有了向往，对自己的父亲油然生出敬意和崇拜之心。

在别人眼里，自己的父亲是一个英雄般的存在，但是在悠悠眼里，他是一个伟大的父亲。

第十章

拍案而起，怒斥外资银行

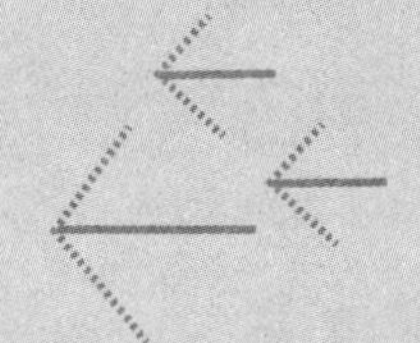

双桥市某地铁公司在前几年借的一笔外币货款已经进入了付息阶段，周逸群在给他们公司制定可行债务风险管理方案的同时，审查了该公司找的外资银行——R银行提供的方案，发现该银行提供的方案里存在了极大的风险。周逸群出于专业的敏感性觉得此事事关重大，因此，他找到了行长说明情况。行长知道之后，将这个阻止的任务交给了周逸群。

2008 年，中国人民银行召开会议。会议强调，立足扩大内需保持经济平稳较快增长，加快发展方式转变和结构调整提高可持续发展能力，实施适度宽松的货币政策，积极发挥货币政策在促进经济增长方面的重要作用。

风　险

国家“适度宽松”的货币政策，使得各大银行逐步放开信贷额度，从紧政策背景下的信贷额度控制并结合窗口指导，导致2007 年秋天前中国企业流动性紧张。这不仅是固定资产投资配套资金的需要，也是向企业注入“流动性”，以防止企业因流动性不足而出现的“枯萎病”，这都会增加企业的利率汇率风险。

在经历了流动性危机之后，为了减轻转贷企业的利率汇率风险，中国华都发展银行开始做外币债务风险管理业务。

外币债务风险管理业务是指在符合国家外债外汇管理相关规定的前提下，利用适当的金融工具或产品进行交易，以帮助企业规避外债风险，降低外债成本。

前几年，双桥市某地铁公司借了一笔外币贷款，金额有 270 多亿日元，折合美元两亿多。贷款期限是 30 年，年息为 2.5%。

2008 年初，这笔贷款已经进入了付息阶段，次年开始要还本。

该公司知道自己可能会面临着严峻的利率汇率风险，规避风险迫在眉睫，所以他们找了多家银行帮忙解决这个问题。

周逸群根据该公司的实际情况，为他们量身定制了可行的债务风险管理方案，将地铁公司的利率汇率风险降到最低。

在周逸群的介绍下，地铁公司经过综合比较和考虑，选定了华都发展银行作为国内的交易银行。

一般情况下，企业在选定国内的交易银行之后，会采用国内交易银行提供的方案与之交易，国内的银行再选取2～3家外资银行公开竞价，选择报价最优的外资银行进行交易。

然而双桥地铁项目的借款是由双桥市财政局作为担保人。财政局虽然只是担保人，却在交易对手和方案的决定上拥有绝对的话语权，不允许双桥地铁公司自主选择。

所以，当双桥地铁公司要做这个交易的消息在市场上传播以后，境外多家外资银行开始用各种手段，疏通关系，无所不用其极地想要拿到这笔交易。

有的外资银行找到财政局科长，有的找到处长，甚至局长。一时间，双桥市外资银行云集，竞争异常激烈。

此时，R银行找到了双桥的副市长韩旭东。

韩旭东是一个很强势的人，他是从沿海地区调到双桥市任职的，对金融一直很感兴趣，自认是金融专家。

当韩旭东知道这个项目后，便对此展开了深度的介入。他接连召开了两次市长办公会，来讨论这个项目。

在第二次市长办公会结束后，韩旭东签发了一个红头文件，确定此项地铁项目的国内交易银行是中国华都发展银行，国外交易银行则是R银行，并且采用R银行提供的交易方案。

双桥地铁公司找到中国华都发展银行来审查R银行提供的方案。

当方案交到周逸群手里时，他快速浏览了方案的大体内容，仔细地做出了初步评估。他有些不太相信自己审查的结果，继而认真复查了一遍。

然后，他意识到事态的严重性，迅速拨通了副行长严秉贵的办公室电话。

“喂，严行长，关于双桥地铁建设项目的事我想向您请示一下。刚刚我仔细评估了这个项目的风险，我发现R银行给的方案有很大的问题。”

严秉贵语气慵懒地问：“是吗？哪里有问题？”

“他们提供的方案不但没有减轻双桥地铁公司的利率汇率风险，而且，一旦市场上出现了不利于该企业的情况后，该公司要承担的风险比原来要大2~3倍！此方案里蕴含的企业风险很大，需要三思而后行！”

“嗯，这个问题我们也考虑过。”

“你们考虑过了？”

“对，”严秉贵的声音有些迟疑，“但毕竟这是双桥市政府下发的红头文件，我们也无能为力。”

“可是……”

“好了，逸群，这个改天我们再讨论，没什么事就先挂了吧。”

听到电话那头的嘟嘟声，周逸群有些急躁，难道这件事就要被这么遮蔽下去吗？周逸群有些头疼，他闭上眼，用两只手指用力地揉按着太阳穴。

婚姻是一场冒险

“累了就休息一会儿吧。”身后突然响起了肖萌的声音。

原来周逸群打电话太过专心，没有注意到肖萌的敲门声。她早已站在自己身旁。

周逸群见到她赶紧让她坐。

“不了，我就是坐得久了，想出来走走，顺便看看你。”

她将手里的咖啡放在逸群面前，浓郁的芳香立马钻入周逸群的鼻中，顺着鼻腔渗透进大脑。

“谢谢你，没事，就是最近有些问题比较棘手。我也正好想出去走走，一起吧？”

“好啊。”

他们来到了老地方，银行顶部的天台。

现在仍是初春，放眼望去，城市里已经萌发新绿的色彩，平日里走过的街道、高楼都如同售楼处摆放的立体城市模型一般。

“高处的空气真是清新。”

“一到这儿，就感觉万事万物都是过眼云烟。”

周逸群问：“你什么时候变得这么消极了？”

“还不是因为我爸妈。”肖萌轻轻翻了个无奈的白眼，一幅生无可恋的表情把周逸群逗乐了。

周逸群知道她指的是逼她相亲的事。

“可怜天下父母心。你也体谅体谅他们，毕竟他们在你这个年纪已经有了你，而你却连个男朋友都没有。”

“男朋友好找，结婚对象可不好找。我啊，心已经老了，只想找个懂我愿意陪伴我的男人，不需要多有钱，也不需要多浪漫，踏实正直就好了。不过我是真的不能接受相亲，你看看他们给我介绍的那些人，张口闭口就是房子、车子、孩子，没有一个人能先问问我喜欢吃什么，有什么爱好，未来最想做什么。这根本就不是感情！”周逸群第一次见肖萌这么激动的样子。

“如果我是你的父亲，我肯定不会逼你结婚。你应该嫁给你最爱的人，应该是真的找到了那个人，才想要结婚，而不是为了结婚而结婚。婚姻不是一场交易，是一场私奔，一场冒险，应该心甘情愿地奋不顾身，而不是小心翼翼地衡量利弊。”

“你说的对，我就是这么想的。我嫁人不会考虑他贫穷或是富有，他有钱我不会觉得自己配不上他，他没钱我们也不至于过 得很惨。相亲就像是谈业务一样，让我浑身不自在。如果我结婚了，绝对不会考虑离婚，所以我必须等到那个人出现才会结婚，否则我宁愿孤独。”

周逸群看着眼前这个女孩，她太善良太特别了，几乎集合了所有的人性的优点，仿佛全世界的男人在他心里都配不上她，就连自己都舍不得破坏她的美好，又怎能容忍别人胡乱闯入她的世界？他心乱如麻。

周逸群回到家，悠悠正坐在沙发上看电视。他轻轻地坐在了悠悠的身边。

“悠悠，你觉得肖萌阿姨怎么样?”

“很好啊，怎么了?”

“没事，我就是问问你。”

沉默了一会儿，悠悠开口：“其实我挺希望你和肖萌阿姨在一起的。爸，以前是因为我还小，你怕我不能接受你再婚，也担心那个人对我不够好，但是现在我长大了，等我再长大一点，你就老了，我也没法天天陪着你，你需要一个伴，我也希望有个人能够陪伴、照顾你。肖萌阿姨很善良，性格好，对我也很好，我也看得出来你挺喜欢她的，我也很喜欢她啊，如果她做我的后妈的话，我会很开心的。”

周逸群充满感动地望着悠悠，摸了摸她的头发。这一刻，他突然觉得悠悠长大了，懂得为别人着想，也目光长远地为未来打算。最重要的是，悠悠爱他，不希望他感到孤单。

他回到房间，坐在床上胡思乱想着，悠悠的一番话戳中了他的内心，他为悠悠的懂事而感到欣慰，也借此看清楚了自己的内心。原来他内心深处是想和肖萌在一起的，喜欢一个人不就是想和她时时刻刻呆在一起吗?她一出现，就像是在黑夜里升起了皎洁的月光，在寒冷中点起了温暖的火把。她开心的时候，他会随之开心，她难过的时候，他会感到心疼。

周逸群是一个克制的人，他会忍住偶尔想把她拥入怀里的冲动，无数次伸出手却又收回。因为他尊重她，爱她，但同时又怕受到伤害，怕失去她，所以不敢轻易追求。

若要等自己鼓起勇气，下定决心，准备好走入一段新的感情生活，他不得不考虑各种因素，对工作的影响，悠悠的态度，和别人的眼光。他如果做了，就要负起责任，承担一切可能会发生的结果。

他在等时机成熟。

阻止瞒天过海的计划

周逸群整理了思绪，准备在入睡前再看一遍今天审核过的 R 银行的方案。如果还有事情不放心，他就无法安心入睡。

R 银行在国内的势力十分强大，从他们能够找到双桥副市长韩旭东就能看出来。他们既然为了拿到这笔交易，不惜动用关系来争夺，那么一定会有某种不可告人的目的，无非财势名利。

周逸群拿出纸笔来计算这笔交易中 R 银行会获得的盈利，得出了一个惊人的数字。

R 银行居然可以通过这笔交易，获益 2000 多万美元，折合人民币一亿三千多万元！

怪不得，怪不得 R 银行会给出这样的方案，全部好处都是留给自己的，不顾中国企业的安危来中国谋取钱财，还想瞒天过海？

为了国家企业的财产安全，为了国家尊严，他坚决不能允许这种事情发生！

当晚，周逸群夜不能寐，辗转反侧，他越想心口越郁结，简直一刻也等不及，他要立马采取措施。

第二天，周逸群带着自己计算的数据和结论来到了严秉贵的办公室。

“请进。”

周逸群推开门，心情沉重地走了进去。

“逸群，你怎么来了？”

“严行长，我来是为了昨天双桥地铁项目的事。”

“这样啊，刘秘书你先出去吧。”

刘秘书离开之后，严秉贵不紧不慢地从转椅上站起来。他平时酷爱抽烟，因此，手指关节和牙齿都有些暗黄。他指了指靠窗的沙发，让周逸群坐下，自己也踱步到沙发前，懒洋洋地坐了下来。

“还是昨天的跟我说的情况?”

“不止，我昨晚还发现，R 银行的目的是想借这次交易来发一笔横财!他们根本不是真心实意为了帮助中国的企业。”

“你评估过了?”

“对，交易成功的话，他们可以通过这笔交易获利 2000 多万美元，简直是狼子野心。”周逸群愤愤地说。

严秉贵的态度却依旧不愠不火，这使周逸群更加生气了。严秉贵也不知是有别的心事，还是他抱着大事化小的心态，表现得有些力不从心。

“如果是这样的话，确实应该向双桥市政府讲明此事，防患于未然。这样吧，你负责与双桥地铁公司沟通吧，把这笔交易处理好。”

“好的，严行长。”

如果严秉贵只是想置身事外，周逸群也能理解，毕竟和地方政府打交道是一件很棘手的事。不过令他欣慰的是，严秉贵没有选择逃避，视而不见，而是把这个任务交给了自己。他一定要阻止 R 银行的阴谋。

周逸群决不待时，快马加鞭赶往双桥，他找到了双桥地铁公司的总经理。

总经理是一个看上去憨厚老实的五十来岁的男人，他说话有些唯唯诺诺，虽然听说这个消息后表示了惊讶和愤怒，但是一提到要一起去双桥市政府讲解此事，他立马犹疑起来。

“孟总，这件事的利弊你也都清楚了，还有什么顾虑吗?”

“没，没什么。不然我再考虑一下吧。”

周逸群很心急，不愿待在闷闷的房间里，只好给自己找个去处，等待他的答复。

恰好双桥地铁公司的附近有一条小吃街。虽然他不是吃货，但是也不免循着美食的香味而去。正好奔波了一天，肚子尚未进食。

工作之余，他打算好好享受一把双桥著名的小吃。

转了一个多小时，他终于知道为什么那么多人对这里的食物恋恋不忘了。

他看到很多人被辣得大汗淋漓，热泪盈眶，不由得笑出声来。如果悠悠来吃，一定会一边泪流满面一边说好吃。

他也忍不住尝了尝，过了一把瘾。

时间一分一秒地过去，终于，地铁公司的总经理给他打来了电话。

“不好意思，周总，让你久等了，你在哪儿？方便我现在和你商议下吗？”

“我马上去找你。”

还是同样的办公室里，孟总正襟危坐，神情严肃，像是下了很大的决心一般。

“周总，你来了。”

“孟总有决定了？”

“对。我就是想和你商议去找双桥市政府的事……”

他们把大体想法交换了一下，准备第二天去市政府找韩旭东。

决定好了后，周逸群心里的石头落下了一半。

思 念

又是独自身在异乡，漫长而孤独的夜晚，他有些失措，不知该如何度过。

以前婚姻尚维持，独自在异乡时，抬头望着天上的月亮，会因为知道有人正在家中牵挂着他而感到安慰。所以，古时才会有那么多游子、异乡客写下无数绝美动人的咏月之词，成为千古绝唱。

“但愿人长久，千里共婵娟”“海上生明月，天涯共此时”“露从今夜白，月是故乡明”……

然而，如今仍是望着同一轮明月，周逸群竟只感到萧索和凄凉。家庭的温暖于他而言已经久违，异乡对于他来说也只会感到更加孤寂。

他本不是伤春悲秋之人，但是孑然一身的滋味任是谁都不会喜欢。尤其，他的心态已经不再年轻，就会更加向往美好的家庭。

他需要一个人为他煮茶温酒，候立黄昏，与他彻夜长谈，和他共度余生，携手看尽花开花落，人间百态。

夜半风寒露重，周逸群只穿着一袭单衣立在阳台上，不免感到孤冷。此时，他口袋中的手机震动了起来。

周逸群看到屏幕上的名字，顿时心潮汹涌。他有千言万语想跟这个人说，她一定懂得他现在的感受。如果她能陪伴在他身边，那更好了。

“你在家吗？明天北京有暴雨预警，我想打电话提醒你一下，记得带雨伞，穿上防水的鞋子。早上先把悠悠送到学校再去上班吧，天气这么恶劣，我担心她的安全。还有，前段时间我说要陪她去打网球，一直没空，你帮我问问这个周末悠悠有没有空吧？对了，她是不是要期中考试了？我会不会耽误她的学习？其实也没事，我就带她锻炼两个小时，一直埋头学习也蛮累的，运动对她有好处。你有在听吗？”

肖萌不等周逸群开口，自顾自地说了一堆话。也许是刚才的感触让他伤感，也许是肖萌的关怀让他感受到了幸福，周逸群此时不想说话，她每说一句，他都有种想要落泪的冲动。

在他最感到寂寞的时候，是她唤醒了他黑暗中孤独消极的灵魂。在他的世界里，肖萌的闯入是一种意外，又是一种幸运。

他老了，但是爱的能力是不会老的。他想去爱她。

“肖萌，我现在在双桥出差，顺利的话明天就能回去了，等我回去马上就去找你，我有话要对你说。”

“什么话？不能电话里说？”

“我想当面告诉你。等我！”

“好吧，我等你。”

不以为然

第二天，周逸群精神百倍。或许是因为他终于下定决心了。

他和孟总一早就来到了双桥市政府，秘书带他们来到会议室等待。

不一会儿，韩旭东就来了。

他表情严肃冷峻，给人一种盛气凌人的感觉，不怒自威。

“你们来有什么重要的事吗?”

他一开口，周逸群的脊背就涌上一股凉意。他终于知道孟总之前犹豫的原因了，他平时一定苦于被韩旭东的威严震慑，不敢怒也不敢言。

果然，孟总一见到韩旭东就换上了一副毕恭毕敬的姿态。

“韩市长，谢谢您百忙中能抽出空来，我们来是为了我们公司地铁项目的事。”

“地铁项目？不是已经决定好了吗？你们有什么疑问吗?”

周逸群赶紧接上话：“韩市长，我代表中国华都发展银行前来，目的是向您说明 R 银行给出的方案里的问题。”

“有什么问题?”

“我们经过审核，发现 R 银行的方案并不能降低双桥地铁公司的利率汇率风险，而且，当市场出现变动时，极有可能会给地铁公司增加 2 ~ 3 倍的风险！所以，我们希望您能让 R 银行修改他们的方案。”

“所以，你是在质疑我的决定?”

“不敢，韩市长，我只是就事论事，只谈事实。我相信您有您的判断，我们银行给出的方案也有缺陷，但是既然您选择了我们，就表明您对我们是信任的。我们银行是完全从中国企业利益出发来制定方案的，对于这种摆明了危害企业安全的方案，我们不能坐视不管。”周逸群的态度也很强硬。

孟总对他使了个眼色，意思是劝他不要硬碰硬。周逸群没有回应。

韩旭东没有怒意："贵行是一家大银行，我们当然给予高度信任。周总在金融界也是赫赫有名的人物。"

"不敢不敢。"

"周总，你觉得金融是什么？"

周逸群被问得一愣。

"金融是一种交易，金钱与金钱的交易。在这场交易里，交易双方，甚至三方都发挥着一定的权利，它是你情我愿的，合则谈，不合则分。但是大部分时候，我们都是要学会让步的，想要成功先要懂得退让。"

韩旭东的旁敲侧击令逸群很是反感，他一向只喜欢直来直往的人。

"韩市长，我们一直都善于退让，但是是一种有原则的退让，最基本的原则就是不危害国家和人民。既然您选择了中国华都发展银行当做这个项目的国内交易行，我们就不会让您失望，但是，R 银行的方案我们是坚决不会接受的。如果不进行合适的修改，我们不会同意这笔交易。"

周逸群正义凛然地讲出这样一番话，内心非常激动。但是他努力控制自己的情绪，态度鲜明，谈吐得体，依然保持着礼貌和友好。

韩旭东没有周逸群想象得那么暴躁，来之前周逸群就做好了他会发火的准备。没想到，他一直表现得很严肃很沉静。

"周总，贵行的态度我已经知道了。关于方案的问题，我还会再细加审查。您先请回吧。"

周逸群和孟总离开了。从头至尾没说过几句话的孟总擦了一把汗，可以看出来他一直很紧张。虽然他也感到不平，但介于他的地位，不便多言。

他本来就想，和周逸群一起去见韩旭东就已经表明了自己的态度了，他怕自己万一说错什么话，惹韩旭东不满，以后他的情况可就岌岌可危了。

但他没有想到，周逸群面对韩旭东这种人，竟然也能保持气节，不卑不亢，能屈能伸。他不禁对周逸群感到敬佩。

而周逸群现在却不那么平静。他本以为耐心劝劝韩旭东就会有结果，没想到他不仅态度模糊地拖延时间，还阴阳怪气地讽刺了他一番。看来这件事没有这么容易解决。

周逸群只好悻悻地回到了北京。

他本来想一回来就去找肖萌表白自己的心意。但是，地铁项目的事却使他没了心情，他想无论结果如何，也要等到手头上这件事尘埃落定之后，再去找肖萌。

这么做也是争取时间来做好准备，他不想太鲁莽以至于使她受到惊吓。

肖萌听说他从北京回来了，可是却迟迟没有来找自己。不由得感到不太开心。

他是太忙了还是因为什么别的原因，把自己说过的话都忘了。他说让她等他回来，有话要跟她说，现在却忘得一干二净。

她心里嗔怪道，明明都那么全心全意地对待他了，他这个榆木脑袋怎么还没看出来？他还要等到什么时候才会主动一点，不让她患得患失，不让她那么累。

难道他根本对自己没有那个意思？不可能啊，明明她感受到了，她的直觉一向很准的。他只是对感情迟钝而已，但不是没有感情，他对她的靠近也是真的，不带有任何目的性，自然到让人觉得理所当然，却也让她不止一次地怀疑。

周逸群也在焦急地希望快点完成领导给他的任务，他已经迫不及待了。

沆瀣一气，拍案而起

不久，R银行亚太区交易主管乔治·史密斯闻讯后，带着他的团队从香港飞到北京，找到了周逸群。

周逸群不能确定他的来意。他不知道乔治是专门来与中国华都发展银行协商修改方案的，还是只为了劝说。

他接见了乔治和他的助手。

乔治是一个典型的白种人，鼻梁高挺，眼窝深邃，皮肤白皙。他留着黄色的短发，眼珠是一种不怎么清澈的蓝色。在周逸群见过的白人里，他是属于不太高大，身材较为肥胖的类型。

“周先生，很高兴见到您。”

“我也很高兴见到您，史密斯先生。”

“我是专程找您来谈双桥地铁项目方案的事的。”

“想必我们银行的态度，您也都很清楚了。”

“没错，我略有耳闻。我对周先生也久仰大名，在中国的金融界，您的名气是响当当的。真是闻名不如一见。”

“哪里哪里，史密斯先生，您的中文讲得非常好。”

“谢谢，因为我非常喜欢中国文化。”明明是一种赞美，却让人感觉不那么真诚。

“那我们进入正题吧。”

“好的。周先生，听闻贵行对我们银行的方案不太满意。”

“贵行给出的方案严重威胁着双桥地铁公司的财务安全，您难道不清楚吗?”

“这不可能，我们是真心实意帮助双桥地铁公司规避风险的，怎么会做有损他们利益的事?”

“史密斯先生，您看看您方案上的这两条，不仅没有规避风险，反而加大了风险。”

“当然是规避风险了，方案我们是经过讨论研究决定的，我们也考虑过其他方案，都不如这样来得有效。并且双桥市长韩先生也给我们审查过了，没有任何问题。周先生，是你们想太多了。”

“我想太多?”周逸群哭笑不得，“我在这个行业有着二十多年的经验，什么样的交易我没见过?我的经验告诉我你们的方案有问题，不是我杞人忧天，而是你们的目的不单纯。”

周逸群觉得没有必要跟他们绕圈子了，有些事必须挑明。

乔治眼珠转得很快，看上去心机很重，他呵呵一笑：

“周先生，冤枉啊，我说您想多了您还不信。我们的目的就是为了帮助双桥地铁公司完美地完成本次交易，没有其他目的。”

“史密斯先生，您看好了，”周逸群愤愤地拿起桌上的笔在自己笔记本上快速计算着，“看，这就是你们最终想要攫取的数目，两千万美元。这就是你们的目的。”

“我们帮助他们做业务，当然要获得一定的回报。这有什么问题?”

乔治一副理所当然的样子，露出了他的本来面目，彻底激怒了周逸群。

这么理直气壮地想要在中国捞金，其厚颜无耻的程度，逸群也是闻所未闻。他不能让这种人在中国为所欲为，肆意猖狂!

他义愤填膺地将手中的笔啪地拍在了桌子上，由于过于用力，笔盖斜飞了出去，重重地砸在玻璃窗上，发出尖锐的声响。

乔治显然被他的反应吓到了。周逸群也是第一次对外国人发脾气，实在是忍无可忍。

“你们分明是打着为中国企业降低风险的旗号，赚中国企业的黑心钱!”

“周先生，你息怒，我们的本意并非如此，您听我说……”

“不用再说了，如果你们不修改方案，我们坚决不会与你们做这笔交易！请回吧。”周逸群斩钉截铁地说。

乔治看周逸群话已至此，就不再说什么了，他灰溜溜地离开了。

周逸群回到座位上，气愤的心情久久不能平息。

很快，乔治他们找到了韩旭东。

随后，韩旭东决定将国内的交易银行由原来的中国华都发展银行改为城投银行。

收到通知之后，周逸群知道了韩旭东和乔治他们其实是沆瀣一气的。他不能允许他们这种人在中国横行霸道，他得做点什么。

既然如此，他立马告知了手下的所有交易员们，从今以后，中国华都发展银行与 R 银行将停止一切业务合作。

两家银行停止一切业务合作的消息迅速蔓延，在市场上传得沸沸扬扬。

严秉贵找到了周逸群。

“逸群，你这件事是不是做得太过分了？R 银行是不对，但是既然双桥市政府已经决定不用我们进行这次交易了，我们何不多一事不如少一事呢？”

“严行长，您是我的上司，我尊敬您，所以和您推心置腹。R 银行的所作所为实在很过分，他们完全是想借此业务谋取巨额私利，我不知道您怎么想的，但是我不能忍受这种事发生。”

“逸群，我以为你是个很聪明的人。这种事在社会上不是多得是吗？你要是把自己当做正义的使者去锄奸惩恶，那什么时候是个头啊？而且你这样意气用事也损害了我们银行的利益，岂不是得不偿失？”

“我这样做是经过深思熟虑的，您放心，严行长，和他们停止合作对我们构不成什么不好的影响，我会尽量避免的。我只是想教训他们一下，人无信而不立，这种不诚信、偷鸡摸狗的人，我们银行也不敢再和他们合作了。”

“既然你有打算，我也就不说什么了。但我的意思还是，多一事不如少一事，本本分分做好本职工作，这种人一定会有人处理他的。”

周逸群表面上含糊地答应了，但他心里非常不舒服。严秉贵谙熟人情世故，能说会道，八面玲珑，他貌似和谁都很好，但是中国有句古话，人至察则无徒，他太精明了，老谋深算，谁也猜不透他，但是他的格局也不会很大。

从他对待这件事的态度就能看得到冰山一角。他只从中国华都发展银行的利益出发，难以真正帮助企业考虑。也许是他做事太过谨慎，怕惹麻烦也说不定。

正义的化身

接下来发生的一切出乎了所有人的意料，周逸群也没有想到他做出的决定竟然弄拙成巧了。

消息一经曝出，对 R 银行在中国市场上的形象产生了非常不好的影响，中国许多银行及金融机构都纷纷表示了对 R 银行的怀疑。

很快，R 银行集团的副董事长马丁·约翰逊便急匆匆地飞到北京来拜访周逸群。

会议室里，马丁眉头紧锁。他的五官在西方人里算是比较平淡，但一双眉毛又黑又浓密，十分抢眼。讲起话来眉飞色舞，有些滑稽。

“周先生，我们两行之间的合作一直很好，为什么突然你们单方面终止了一切业务的合作?”

周逸群把双桥市地铁项目的详细情况告知了他。

“贵行只想在中国市场和企业身上赚钱，而不惜损害中国企业的利益，我们银行一向看重合作者的诚信，以这种行为为不耻。所以，我们停止了与 R 银行的一切业务合作，道不同不相为谋。”

“周先生，双桥地铁公司的这个业务是我们银行亚太区主管及团队专门负责的，他们做出的一些决定并不是我们银行总部的本意。请您放心，我们一定把此事彻查清楚，给贵行一个交代。”

周逸群看马丁的态度很诚恳，便没再说什么。

R银行集团的副董事长马丁回到总部，把这件事情向银行董事长及董事会做了详细的汇报。之后，董事会作出决议，把亚太区交易主管乔治·史密斯及其团队全部炒掉。

于是，中国华都发展银行在双桥地铁公司把之前的交易全部平盘之后，恢复了与R银行的合作。

双桥市政府知道这个消息后，也派人联系了周逸群，他们决定重新选定中国华都发展银行作为国内交易行，并就先前的事做出了道歉。

韩旭东自始至终再也没有露过面，周逸群也不想再追究他与乔治的事。

周逸群亲自上阵，帮助双桥市地铁公司按照中国华都发展银行之前设计好的方案，与另一家外资银行进行了交易。

他不厌其烦地从中周旋，全心全意地为中国企业着想，敢于与恶势力作斗争，才阻止了惨剧的发生。

双桥地铁公司的总经理孟总专门登门道谢，感谢他有先见之明，防患于未然，帮助他挽救了公司的损失。

这件事也在小范围内传播开来。周逸群的努力真正帮助中国企业降低了风险，在人们心中瞬间变成了正义的化身。

朝思暮想

不过周逸群没空关注别人的看法，他在为肖萌的事而苦恼。经过这段时间的忙碌，他根本没来得及实现对肖萌的承诺。

双桥一行回京以后，他都没有去找过肖萌。事情摆平后，已经过了一个多星期，肖萌也没有联系过他。

他狠狠地拍了自己的脑门一下。

“哎呀，怎么把这么重要的事给忘了！这可怎么办啊?”

他内心顿时充满了内疚，立即赶去了肖萌的部门。

肖萌这段时间里一直在独自生闷气，把自己憋得不行，但是她的小脾气又不允许自己主动去找他。

是他放了她的鸽子，还让她等了这么长时间。等着等着，她已经心灰意冷了。她既难过又气得很，这个人，她是再也不要理了。

这样想着，她将手中的文件放在一边，起身去了茶水室。

“肖萌!”一个女人的声音响起。

肖萌还未回头，一股浓浓的香水味便传到她的鼻子里，是她部门的同事董雨晴。她穿着一身最新款的香奈儿套装，既职业又不失优雅，只是脸上的妆容太浓艳，多少带些庸俗的脂粉气。

“雨晴，你也来喝茶?”

“我来喝咖啡。”董雨晴摇晃着手中的蓝山咖啡的袋子，然后转过身去泡咖啡。

肖萌也继续倒她的茶叶。

“你知道吗？最近我们银行最有名气的人物是谁?”

“谁?”

“偷偷告诉你，是金融市场部的周总。”董雨晴侧过脸去对肖萌耳语。

“是吗？他怎么了?”肖萌不能抑制心里的好奇，有些期待地问。

“他最近可威风了。前段时间，他发现有一家外资银行想在中国捞外快，立马严词拒绝和他们合作，还停止了我们银行和那家外资银行的所有业务。最后逼得他们没有办法，亲自来登门道歉。”

“然后呢?”

“据说是外资银行把捞钱的那个业务的几个负责人给炒了，业务也不做了，就是为了恢复和我们的所有合作。据说周总一发现这个阴谋当即就怒了，拍案而起，还呵斥了那家外资银行的人。天呐，简直是男神，正义男神！”董雨晴露出花痴的表情。

“真的吗？消息可靠吗？”

“当然了，这可是他们部门的人说的。当时那个外资银行的负责人脸都绿了，灰溜溜地夹着尾巴逃走了。后来他们银行的副董事长亲自来道的歉，毕恭毕敬的，生怕得罪周总。”

“这也太夸张了。”

“一点也不夸张，句句属实，你不信就去问问我们部门其他人，大家都知道。也就你，最近整天闷着，一句话也不爱说，所以没人跟你说。”

“我前一阵儿有点不舒服，不过现在好多了。”

“那就行，好好注意身体啊。”

“嗯，我会注意的。”

肖萌听到这个消息以后，整个人都不一样了，不再怏怏不乐。原来他是这么正直的人，日久见人心，她没有看错人。一个男人，最起码的品质就是要正直有担当，对家庭对事业对国家，再难的事，只要承诺过了，就要用肩扛得起来。

周逸群在她心目中的形象高大了许多。他就像一个英雄一样，正气凛然，临危不惧，满足了她对男人最疯狂的幻想。

如果是这样，她在心底已然原谅了他。可是她又开始担心，这样平凡无奇的自己能够配得上他吗？

想着，手里的茶杯没有拿稳，茶水倾洒了出来。

“小心点。”一只宽厚的手掌伸了过来，帮忙托住她手中的茶杯。

肖萌抬起头，竟是他，她朝思暮想的那个人。

“还说我呢，你这不是也偷着学习李易安吗？”周逸群一边将杯子放在桌子上，一边拿出手绢帮她擦拭胳膊上的茶水。

“你怎么来了？”肖萌一时间有些反应不过来，兀自痴痴地望着。

“我这不是怕你生气嘛，忙完了工作就立马赶过来了。我不是故意放你鸽子的，我从双桥回来以后，就立马去跟行长汇报，之后就一直没停下来。吃饭的时候想找你，又怕你觉得不够正式。你生气了吗?”

“刚开始是挺生气的，你再不来找我，我都不想理你了。”

“我的错，我的错，对不起，先跟你赔礼道歉。”周逸群宠溺地哄着她，像哄小孩子一样。

“原谅你。你找我什么事？还要这么正式?”

“跟我来。”周逸群拉她往外走，肖萌一脸不解地跟在后面。

第十一章

坠入陷阱，折戟外币理财

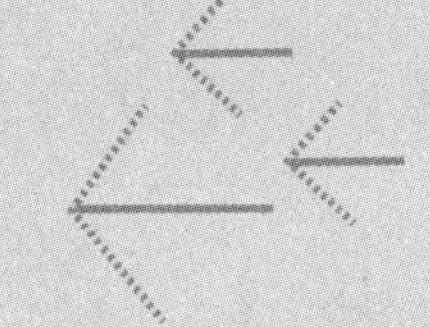

周逸群看好欧洲H银行推出的一个美元结构性理财产品，并指挥交易员购买了5000万美元的产品。不久之后，他就觉察到了异样，他马上汇报了严行长，并提出了他的想法，但严行长认为他过于小心谨慎，没有采纳他的建议。最终，投资失败。

结构型理财产品是运用金融工程技术、将存款、零息债券等固定收益产品与金融衍生品（如远期、期权、掉期等）组合在一起而形成的一种新型金融产品。

2010年12月3日，中央召开中共中央政治局会议，对2011年经济工作作出最新部署，指出“要实施积极的财政政策和稳健的货币政策”。这一时点召开的中央政治局会议，可视为12月上旬即将召开的中央经济工作会议的风向标，将为来年政府施政拨弦定调。与过去两年强调宏观政策的连续性和稳定性不同，此次会议提出，要增强宏观调控的针对性、灵活性、有效性。为应对国际金融危机冲击而祭出的适度宽松的货币政策，在执行两年有余后，正式转向“稳健”。

郎才女貌

肖萌被周逸群的神秘不语，最后却只是去天台而业的无语。

“原来是去天台？干嘛神秘兮兮的。”

“去了你就知道了。”

他们一步一步地顺着楼梯往上爬着，像是永远爬不到尽头。周逸群终于下定决心了，他既激动又担心，他不知道肖萌面对即将发生的事会做出什么样的反应，但他既然决定去做，就会承担所有的后果。

“来看风景啊？”

“对啊。”

周逸群笑着，推开了通往天台的铁门。铁锈味随之弥漫开来，长长地“吱呀”声仿佛是沉寂已久的灵魂发出的一声长叹，又像是来自未来发出的预兆，光明就在眼前。

门打开，一下子就感受到了夏季微热的余温，笼罩着的是一层薄薄的清晨的雾气，远处的景色被悉数遮盖，多了几分苍茫而悠远的诗情画意。

周逸群大步径直走到天台的边缘，一下跳了上去。

肖萌正要走过去，只见周逸群掏出口袋里的什么东西，慢慢伏下身去。

瞬间，楼顶的四周升起无数彩色的气球群，像是有什么巨大的物体正在从楼下升腾、汹涌而出。它们升至一个高度后停留在半空中，摇晃着一个个小小的五彩缤纷的脑袋。

肖萌停住了脚步，瞳孔放到无限大，她眼中的惊讶变成了彩色，是缤纷的气球的颜色，像她现在的心情，吞下了无数颗诱人的糖果。

她说不出话，只顾愣在原地，心早已剧烈地跳动起来，鼻子一阵发酸。

“肖萌小姐，你愿意做我女朋友吗?”周逸群向她走来。

肖萌被感动得一塌糊涂，她的眼眶已经湿润了，看不清眼前的事物，只剩下大片大片的彩色，像是被晕染后的水彩画。

周逸群似乎没有想要立马听到她的回答，他认真地说着：“我在双桥的那个夜晚，接到了你的电话，那一刻我想了很多很多，以至于我已经不记得想了些什么。我只记得我当时唯一的念头就是，我要和你在一起，我想你成为我的妻子。”

“我以前不是一个好丈夫，没有对家庭做到我应该做的，没有负起责任，我很自责，对悠悠也有很多歉疚。而自从你出现以后，我变得不那么消极了，说你让我的生活重见光明也不为过。你是一个非常美丽，非常特别的好姑娘，好到我不敢触碰，怕自己配不上你的好。我以前害怕如果我说出口，会破坏我们的友谊，会让你难过，更害怕自己会真正地失去你。”

“但是现在”，周逸群的语气变得无比坚定，“我做好了充分的准备，迎接你的任何答案。你，愿意接受我吗?”

“我愿意。”肖萌的脑海里一片空白，她等这句话等了太久，她只想立马就答应他。

终于，他们在一起了。不只他们彼此等了太久，还有一个人也同样热切地盼望着，那个人就是洪斌。

他们第一时间把这个消息告诉了洪斌。

“我就说嘛，你们这么般配，早晚会在一起的。”洪斌竟然丝毫没有惊讶的表现，“说吧，什么时候吃喜糖？”

面对他的调侃，肖萌涨红了脸。

“哥，你说什么呢？”她嗔怪道。

“你们早点办喜事，也算了了我的一桩心愿。”

“我们不急，是吧？”周逸群转过头问，肖萌笑着白了她一眼。

在周逸群的事业风生水起的时候，他与肖萌的感情也逐渐升温。他们在银行里出双入对，成为大家羡慕的金童玉女。人们纷纷称赞这对璧人郎才女貌、天生一对，表达了满满的祝福。

静观其变，无力回天

人生往往不是一帆风顺的。周逸群在事业上虽然没有经历过很大的波折，但偶尔也会有一些不那么如意的小插曲出现。有时他责无旁贷，有时却无能为力。

欧洲 H 银行近期推出了一个美元结构性理财产品。

结构性理财产品是指本金投资于债券、货币市场工具、非标资产等固定收益类资产，该类资产与利率、汇率、黄金或股指等挂勾，回报率通常取决于所挂勾资产的表现，有保本与非保本两种。

周逸群一直以来对这个产品非常看好，在当时，它的市场前景很不错。

由于市场利率持续下行，周逸群预期货币市场还将一直保持宽松状态，银行非结构性理财产品的年化收益率预计还将下行，这使得以往热门的理财产品成为了鸡肋。

另一方面，有着预期最低收益，又有机会博取较高收益的结构性理财产品越来越受到投资者的青睐。

周逸群预测，假如立即购买这个结构性理财产品，假以时日，一定能获得可观的利润。

于是，他指挥交易员购买了5000万美元的产品，保本，浮动收益。

理财产品都是有市值的，而结构性理财产品的最终收益会由挂钩标的的表现情况来决定，如果标的的表现和预期情况相符，那么就会取得较好的收益。

投资结构性理财产品对投资者的能力要求较高，尤其是对市场经济走势的判断能力。如果没有一定的业务水平，或许就拿不到较高的收益率。

而周逸群对市场的判断一向很敏锐，他的业务水平一直处于行业的尖端。果然，买入后此产品的市值一路飙升，一段时间以后，已经上涨了足足20%！

周逸群非常兴奋，看来这次能够大赚一笔，这能给他带来很大的成就感。

不过很快，他敏锐的“市场嗅觉”似乎觉察出了一点异样，多年的成功经验提醒他应该提前收手了。

周逸群立马找到了他的主管副行长严秉贵，充满自信地提出了他的想法。

“严行长，我建议在市场还没有出现大的波动之前，提前卖掉R银行的这个结构性理财产品。”

“为什么？我们现在正处于盈利阶段，它的势头还很旺盛，现在卖掉还太早了。”严秉贵不能理解。

“这个产品刚刚推出不久，一定是呈上升势头的，但是盛极必衰，更何况现在市场的动向很不明朗，没有人知道它什么时候会一落千丈，到时候再做决定就晚了。”

“逸群啊，”严秉贵笑了笑，“你太保守了，谨小慎微是好事，但也成不了大事，这就跟股票一个道理，我们都不能摸清规律，但钱都是被大胆的人赚取的。你是金融市场部的总经理，就是负责赚钱的，这个道理你应该懂吧?”

“严行长，我知道您对这个产品的前景很看好，我也是，但是适可而止也是一种避免风险的方式，多少人买股票时太过贪心，以至于倾家荡产的啊。”

“你太夸张了，这个是保本的产品，我们就算是投资千亿也不会倾家荡产的，行了行了，别这么多顾虑了。听我的没错。”

见严秉贵态度坚定，周逸群也不便再说什么，但是他总有一种不太好的预感。

果不其然，过了一段时间，市场呈现低迷的状态，该结构性理财产品的市值开始掉头直下。

周逸群内心有些慌乱，他赶紧想办法弄清现在的市场形势，无奈就如雾里看花一般模糊。

他竟像是在大海中迷失了航向，看不清前路。

他咨询了洪斌、孙筱以及几个以前业务上的伙伴，大家都不明所以，对此事没有定论。

眼看着产品的市值直降至110%，周逸群焦急不安。

他再次找到了严秉贵。

“严行长，这次真的不能再拖了，产品的市值急转直下，我们现在抛出还来得及。”

严秉贵仍旧漫不经心：“放轻松，新产品嘛，在市场上有些波动是在所难免的。我相信H银行，他们的理财产品一直做得不错。更何况你又不是不知道，如今结构性产品正是炙手可热的时候，我们此时不下手更待何时?”

“现在标的的市场形势真的非常不利，我估计一时半会儿不会回温，甚至极有可能无法回温。严行长，我的建议还是尽早收手吧，至少我们能保本微利。”

“我不敢苟同，我认为还是静观其变，过段时间再说吧。”

周逸群还想劝他，但是严秉贵面色不是很好，他阻止他再说话："好了，你别说了。就算市值不会回温，我们至少能够保住本钱，为什么不拼一把试试？你回去工作吧。"

周逸群虽然心有不甘，但只能听之任之。

他的担忧是没错的，该产品的市值持续下跌，没过多久，便跌破了冰点——80 美元。

欧洲 H 银行立即发来通知，根据协议规定，到达市值 80 美元的时候便触发终止条款，所以该交易终止。本金可以偿还，但是要在五年之后，并且没有利息。

投资失败，周逸群感到很无奈，只能接受这本不该发生的结果。

自从严秉贵成为他的主管副行长之后，周逸群才对他有了深入的了解。以前的时候，周逸群以为他是一个很谨慎的人，做事从容沉稳，而随着了解的深入，他身上的傲慢、自以为是的缺点也逐渐暴露出来。也许是王耀奇马上就要退休了，严秉贵太过急于提高自己在行长这个位置上的竞争力的缘故，他有时做事不免刚愎自用，不愿听取别人意见。

虽然 H 银行的结构性理财产品的市值即使无力回天，也不会对中国华都发展银行的利益造成太大的损失，但是周逸群从这件事上看出了严秉贵身上存在的问题。

不偏不倚，中立

王耀奇明年就要退休了，他在中国华都发展银行做了十年多的一把手，是一个优秀的好行长，大家对他十分信服。

而对于下任行长的职位，人们众说纷纭，主要争论集中在严秉贵和牛金水两个人身上。行里的人各自站队，分成了两派，在周逸群知道的人里面，张志和、孙筱属于严派，洪斌及其他几个部门的总经理则比较倾向牛金水。

周逸群思绪万千的时候，没想到孙筱竟然来了，周逸群请她坐下。

“孙总，你怎么来了？”

自从周逸群离开外汇资金部来到金融市场部之后，孙筱时常会来看望逸群。周逸群能够察觉到孙筱对他的意思，但是在他心里，孙筱是他曾经的上司，也是他事业上的伙伴，除此之外，没有其他的感觉，所以他对孙筱的态度一直是君子之交淡如水。

“没什么事，我就是专门来看看你，最近你可是名声大噪啊。听说还谈了恋爱？”孙筱的神情有些犹疑。

周逸群不好意思地笑着点了点头。

“祝福你啊，终于找到了伴侣。”

“谢谢，谢谢。”

“我们这么多年的老朋友，老搭档了，从来没见你对哪个女人上心过，看来她是真的很优秀，能让你心动。”

“你就别调侃我了，我这个年纪还能谈恋爱，实属不易啊。”

“男人四十一枝花，别委屈了人家姑娘，且行且珍惜吧。”

“对对。”

“对了，王行长马上要退休了不是？上级刚刚公布了下任行长的候选名单，你看了吗？”

“哦？都有谁啊？”周逸群颇为关心。

“我们银行里入选的有牛行长和严行长，还有几个是其他银行的领导。”

“其他银行的领导胜算不大啊。”

“我也这么觉得，看来这场角逐的赢家只能是他们俩其中的一个了。”孙筱试探地说，“严行长的业绩一直很优秀，待人也和蔼可亲，我觉得他的胜算貌似大一点。严行长是你的主管副行长，你最清楚了，你觉得呢？”

“这个谁说的准呢？依我看都有可能，只能静候结果了。”

周逸群晚上正好和洪斌约好了喝酒。

酒酣时，洪斌也谈起了此事。

“逸群，王行长快退休了，下任行长你比较看好谁？”

“严行长和牛行长能力都挺强的。但是，说实话，我还是看好牛行长，牛行长是个明快人，做事光明磊落，待人也诚恳，人品没得说。”

“你和我的想法一模一样。我跟你说，目前银行的人分成了两队，一队力挺严行长，比如张行长啊，还有孙筱，算是旗帜比较鲜明的。牛行长这边队伍虽然没那么大，但也有一些老员工支持他。”

“严行长非常聪明，在拉拢人心这方面做得确实好。”

“他原先还想拉拢我，被我委婉地拒绝了。”洪斌笑着说，“他在每个部门都有自己的心腹，大力提拔他们，贬抑其他人，好便于开展工作。我想你原来在孙筱管理下工作的时候也不容易吧。要不然，以你原先的成就，早就应该提拔了！”

“孙筱以前对我是有些苛刻，但是她心眼不坏，就是防备心理太强，不过那都是过去的事了。今天她还来找我聊天了，她确实是偏向严行长这一队的，我没表明我的态度，谁又说的准呢，无论结果怎样，脚踏实地工作才是真的。”

“你看看，又是一副正经样，谁当不当得上行长我不清楚，但你可是出了名的工作认真，两袖清风的好官。”洪斌忍不住调侃周逸群，不忘竖起一个大拇指。

“你就知道调侃我！”

“哈哈哈，对了，最近和我妹怎么样？你有没有欺负她？”

“我哪舍得？再说，如果我敢欺负她，不用你找我，她早三下五除二把我撂地上了。你妹妹是谁，谁敢欺负她？”

“也是！我都忘了这茬了。顺便提醒你一下，你不要太大男子主义，别像对待弱势群体一样对待她，什么‘我保护你’，男女分工论都不要有。她外柔内刚，人格独立，思想比较西方化，不是那种中国传统女性，你得尊重她的个人空间。”

“你放心，我喜欢的就是她这一点，恋爱本就是一件平等的事，没有谁一定要比谁强，谁一定要做到什么一说，全靠两个人的相互磨合。”

“做兄弟的我只能帮你到这儿了。”洪斌一副满意的样子，拍了拍他的肩膀。

周逸群早就知道肖萌跟传统的中国女人不一样，她从小就养成了坚强独立的习惯，不需要别人的宠爱，她需要的只是一个能够与她并肩看世界的人。世俗的看法，都认为女人太过要强不是好事，可他不这么认为，也许是因为他有在国外生活的经验，他知道自己想要的爱人，不应该是一个在自己身上寻求父爱的“小女生”，她在自己面前也会像个孩子，但她更是一个能够和自己旗鼓相当，“势均力敌”的成熟的女人。

他会包容她，尊重她，不对她提太多要求。在婚姻里，无论是哪一方面，他希望他们双方对家庭，对彼此的付出都是对等的。在他和肖萌的精神交流中，他第一次有了一种灵魂伴侣的感受，就是因为肖萌的想法和自己是一样的。

同样，肖萌之所以喜欢周逸群，不只是因为他和自己拥有太多的心灵共鸣，更因为他能让她感受到平等、独立和被尊重。这才是她唯一想要在另一半身上得到的。

第十二章

一亿雷曼，无法卖出的痛

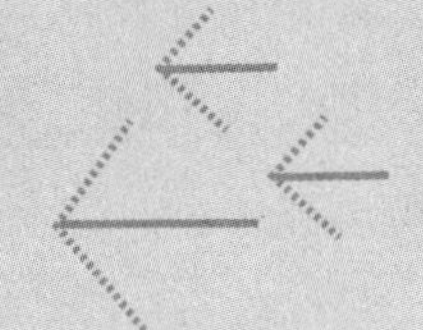

雷曼债券的不断下跌，让周逸群觉察出不对劲，他立刻紧急召开债券投资决策工作小组会议来研究雷曼债券问题。周逸群在会上建议立即卖出雷曼债券，但却没有获得大家的同意，只能不了了之。而由于之前的犹豫不决，最终在雷曼公司宣布倒闭，银行亏损惨重。

2008 年，美国第四大投资银行雷曼兄弟由于投资失利，在谈判收购失败后宣布申请破产保护，引发了全球金融海啸。美国财政部和联储局协助挽救濒临破产的贝尔斯登，却拒绝出手拯救雷曼兄弟的做法惹起重大争议，市场信心崩溃一发不可收拾，股市也狂泻难止。

敏锐洞察，雷曼危机

在过去的 2007 年里，全球经济现状非常乐观，债券市场相当火爆。

当时，雷曼银行发行的债券的销量也很好。雷曼银行是美国第四大投资银行，是为全球公司、机构、政府和投资者的金融需求提供服务的一家全方位、多元化的投资银行。

雷曼公司财务实力雄厚，在其所从事的业务领域处于领导地位，是全球最具实力的股票和债券承销和交易商之一，大家都很看好雷曼的发展前途。

在这种情况下，周逸群抓住时机，指挥债券交易处的交易员们在二级市场买入了 1 亿美元的雷曼债券。

债券的票面价值为 100 美元，买入价格是 100.02 美元。价格相较而言非常好，成本也相对较低。

正如周逸群所预料的那样，买入后，雷曼债券一直保持小幅上涨，账面盈利。于是，他准备长期持有。

而 2008 年到来以后，美国经济呈现疲软态势，第五大投资银行贝尔斯登出现了财务问题，在美国政府的斡旋下，美国银行收购了贝尔斯登。

雷曼是美国第四大投资银行，贝尔斯登出现问题后，人们开始对雷曼银行的未来发展趋势感到担忧，不敢孤注一掷。

一时间，雷曼银行骤然爆冷，债券价格也开始下跌。

周逸群作为交易经验丰富的老手，在做任何买卖交易时，有两个准则，一是看基本面，二是看技术面，然而更重要的却是，他有 Market Feeling，这种感觉敏锐而准确，若非有着多年在市场上摸爬滚打的经验的人，是不具备的。

业内广泛地流传着中国外汇银行的老前辈——铁老的一个有关 Market Feeling 的故事。

铁老是 20 世纪 60 年代中国外汇银行香港分行的交易员。有一天夜里，他辗转反侧，难以入眠。他的心里隐约有一种不好的感觉——英镑即将要大跌，随后几天里，他的这种感觉越来越强烈。他急忙向银行的领导汇报，请示要卖出英镑。

领导问他有什么依据。铁老回答，就是他的一种感觉，没有任何依据。领导信任铁老的经验，就把他的建议报到了总行，但是无奈总行领导也吃不准这件事。

由于当时没有专业的研究分析人员，他们只能报给当时的国务院总理——尊敬的周恩来总理，总理没有明确批示，只告诉他们，如果觉得有把握就去做。

而在当时，我国的国际背景不容乐观，美国对中国正进行经济封锁，英镑是我国对外结算的重要货币。如果英镑造成亏损的话，我们的经济损失会很大。所以，这个决定对国家来说至关重要。

总行最终同意香港分行卖出英镑。如铁老所料的一般，两星期后，英镑大跌。中国外汇银行香港分行趁此时机，低价买回英镑，盈利一大笔。所赚的钱可以整整购买当时两个香港汇丰银行总部大楼。

父亲在世时，时常教周逸群下围棋。父亲说，人生如棋，每一次对弈都蕴含着生命的智慧。小小的棋盘间风云变幻，一如看似波澜不惊地人世幻海，稍有不慎便会满盘皆输。下棋之人，最重要的是要有一颗平常心，沉稳淡然，戒骄戒躁，也要学会审时度势，先发制人。

周逸群谨遵父亲的教诲，痴迷于围棋，闲来无事便约好友对弈几局，输赢他也不在乎，他看重的是自己从这里面学到的东西。由于周逸群的领悟力很强，又虚心好学，苦于练习，故而他的棋艺十分精湛。

因此，在事业上，由于他拥有良好的市场感觉和丰富的智慧，所以一向能够把握住市场的风向标，并作出及时而最好的决定。

当时，用围棋的行话来说，他感觉到雷曼债券“味道不好”，担心雷曼债券会出现问题。虽然他的不好的预感使他有些焦虑，但他依然保持淡定的心态，细心关注市场上一丝一毫的风吹草动。

渐渐地，雷曼债券的价格开始微幅下跌，观察一段时间以后，他认为雷曼债券的势头有些不妙。谁知它就像察觉到了周逸群的心思一样，趁他还没反应过来，下跌幅度加大，瞬间跌至90多元，账面已经亏损。

周逸群心叫不好，赶紧提议召开债券投资决策工作小组会议来研究雷曼债券的问题。

会议室里，除了周逸群，其他人都没有感到危机。

周逸群首先说：“我提议召开这次会议是为了研究雷曼债券的问题。我们大家都知道，雷曼债券现在正处于下跌的状态，我们已经亏损，所以，我建议立即卖出雷曼债券。”

此言一出，大家都用错愕的神情看向周逸群，似乎没有想到他会这么说。周逸群并不是一个畏缩的人，他的决定往往果敢大胆，从不会被一时的恶劣形势吓退，他有准确的判断力，善于利用局势扭转乾坤。

而如今，他竟然提出要放弃。

“周总，这怎么行？我们现在的账面已经亏损，如果一旦卖出，不就是奠定了亏损的局面了吗？”一个部门总经理说。

“对啊，对啊。”其他人纷纷附和。

“我知道大家不甘心亏损，但是我并不看好雷曼债券的市场形势，趁亏损还没有加重，我认为还是提前止损为好。”

“周总，”孙筱向他投来尖锐的目光，“雷曼公司的债券在市场上一向很火爆，我们以前购买的雷曼债券也都获得了可观的盈利，没有出现过任何问题。即便最近，雷曼银行由于贝尔斯登银行的问题受到了影响，但是雷曼与贝尔斯登不同，它的财务实力非常雄厚。我相信只要捱过这段风波去，形势就会好转起来。”

“我赞成孙总的意见。雷曼是我们最信任的债券发行人了，美国经济虽处于颓势，但说句粗话，瘦死的骆驼比马大，以雷曼的经济实力，没这么快出现问题。”

周逸群依然坚持劝说：“我们大家对雷曼债券的预期太过乐观了。这是市场，不是别的，没有规律可言，谁能确保雷曼债券一定会回升呢？我们要学会适可而止。”

洪斌说：“周总，您说的很有道理。可是如果我们现在卖出，亏损就会实现，但既然我们谁也说不准以后的形势，何不等一等再说呢？我相信，只要适时收手就不会出现大的问题，何况万一就盈利了呢？”

“你这是机会主义的想法，”周逸群摇摇头，“要不得的。”

“你就放心吧，我们有一定的止损能力，不会使局面失控的。”孙筱充满自信。

“对啊，别担心了。”

大家七嘴八舌地劝周逸群，他没有办法，只好答应再观察一段时间再说。

心灵伴侣

暑假马上就要到了，人们迫不及待地开始计划旅行。肖萌也不例外，她买了一堆旅游书，乐此不疲地按照每个地点上网查询攻略。

周逸群没太有心思出去玩，他担心债券的情势，所以有些心不在焉。

“哎，你说我们去马尔代夫怎么样啊？”

“马尔代夫？那不是蜜月旅行去的地方吗？”

“就是想去嘛，非得什么时候才能去吗？马尔代夫是‘人类最后的花园’，你不听过由于温室效应造成海平面上升，再过几十年，马尔代夫就要被淹没了吗？”

“这都是旅游营销策略。”

“不会吧？怎么会是骗人的呢？”肖萌有些懊恼。

“我可没说是骗人的，可能的确会消失吧，但这也未尝不是好的营销策略。有了这个预言，人们肯定都想要在有生之年，趁它还未消失之前，好好领略一番这个美丽的群岛。”

“有道理。所以……”

“所以，你想去的话，我们就去啊！”周逸群笑着摸了摸她的头发，乌黑漆亮的发丝柔软地像流水一般从他的指尖滑落。

“我们不去了吧。”

“嗯？怎么不去了？”周逸群感到奇怪。

“因为我们还有时间啊。”肖萌幸福地笑着，“我们还有很长很长的时间在一起，接下来的几十年，在它消失之前，我们都有机会去。何必争在这一时呢，对不对？”

周逸群为她的这番话感到无比感动，肖萌从心底是想要一辈子跟他在一起的，不是只要当下的这一分，这一秒，她要的是一生一世。

“好，无论你想去哪儿，无论你想什么时候去，我都陪着你。”

肖萌轻轻地靠在他的肩膀上：“其实我最希望的，是等我们老去的时候，住在一座海边的公寓里。我们可以一天到晚坐在海边，静静地听着海浪，喝着茶，直到暮色来临，我们就相互扶持着回去煮粥给我们的孩子们喝。我们相互包容，相互体谅，也会吵架，但每次摔门而去后又都会买着菜回来。”

“你的愿望就是我的愿望。”周逸群亲了下她的额头，“我有一个提议。因为每次放假的时候，旅游景点里的人往往都特别多，出国，时间又很赶，玩得很累，还不能尽兴。所以，不如我们今年不出去玩了，等到过年的时候，我们带着悠悠去国外找个安静又美丽的地方度假，你觉得怎么样?”

“你的意思是，我们去国外过年?”肖萌觉得这个主意非常新奇，“可是国外岂不是没有过年的气氛?”

“我们过年最希望的，不就是自己爱的人能在身边吗?你也可以把你爸妈一起接来，我们也可以一家人热热闹闹地找个温暖的地方过冬，怎么样?”

肖萌想了想，开心地答应了。

极力争取

于是，他们没有趁假期出去旅游。

在接下来的几天里，虽然雷曼债券并没有出现大幅度的下跌，但周逸群感觉到市场的气氛越来越凝重，“味道”越来越不好。

他逐渐感到内心躁动不安，他认为这件事需要当机立断。于是，他再次提议召开债券投资决策工作小组会议，继续讨论雷曼债券的问题。

在第二次会议上，周逸群又提出卖掉雷曼债券的建议。

“我还是坚持我的意见，雷曼债券必须得卖掉了。不是我危言耸听，现在市场的风向非常糟糕，在座的各位都是金融专家，我相信大家一定能察觉到，人们对美国较有权威的这几家投资银行失去了信心，雷曼银行首当其冲将会受到重创。对我们来说，可以适当地冒险，但是要根据实际情况出发，不能怀有侥幸心理。这次的风险如此之大，如果我们还是坐以待毙，不为市场所动，那就只会有一个结果。以我多年以来对债券投资的理解，我认为我们必须立马停手，否则只会赔空。”

“事已至此，我们也没有好的建议了。谁也没有想到最近美国经济会这么颓靡，再强大的企业在经济危机下也不能够明哲保身啊。”孙筱说。

“周总，就按您说的办吧，我相信您的判断。”

此次，在周逸群的极力说服下，他的建议得到了大多数人的赞同。

根据银行规定，如果要在亏损的情况下卖出债券，当金额超过5000万美元时，需要报请主管副行长批准。于是，他们决定马上报请金融市场部的主管副行长——严秉贵批准。

周逸群作为小组代表来到了严秉贵的办公室。

“请进。”

严秉贵的办公室刚刚装修过，没有更加奢华，而是低调了不少。他正在打电话，语气很是恭敬，看到周逸群进来后就示意他坐下。

周逸群环顾四周，发现沙发换了位置，周围的陈列少了很多，唯有书籍多了。茶几上原先摆放的高档茶叶也换了下来，换成了普通的中档绿茶。

原本手不释烟的严秉贵，他的桌子上也没有了烟灰缸，而是摞着厚厚的文件夹，似乎在努力给人营造出一种勤劳朴实的直观感受。周逸群想了想即将到来的候选人考核，顿时明白了严秉贵的用意。

严秉贵放下电话，在纸上写了些什么，抬起头问周逸群：

“有什么事吗？”

“严行长，我这次来是为了雷曼债券的事。刚才我们召开了第二次债券投资决策工作小组会议，一致认为应该立马卖掉雷曼债券。”

“雷曼债券不是挺好的吗？为什么卖掉？”

“雷曼债券的市值一直在下降，我们担心造成太大的亏损，所以想请求批准卖掉。”

“哦，你先把资料放在这儿吧，等我看一看再说，你先回去吧。”

周逸群欲言又止，见严秉贵又拨通了电话，就自己出去了。

自从上次投资欧洲H银行的结构性理财产品失败以后，严秉贵做事一直很小心。他是个很要面子的人，不希望被别人落下把柄，以免影响到自己的行长竞争力。

想到王行长要退休了，他不禁感到有些不舍。王耀奇待人是发自内心的亲切和善，工作能力超群，在行里，没有一个人不敬佩他。而且他一直待自己很好，从他身上，周逸群能够学到很多东西。不知道他走之后，中国华都发展银行会发生什么样的变化。

过了几天，卖掉雷曼债券的申请迟迟没有获得批准。

周逸群觉得不太对劲，便再次找到了严秉贵。

“严行长，雷曼债券的申请为什么还没有获得批准？”

“美国的经济形势有所回春，我认为雷曼债券的形势很有可能回转，所以还不急。”

“可是，万一雷曼债券出现问题怎么办？”

“他们出现问题自然会及时解决，这么大一个公司还能说倒闭就倒闭了吗？”

“这一切都是说不准的事。”

“我自有我的打算，你不用管了。”严秉贵明显有些不耐烦。

上次周逸群规劝他放弃理财产品的时候，他心下就已经不悦。即使最后知道是自己的判断失误，他也不肯向自己的下级低头，不能接受自己的下级三番两次质疑他的权威。所以，他不肯接受周逸群的意见，也不愿再听他劝说。

周逸群对此感到很是苦恼，他决定找孙筱去规劝他。孙筱是严秉贵的心腹，她说的话他应该会听。

他回到以前的部门，一切都是原来的模样，办公室、茶水间、盥洗室，仿佛都还留有他曾经工作过的痕迹。原来的外汇资金部在成立金融市场部的时候一分为二，交易前台并入金融市场部，清算后台与原来的人民币清算后台合并成了交易清算部，由孙筱担任总经理。

大家看到他都热情地上来寒暄，以前手下最器重的几名员工现在已经有了好的发展前途，因为周逸群在临走之前不忘利用最后的资源关照他们，提拔后进。

在年轻人眼里，周逸群是一个严厉的上司，也是一个和蔼可亲的长辈。他待人从来公平友善，赏罚分明，不随意发脾气，所以他的人缘和口碑一向很好。因此，大家对逸群非常感恩。

他在人们的簇拥下感到有些不好意思，不过大家都没有要离开的意思，仍然缠着他和他攀谈。

直到孙筱从办公室出来，她生气地大声斥责：

“你们还工不工作了？这是上班时间，家常留到下班聊。谁再被我抓住偷懒就扣工资!”

人们只好悻悻地散开去工作了。

周逸群跟着孙筱来到了办公室。

“周总，您找我有什么事吗?”孙筱淡淡地问。

“孙总，我这次来是为了雷曼债券的事。”

“我们不是已经讨论出结果了吗?”

“我们是讨论出结果了，我也报给了严行长，可是他看上去并不想批准，一直拖到现在。”

“为什么?”

“我也不知道为什么，我已经找过他好几次了，不好再去，所以想来找你帮忙规劝一下他。”

孙筱推了推鼻梁上的眼镜，由于眼睛太小而看不出眼神，她沉默了一会儿，放低声音：

“你也不是不知道他的脾气，他决定了的事情我们做下属的提建议根本没用，只会让他反感，我可不想惹他烦。有句话不知道该说不该说。”孙筱有些为难。

“你说就行。”

“我劝你这件事就这样吧，别再找他了。他是行长候选人，极有可能就是未来的行长，如果你被他看不顺眼，小心以后的前途。”

周逸群听了她的话，很想说点什么，却又觉得无法反驳。

“我是看在我们两个这么多年的交情的份上才说你，别人我才懒得管。做人，一身正气是好事，但在现在这个世道，还是要先明哲保身，委曲求全也是为以后做打算。”

他静静地听孙筱讲了一番她的处世之道，才清楚严秉贵为什么找她做心腹。说到底，她和严秉贵是一类人，都是人精，凡事先为自己着想。这种人不能说他们不对，只是周逸群觉得，这个世界已经够虚伪够冷漠了，自己不想成为这种人。

等了两个月，严秉贵依然不批，周逸群只好作罢。

雷曼倒闭，刚愎自用

2008 年 9 月 15 日，雷曼公司宣布倒闭。当天，雷曼债券跌至 28 美元。

严秉贵见势不妙，紧急召开了会议。

会议厅里，所有的人都面色凝重。周逸群的心里更是五味杂陈，这场早已预料到的灾难还是发生了，并且自己明明知道，却仍旧不可避免地受到了影响。

严秉贵的脸呈黑青色，眉头紧皱，面部器官都纠结到一起。

他严肃地说："雷曼公司的事我们大家都知道了，而我们手上还有 1 亿美元的雷曼债券，折合人民币 6 亿多元，这次会议就是为了研究应对此事的解决办法。有没有人有好的意见？"

孙筱首先发话："雷曼债券的亏损确实让人痛心，既然已成定式，那我认为还是尽早卖出为好吧。"

"这场亏损本来明明是可以避免的，孙总，你也说过我们有一定的止损能力，到头来呢？早知道就听周总的早点卖出去，就不会发展到这么严重了。"一个部门总经理说。

洪斌听不下去了："事已至此，后悔也来不及了。我们应该做的不是寻找原因，而是找到解决方法。我不赞同卖出，现在雷曼公司已经倒闭，无力回天，但是他们在倒闭后一定会对他们发行的债券进行清算，说不定会对债券持有者有一定的补偿，我们可以寄希望于此。”

周逸群心里很赞同洪斌的看法，但他一句话也不想说，也无话可说，该说的在前两次会议和前两次找严秉贵时都说清楚了，现在发生的结果是他最不想看到的，可他却只能眼睁睁看着雷曼倒闭，债券亏损，这种感受就跟上次眼睁睁看着 H 银行的结构性理财产品市值跌破冰点一样。他感觉心很累，甚至有些麻木。

年底将至，到了银行发放年终奖的时候，由于雷曼债券亏损，行长王耀奇自罚 10 万元，主管副行长严秉贵罚款 5 万元，同时，由于买入债券时周逸群签字同意，被罚 1 万元。

他感到非常失落。对他来说，在意的不是这 1 万元，而是明明可以阻止这一场失败，只因为严秉贵的刚愎自用，连累大家都要为他承担后果。这样的人，如果真的成为了下任行长，周逸群不敢想象会造成什么更大的灾祸，他希望不要有悲剧发生。

难忘的春节

今年的冬天格外的寒冷，整个北方都受到西伯利亚冷空气的侵袭，呼啦啦的风刮得人脸生疼。人们不敢长时间待在室外，一有机会就赶紧钻到有暖气的房间里。

每到周末，大街上几乎都没有人。这天清晨，天刚蒙蒙亮，厚重的大雾就把城市给吞噬进去了。从楼上的玻璃窗看下去，只能望到白茫茫一片，仿若仙境一般。

走在路上，只能看得到方圆二十米的事物，红绿灯也只能够看得到穿透力极强的黄灯。

幸好是个周末。周逸群和悠悠就待在家里睡懒觉。

门铃悠长地响了。周逸群伸了个懒腰，赶紧披上大衣去开门。

“还没起床呢？懒死了你们。”肖萌提着几个塑料袋钻了进来，“给，我给你们买的早餐。”

“太好了，我正饿着呢。”周逸群接过袋子里的食物。

“你先洗漱，我去把悠悠叫起来吃早餐。”

肖萌换上拖鞋，把红色的围巾从头上一圈一圈地解开，脱下被雾水打湿的驼色绒皮大衣挂在衣架上，朝悠悠房间走了过去。

“悠悠，起床啦。”

悠悠揉了揉惺忪的双眼：“阿姨你来了？”

“对啊，别睡了，快起床吃早饭咯。阿姨买了你最爱吃的馄饨，不快点吃就凉了。”

“真的？”悠悠立马睁开眼，睡意全无，“太好了，我马上起床！”

不一会儿，悠悠就洗漱完了。周逸群已经把馄饨倒在碗里，并且做了煎鸡蛋和烤面包。

“家里的牛奶没有了？”肖萌望着空荡荡的冰箱。

“昨天就没了，一直忘了去买。”

“正好，等会吃完饭一起去超市，我最近学会了几样菜，中午做给你们尝尝好不好吃。”

“哈哈，你这是把我们当成小白鼠了？”

“我自己的话哪用得着学做饭？”肖萌笑着说，“我这不是怕你们两个在家懒得饿死，有空就来给你们做饭吃。”

“阿姨，你快别忙了，来吃饭吧。”

“好的。”

他们围在饭桌旁，一边聊天一边吃着热乎乎的早饭，原本寒冷的天气也变得不那么冷了。

“悠悠，你最想去哪儿玩？”肖萌问。

“我想去马来西亚！”

“为什么想去马来西亚？”

“我们学地理的时候，经常拿着地图册研究，我们就经常讨论以后要去哪儿玩。照片上马来西亚的海好蓝、好干净，海域简直是透明的，可以看得到底。我想学习游泳、潜水，以后去马来西亚的海底玩。”

“不用以后，我们寒假就去好不好?”

“啊?”悠悠以为肖萌是在开玩笑，侧过脸看了周逸群一眼。周逸群只顾着笑不说话，“阿姨您别开玩笑了，我现在学习任务那么紧，我爸才不让呢。”

“你肖阿姨没开玩笑，我们决定过年去国外度假。”

“我们不在家过年啦?”

“嗯。”

“也就是说我不用串门拜年了?”

“对啊。”

悠悠的表情有点期待又有点遗憾。

“怎么了？你不开心吗?”

“我很开心，可是我也不开心。”

“为什么不开心?”

“不拜年的话就没有红包了!”

他们二人被悠悠的话逗乐了，看着悠悠纠结的表情，周逸群捧腹而笑。

“不用担心，你的红包爸爸会补给你的。”说着，他又笑了起来。

看着可爱的悠悠，周逸群的烦恼消了一大半。他想，所谓的天伦之乐也不过如此吧，他没有别的渴望，有肖萌和悠悠就是他生命中最幸福的事。

当护照、签证手续都办好了，周逸群突然感觉到无比轻松。这个春节，他不用再忙碌，不用置办年货，打扫卫生，也不用忙着参加酒席宴会，挨个拜访亲戚好友，好像尘世间所有的事情他都不用理了。

他要和他最亲爱的两个人一起去往一个美丽得如同天堂一般的地方，在那儿没有认识的人，没有负累，没有寒冷。在那儿有的是未知的冒险，陌生的人以及所有的新鲜的一切。

2009 年的除夕，他们三个人一同飞往马来西亚，度过了一个最难忘的春节。

回来的时候已经是正月十五了，周逸群恍如隔世，明明才半个多月，却感觉像过了一个世纪，在这期间，他们仿佛被赋予了全新的自由的生命，无牵无挂、无忧无虑。回国后，便如同从世外桃源回到了现实世界。

望着没有打扫的房间，离开前的喜悦还残留在乱糟糟的衣橱中，一切都蒙上了一层灰尘。但不知为什么，有一种着陆的安全感萦上心头，那是熟悉的家的感觉。

旅行的美好是短暂的，这才是他们真正的生活。有喜有悲，有血有肉才是活着。

周逸群收拾好他的行李，拿起了吸尘器……

第十三章

底线操守，代客衍生产品

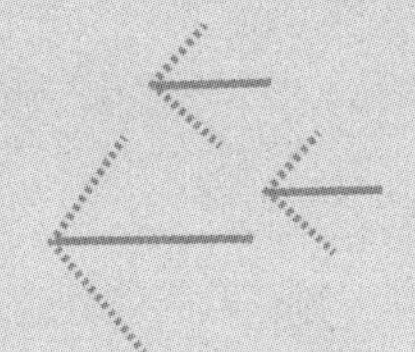

金融危机之后，全球衍生产品交易市场受到重创，除了中国华都发展银行等几家银行没有任何损失之外，大多数银行都损失惨重。多家银行金融市场部的老总都纷纷前往华都发展银行拜访杨亦群，向他取经，而周逸群作为他们的前辈，也将自己的多年经验传授给他们，与他们进行交流。

2009 年，财政政策将由“稳健”转为“积极”，重点要以扩大消费需求为核心，以加快革为重点，而货币政策则适当从宽。2010 年，宏观经济调控政策总体保持宽松，财政政策更加注重“调结构”“惠民生”，而适度宽松的货币政策的着力点将由“宽松”转为“适度”。

分享心得，坚守底线

自从 2008 年全球金融危机爆发之后，全球衍生产品交易市场受到重创。中国的市场也未能幸免于难。

国内很多做衍生产品交易的银行受到很大损失，给客户也带来很大损失。

因此，监管部门召集各银行负责衍生产品交易的负责人了解情况。通过了解，多数银行都损失惨重，而中国华都发展银行没有，无论是自营还是代客均未受损，还额外赚了 1800 万美元。

监管部门的领导在大会上特意表扬了中国华都发展银行的佳绩，同时要求其他银行都去华都发展银行学习经验。

会后，多家银行金融市场部的老总都带队去拜访周逸群，向他取经。

一时间，金融市场部里人头攒动，热闹非凡。

周逸群让助理把这些队伍分批带到会议室就坐。他简单地准备了一下，便踏进了会议室。

瞬间，掌声响彻大厅，人们翘首期待着周逸群的讲话。

他环顾了一周，在座的人有着陌生的不同面孔，但相同的是，他们的眼神里都充满了对于成功的渴望，就像多年前的周逸群一样，带着一腔热忧和希冀，不遗余力地奋战在自己的岗位，不肯错过每一个可以学习知识，提升自己的机会。

周逸群作为他们的前辈，很乐于将自己的经验与心得传授给他们，也很乐意与他们交流心得。

他清理了一下嗓子，缓缓开口：

“首先，感谢大家的来访。我今天能站在这里与大家谈话，感到不胜荣幸。我们在座的都是时代的精英，金融界的翘楚，我相信有相当一部分人像我一样在这个行业里摸爬滚打了十几、二十几年，我们都应该感到庆幸，因为我们是亲眼目睹着祖国的金融业慢慢发展起来的第一批人。这其中自然是有苦有甜，有机遇也有挑战。”

“在过去的 2008 年的全球金融危机里，我的感触颇深。金融衍生工具的重要功能是为投资与保值提供规避风险的手段，但是如果运用不当，却会发生更大的风险。国际上金融衍生产品种类繁多，活跃的金融创新活动接连不断地推出新的衍生产品。经济危机的发生给我们以警示，虚拟经济的发展，衍生金融品的创新一定不能脱离实体经济过远，投机性的行为一定要加以规范，否则，不但不能减少交易风险，反而会影响整个金融系统的平稳和健康发展，甚至铸成危机。”

周逸群大体讲了他对衍生产品的看法，然后让大家自由提问。

丰豪银行的金融市场部的副总经理首先发问：“在市场上，我们大家做的都是一样的，为什么结果却不同？您有什么秘诀吗？”

周逸群想了想说：“这样，我们先不谈专业技术，我总结了三个经验来供大家参考。第一点，产品要有所取舍。近两年，市场上最流行的是 CMS 产品，即交易和长短期利率挂钩。在正常情况下，长期利率要高于短期利率，30 年利率高于两年利率。但是当特殊情况发生时，利率就会倒挂。根据“对赌协议”，当长期利率高于短期利率时，没有问题；但当短期利率高于长期利率时，则由中资银行付给外资银行钱，而且是按天计算。不知道大家有没有发现一个规律，作为中资银行，往往赚钱的时候赚得少，亏钱的时候却比赚的钱要多的多。

美元是历史悠久的货币，很早就完成了它完整的利率周期。利率倒挂的风险是可预见、可控的。尽管收益低一些，但是相对较为安全，所以我们中国华都发展银行只做美元的 CMS 产品。

2007 年，国际市场又推出了欧元的 CMS 产品，由于欧元产品的赌性更大、更赚钱，所以它的发展势头一度超过了美元产品。但我认为欧元的历史较短，没有经过完整的利率周期，风险是不可控的，为了安全，所以我们没有做欧元产品。

2008 年全球金融危机爆发以后，欧元 10 年利率和 2 年利率出现倒挂，即 2 年利率高于 10 年利率，而且利率倒挂持续了 60 多天，就是说，中资银行一天要向外资银行支付 500 多万美元，总共赔了 3 亿多美元，损失巨大。而美元利率没有出现倒挂，中国华都发展银行并没有做欧元产品，所以没有产生损失。

这件事提醒我们，在进行交易时，我们要根据自身抵御风险的能力和自身的经营目标来确定交易种类和交易量，慎重选择金融衍生产品的类型。

第二点，看清外资银行的手段。在 2006—2007 年期间，外资银行都要求中资银行交易对手签署一个名字叫 CSA 的抵押品担保协议。当外资银行与中资银行交易对手做完了衍生产品交易后，定期计算市值。根据每期计算结果，如果外资银行是正值，则由中资银行向其交付抵押品，而抵押品只能是现金或美国国债。反之，则由外资银行向中资银行交付抵押品。

这个规则貌似公正，实则不然。因为直到现在，中资银行也没有开发出衍生产品市值计算模型，自己算不出市值，所以需要依靠外资银行交易对手提供市值数据。外资银行说，如果中资银行不认同，可以找第三方计算，而我们能够找到的第三方也是外资银行，于是难免出现他们之间相互串通，这次我帮你，下次你帮我的情况。

比如，某银行是中国比较国际化的银行，他们认为这个协议是国际化的公平协议，就非常信任地签了。但是每次计算市值时都是负的，直至金融危机爆发后，外资银行交易对手都濒临倒闭了，可他们的市值仍然是正的，而该银行的市值仍然是负的。他们这才看清外资银行的诡计。

该银行吃尽了苦头，以后就拒付了，为此外资银行还把该银行给起诉了。

而中国华都发展银行始终没有签过这个协议，我坚持认为这是一个不平等条约，不能签。某外资银行还威胁我说，如果我不签他们就停止交易，我依旧不为所动。

几天后，那家外资银行的负责人又找到我，说不签就不签吧，交易还是要继续做下去的。因此，中国华都发展银行没有在这件事上受到损失。

这说明，在选择正确的交易品的同时，还要选择可靠的交易对手。我们要加强内部风险控制，建立起有效的风险评价防范体系和权责分明的业务授权授信制度，防范在金融衍生品交易过程中面临的各种风险，防止投机行为，降低金融风险。

第三点，坚守底线。从2000年以后，外资银行都认识到了中国市场的庞大，开始特别重视中国市场，想做更多的中国业务。他们特意招聘了很多在中国有特殊背景的子女做销售，在这些人去到各家中资银行营销的时候，他们身份背景的光环给中资银行造成了很大的压力。中资银行唯恐得罪他们，有的还幻想攀上高枝，于是产品的风险高低，价格的高低也就变得模糊了。

我从来不惧怕这方面的压力，我做交易首先要看风险是否可控，同时要在市场上询价，价比三家。所以，中国华都发展银行没有因此受到损失。我们是为国家的金融事业做事，就是为国家工作，应该坚守底线！交易场上最忌讳的就是不公平竞争，我们不能让这些人投机取巧，走捷径，更不能因小失大，因一己私利置国家利益于不顾！”

说到最后，周逸群的语气变得慷慨激昂起来，他的心情久久不能平静。他最后的一番话影射了一些人，一些没有原则和底线的人。

什么是底线？底线就是人生中不可触碰的做人做事的原则！它意味着“绝不”，意味着不可更改，没有“也许”与“或者”。底线是一场勇敢者的游戏，往往将我们置于死地而后生。只有当一个人学会坚守底线，旁人才能自觉地止步于他的底线之前。

坚守底线不会让我们立刻快乐起来，却会让我们活得更有尊严，而在漫长的生命体验中，尊严是最终极的快乐。其实，放弃底线比坚守底线更让人痛苦，因为放弃底线意味着放弃尊严，放弃个人尊严、集体尊严乃至国家尊严。周逸群最痛恨的便是卖国求荣之人。

周逸群在金融领域的名气一天比一天更响亮，他的成就逐渐被越来越多的人看到，压力也随之变大。

但是他把压力化为了动力，化为鞭策自己不断学习，不断地更新自己的知识，使之与时代共同进步的动力。

言传身教

转眼，悠悠已经上了大二，还有两年的时间，她就要毕业了。

令周逸群欣慰的是，悠悠上了大学后并没有一味玩耍，她立志要考研究生，并且她的油画水平已经达到了中级。

悠悠还是对画画保持着很大的热情，这变成了她的课余爱好。一到周末，她就跟着老师去野外写生，还给周逸群画了几幅肖像画，挂在周逸群的卧室里。

由于学习了美术，悠悠的审美趣味比普通女孩要高得多。同龄的女生到了大学之后，学习成绩明显大不如前，而悠悠却依旧保持着优异的成绩。她做事变得很有耐心，能够静下心来认真学习，没想到，画画不仅没有分散她的注意力，反而提高了她的学习耐性。

“爸，我今天又听我同学说起你了。”

“哦？你同学怎么知道我？”

“我有一个同学，叫林秋儿，她的妈妈认识在银行工作的人，她跟我说最近他们银行的人都去听你演讲了。”

“嗯，对，最近有几家银行都派人来我们银行学习经验。”

“爸，我也好想像你一样厉害啊，你说我考金融专业怎么样？”

周逸群没有想到悠悠会这么说，他一直以为悠悠喜欢画画，很有可能想要考艺术学院，他都做好了这个准备，但是没想到悠悠居然有这个想法。

“你喜欢爸爸的职业吗？”

“其实我不知道自己喜欢不喜欢，我只是觉得如果能像你一样接触世界各国的人，接触很多很厉害的人是件很开心的事。所以，我想考金融专业的研究生，爸你觉得怎么样？”

“悠悠，你能这么想爸爸太开心了，不愧是爸爸的女儿。但是，爸爸事先告诉你，不要把这个行业看得很简单，最开始的时候一定会吃很多苦，要付出很多努力，才能像爸爸一样。其实爸爸不希望你非要出人头地不可，只要你能开心，喜欢你正在做的事情就可以。”

“嗯。”悠悠眨动着她明亮的眼睛，似懂非懂地点头。

“如果你想，那就从现在开始学好英语，以后会对你很有用，知道吗？”

“知道了。”

珍贵的礼物

2009 年 6 月的一天，王耀奇派秘书来找周逸群，让周逸群感到很意外。

王耀奇今年上半年就要退休了，他十年多的行长生涯就要画上句号。

人在年迈的时候，会开始对正在发生或者已经发生过的事情产生浓厚的怀念。离别之际，王耀奇对他工作了十多年的环境感到十分不舍。在结束之前，他想找每一个他重视的下属们谈心。

一见到周逸群，王耀奇就快步迎上前来，握住了他的手。周逸群也紧紧地握着他饱经沧桑的双手，感受到了他的颤抖。

王耀奇面色很激动：

“逸群啊，我要退休了，很快就要离开了。今天请你过来，是要对你表示感谢。首先，感谢你业务做得出色，没出过风险，还为行里赚了不少钱，让我平安地干到了退休；然后，感谢你曾经拯救了华都发展银行，我永远记得那次流动性危机时，你为了解除危机跑到全国各地的中小型银行去拆借资金，赢得了时间。那时起，我就非常欣赏你，一有机会就想提拔你。现在，你做到了部门总经理，在业内也有了很大的名气，我衷心地祝贺你！”

周逸群凝望着他诚挚的脸庞，诚恳地说：“王行长，您别这么说，幸亏有您多年来给我的关心、指导和支持，我才有机会为华都发展银行做了一些事情，我应该感谢您才对。我很舍不得您，也衷心地祝愿您退休后身体健康，生活幸福！”

“谢谢你的祝福，我也希望你以后能有更大的成绩，加油，不要让我失望。”

“我会的。”

“对了，”王耀奇想起了什么，从身后的桌子上拿起了一样东西“这是我珍藏多年的烟斗，一直没舍得用。现在我戒烟了，就把它送给你吧。礼物不算贵重，你别介意。”

“哪里的话，王行长，谢谢您，您送的礼物我肯定会好好珍藏。”

周逸群接过他手中的烟斗，仔细看着。从认识王耀奇以来，他就一直对这柄石楠木烟斗爱不释手，这个烟斗一定对他来说具有很重要的意义。王耀奇能够把这柄烟斗送给周逸群，足以说明他对周逸群的欣赏。

周逸群用手抚摸着烟斗凹凸有致的壁槽，感受到一种别样的快感，很是奇妙。

不久，下任行长的人选已经公布了。

会议室外，人们展开了激烈的讨论。周逸群恰好遇到了洪斌。

“怎么样？是谁？”

“你没听说吗？”洪斌故作严肃。

“我也没有参加会议。”

“你猜是谁。”

“是牛行长吗？”

洪斌没有回答。

“难道是严行长？”周逸群担心地问。

洪斌仍旧不回答。

“快说，卖什么关子？”

洪斌笑了起来：“我就是想看你着急的样子，这里人多口杂，我们换个地方聊。”

他们来到洪斌的办公室。

“行了，现在可以说了吧？吊我胃口有意思吗？”

“你不是说你不关心吗？”

“你不说算了，我去问别人。”说着，周逸群就要装作要走。

“哎，好了，我说，是牛金水没错。”

听到这个结果后，周逸群心底松了一口气。

“还好吧？如我们所愿了。”洪斌开心地说，“今晚喝一顿？”

“喝喝喝，就知道喝，既然结果都出了，肯定要忙换届的事了，哪有时间喝？”

“唉，忙里偷闲嘛，今朝有酒今朝醉，明日愁来明日愁。”

“你这纯属享乐主义。”

洪斌不管周逸群的白眼，掏出手机给肖萌打了电话，说今晚想找她和周逸群吃饭，肖萌答应了。

“你这个人，真是……”

“真是什么？”洪斌把手机一扔，得意地躺在椅子上眯着眼。

“真是恃强凌弱。”周逸群无奈地笑，“总算被你找到我的软肋了，行，我服。”

命中注定

当晚，喝完酒回家的路上，周逸群跟肖萌说了悠悠白天说的话。

“真的吗?”肖萌也感到很意外，“真是没想到。”

“不知道她是不是心血来潮才这么说。”

“可以啊，无论怎样，她有这个意愿是好事，多给她思想上做做功课，说不定以后我们一家……”

肖萌突然闭上了嘴，她意识到自己用词的不妥，羞涩地扭过头去不再说话。

周逸群也偷偷地笑了。他和肖萌已经相识十年多了，从相识到相知经历了很短的时间，而从相知到相恋却走了很长一段时间的路。

他深感这段感情来之不易，在一起的每一刻，他比任何人都珍惜。肖萌的体贴和温暖让他对婚姻慢慢恢复了期望，也许，他们的相遇是命中注定，他确是遇见对的人了。

才一年，他们已经完全融入了彼此的生活，心心相印。周逸群想，等合适的时机到了，他就向肖萌求婚。

“想什么呢?”周逸群敲了下她的头。

“我在想一件很重要的事。”

“什么事?”

“你记得下个月 23 日是什么日子吗?”

“什么?”

“你忘了?”肖萌瞪了他一眼，气鼓鼓地停下脚步，站在周逸群面前，

“你好好想想！”

“想不起来。”

肖萌更加生气了，她刚要转身走人，周逸群一把抓住她的手，顺势把她揽到怀里。

“逗你玩呢，我当然记得，一周年的纪念日，这么重要的日子我怎么会忘了呢。”

肖萌顿时哭笑不得。

“好啦，别生气了，等下个月我给你一个惊喜。”

肖萌笑了，她趴在他宽阔又厚实的肩膀上，感到十分踏实和心安。

她没想到周逸群每天这么忙，居然还会记得他们的纪念日，本来她只想借机发个小脾气，想让周逸群知道她在乎他。

哪里料到周逸群压根没有给她这个机会，他早已为她准备好了一切。想起他当初告白时的场景，肖萌的心脏还是会扑扑直跳，她的少女心，她的小期望只有周逸群能够察觉到。

以前的她想错了，周逸群根本不是木头，他只是充满了理性，在没有准备之前不会冲动行事。他还是个具有浪漫情怀的人，这一点肖萌没有预料到。

她突然感觉自己无比幸运，她愿意跟这个男人一直走下去。

第十四章

绝处逢生，私募基金募资

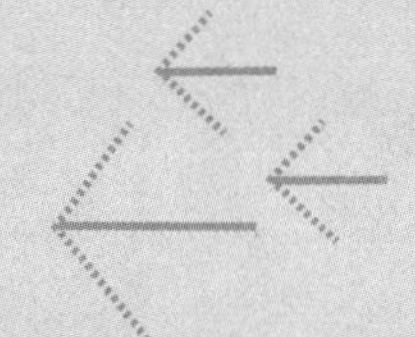

2009年，周逸群离开了任职三年的金融市场部，转战到投资银行部，任部门总经理，他再一次迎接全新的挑战。新官上任的第一个挑战就是募集一期私募股权投资基金剩余的5000万美元。周逸群紧急赶往蒙山，与丰达特钢集团董事长薛凯见面，经过一对一的对谈和了解，最终签署投资协议，完成募集。

私募股权投资（PE）是指通过私募基金对非上市公司进行的权益性投资。在交易实施过程中，PE会附带考虑将来的退出机制，即通过公司首次公开发行股票（IPO）、兼并与收购（M&A）或管理层回购（MBO）等方式退出获利。

20世纪90年代之后，大量的海外私募股权投资基金开始进入我国，从此在中国这个新兴经济体中掀起了私募股权投资的热浪。2000年年初出台的《关于建立我国风险投资机制的若干意见》，是我国第一个有关风险投资发展的战略性、纲领性文件，为风险投资机制建立了相关的原则。同时，我国政府也积极筹备在深圳开设创业板，一系列政策措施极大推动了我国私募股权投资的发展。2004年以后出现了第三次投资浪潮，私募股权投资成功的案例开始出现。

私募基金

2009年6月，牛金水上任后，随即对银行各个部门进行了人事调整。周逸群告别任职三年的金融市场部，转战到投资银行部，任部门总经理。

投资银行部是新设立的投资银行业务、私募股权基金、投资咨询顾问等业务的经营管理部门，是银行发展的高级阶段，也是食物链的顶层。

过去的两个月里，中国华都发展银行主发起设立了一个私募股权投资基金（PE），一期需要募集资金10亿美元。

起初，基金募集工作很顺利，很快就募集到了9.5亿美元，按照基金章程只要资金全部到位便可启动项目投资。

时间一天天过去，但是最后的5000万美元迟迟募集不到，周逸群目前的主管副行长张志和非常着急。

会议上，他一改平时爽朗乐观的模样，换上了严肃的面孔：

“剩下的5000万美元我们该去哪儿募集，如何募集，是迫在眉睫的最重要的事，我希望大家能够集思广益，找到好的解决办法。”

“张行长，该想到的，能想到的，我们都想过了，也努力争取过了，我们是真没辙了。已经募集了9.5亿美元，还差5000万美元却怎么也募不到，真是一分钱难倒英雄好汉。”投资银行部的副总经理毛彦文垂头丧气地说。

“哎，别气馁，一定有别的办法。中国现在发展得如此好，不会连这点钱都筹集不出来的，北京没有我们就去地方上找。”

周逸群灵光一闪：“高手在民间，对，现在有很多民企发展得相当好，我们可以找一个民企比较集中的地方办个推介会。”

张志和向周逸群投去赞许的目光，他顺着周逸群的建议考虑下去，找到了途径：

“蒙山市聚集有许多民企，我们可以到蒙山去募集资金。”

几位部门副总经理听到此话后默不作声，都没有想去的意思。

周逸群看到这种情势，自告奋勇地说：“还是我去一趟吧。”

“实在不行，找个处长去也行。”

“不行，这么重要的事，还是我去吧。”周逸群坚持要去。

蒙山座谈会

部里员工魏莹的父亲是蒙山市政府办公室主任，周逸群事先让魏莹请他爸爸帮忙介绍了一些地方上的国企和民企，便带着魏莹以及基金项目的经理准备前往蒙山。

蒙山位于华北地区，建国以来，以丰富的煤炭、稀土、铁矿和水资源为基础已经建设成为以冶金、机械工业为主的综合性重工业城市。经过近几年的发展，蒙山市已经成为一个名副其实的经济强市。

从北京去往蒙山需要坐一个半小时的飞机。

他们坐在候车室的铝合金座位上等飞机，由于天气炎热，周逸群感到有些不舒服，不一会儿，他身上的衬衫就被汗水浸湿了。

“周总，你要喝冰水吗？我去给你买？”魏莹如同一个东道主一样非常热情。

“小魏，我去买水吧，周总您坐着就行。”项目经理小刘起身走了出去。

周逸群非常想出去透透气，可是外面的空气依旧湿腻，中午的艳阳灼热地炙烤着飞机坪，站在大厅的落地窗前，落日将周逸群的影子长长地打在地板上，显得颇为落寞。

“周总，喝点东西吧？我从家里带来了消暑的茶。”

“这怎么好意思？你想得真周到。”

“没关系，周总，您不用和我客气。我已经习惯了，以前我母亲生病的时候，夏天我就这么给她降温。”

周逸群听魏莹这么说，感到更加不好意思了。

“你的母亲现在怎么样了？”

“她早就去世了。”

“我很抱歉。”

“没关系，她忍受了太多的痛苦，这对她来说也是种解脱。”魏莹伤感地笑了。

周逸群想起了自己的母亲，虽然已经记不清她的脸庞，记忆中的音容笑貌逐渐模糊，但他永远记得陪伴在她左右的那些日子。那时的自己还是个孩子，却已经尝过悲欢离合的滋味，学会了坚强独立，仿佛在一夜之间他就已经长大。

望着眼前的魏莹，就像看着曾经的自己，他虽然不知道这个姑娘经历过怎样的苦难，但是她内心的苦涩与悲伤，正如小时候的自己一样。

直到登机提示响起，他们便提着行李箱登了机。

魏莹坐在周逸群的旁边，吃过午饭后他们聊了一会儿。因为有着相似的经历，他们聊得相当投契。

周逸群了解到，魏莹的父亲原本在市政府当一个小公务员，没什么前途，但也不至于贫困。她的母亲在冷藏厂工作，是一个温柔贤惠的好女人。

小的时候，父亲每天除了喝酒，就是在外面应酬，完全不管家里的事。只有母亲一个人拉扯着魏莹和她的哥哥长大。

也许是常年在寒冷中工作的原因，在魏莹上高一的那年，母亲查出了宫颈癌，一家人顿时陷入了绝境。

哥哥在大学辍学，开始打工赚钱给母亲治病。父亲后悔不已，从此滴酒不沾，一心照顾患病的母亲。自己本来也不想再念书了，在母亲的劝阻下，只好一边勤工俭学，一边照顾母亲，最后考到了北京的大学。

母亲的病情越来越恶劣，为了治病他们家徒四壁，最终母亲在她上大学之后就离世了。

母亲去世之后，父亲遭受了沉重的打击，但是他没有再跟以前一样颓废，而是像变了一个人，积极上进、加倍工作，慢慢从一个小小的干部做到了市政府办办公室的主任。

人们都说，浪子回头金不换。魏莹父亲的转性却是用他妻子的性命换回的。她的离去让他幡然醒悟，而他醒了，伊人却也已经不在了。

听了这个悲伤的故事后，周逸群的心情变得非常沉重。魏莹母亲的伟大无私终究逃不出自己的悲惨命运，魏莹父亲的浪子回头也换不回自己最爱的人。

命运有时就是这么残忍，它视生离死别如同儿戏，从不体谅世人的感情，不给人留任何余地。

望着靠在座椅上睡着的魏莹，周逸群不由得为这个女孩感到心疼。她姣好的面庞下隐藏着一个坚毅的灵魂，她从小看透世间冷暖，饱尝艰辛苦难，承受着生命中不能承受之重。

希望时间能治愈一切苦痛，希望逝者安息，生者坚强。

周逸群心里五味杂陈，也在浑浑噩噩中睡了过去。

到达蒙山之后，周逸群见到了魏莹的父亲。他看上去是一个饱经风霜的中年人，头发有些发白，皮肤松弛，布满了皱纹。

但他的目光依然炯炯有神，步伐也坚定有力。

经过一路的暑热和颠簸，周逸群十分疲惫。他们在市政府招待所里住下了。

第二天，他们提前联系了国企、民企的负责人，在招待所召开了一个座谈会。

这次座谈会一共来了八个企业的负责人和财务负责人，大部分是国企的，其中有两家是民企的。

周逸群手下的项目经理将预先准备好的 PPT 拿出来，投放到大屏幕上，一边播放一边讲解。材料做得很周详，介绍的也非常到位。

可是，当周逸群和企业负责人们座谈，询问他们是否有投资意向时，这些企业负责人都纷纷摇头。

“周总，您的这个基金确实很有潜力，值得投资，但是我们心有余力不足啊。”

“对啊，我们企业还缺钱呢，哪里有钱来投资基金？就算我们有这个意愿，也无钱可投。”

负责人们都表示无能为力。座谈会开的很尴尬，没有任何意义。

周逸群回到酒店，回想着座谈会的情景，感到很苦恼。

这时，房门被敲响了。周逸群以为是项目经理，没想到来人是魏莹。

“周总，您休息了吗?”

“还没有。”

“我想找您聊聊募资的事。”

“快进来吧。”

魏莹带了些蒙山的特产放在桌子上。

“来就来，这么客气做什么?”

“我父亲最近太忙，招待不周，我替他来向您表示歉意。”

“没关系的，我们主要的目的是来工作的嘛，还要麻烦你的父亲，我已经很过意不去了。”

“这是应该的。您好不容易来一次，怎么着也要尝一下我们家乡的特产，就当给您接风洗尘了，小礼物，不成敬意。”

周逸群只好收下了。

“今天座谈会开得不太顺利，我看您晚饭也没有心情吃，您要是饿了就吃这个吧。”魏莹关心地说。

“唉，现在大多数企业都缺乏资金，还希望银行能够给予他们资金支持，而我们现在让企业拿出钱来投资，岂不是猴子吃麻花——满拧？”

“难道我们这一趟白来了吗？”

“是不是我们采取的方式有问题，座谈会的形式可能不太适于和这些企业交流？”

“我们可以采取一对一的形式试一试。”

“这也是我的想法，”周逸群喃喃地说，“然而企业资金不够这确实是很严重的问题，如果所有的企业都是这样，那我们就算跑再多家劝说都没用。”

“是啊，能有别的办法吗？”

周逸群一边思索一边端起桌上的咖啡往嘴边送去。

魏莹坐在一旁，不敢说话，过了一会儿，她忍不住开口：

“周总，周总！”

“啊？怎么了？”周逸群的思绪被她打断。

“我知道一个很好的地方，可以边吹风边看风景，要不要我带您去逛一逛？”

“不用了，这么晚了出去不太安全。再说了，明天还要早起呢。”

魏莹笑了：“周总啊，您这么晚喝了咖啡，今晚哪有这么容易睡着？自己一个人待在房间里太闷了。这里晚上很凉爽，治安也很好，不会有事的。而且，那个地方特别美，您不去肯定会后悔的哦。”

“好吧。”周逸群拗不过她。

今天午后刚刚下了一场雷阵雨，雨势最开始的时候十分汹涌，铺天盖地地扑向人间，在墙壁上、树干上、玻璃窗上形成了一张张水帘，后来雨滴像孩童一样，慢慢变得温顺起来，偶尔也会偷偷钻进行人的衣领，留下令人快乐的凉意。

夜幕来临后，炎热消失不见了，晚风轻轻安抚着大地，像是治疗他被炙烤后的创伤一般。

魏莹开车载着周逸群，从市中心一直开出了市郊。

“我小的时候，不开心就会来这儿玩。我们那时候的家就在离这儿不远的地方，我经常和我哥一起偷跑到这儿来，妈妈也会知道来这儿找我们。”

说着，魏莹将车停在了路边。四周都是漆黑的树木，在路灯的映照下发着幽光。

她找到树丛中掩映的一条羊肠小道，径直走进了树林中。周逸群紧紧地跟在她的身后。

走了不一会儿，树木逐渐变得稀疏起来，透过朦胧的月光，周逸群隐约看见前方似乎有一块平坦的草地，魏莹正朝着这块平地一步一步地走去。

“就是这里了。”魏莹哼着歌地在原地转了几圈。

“这里?”周逸群环顾四周，只看到漆黑的一片，来时的方向还能看到一片黑压压的树木，而前方竟看不清有什么东西。

他朝着月亮的方向走去，渐渐地，他看到了灰白色的地平线，地平线下面闪烁着点点微光。再往前走，光源多了起来。

这是一个地势较高的山坡，从这里眺望远方，可以看到整个蒙山市的万家灯火。

有黄白色的灯光，还有红绿相间的霓虹，星星点点，宛若一座星象罗盘，密布在辽远的旷野上。

“再等一会儿。”

周逸群不知道她在等待什么，他坐了下来，静静地倾听树林里的蝉鸣低唱，没有察觉到地平线正在由灰白变成蓝黑色。

天色彻底黑了下来，四周再也听不到马路上汽车隆隆行驶的声音和喇叭声，变得幽静起来。

突然，周逸群的视线里出现了几点荧光，他看向别的方向，荧光越来越多，越来越密集，从树丛中向空中飞升。是萤火虫。

树林间布满了萤火虫，漫天飞舞着，发出晶莹的绿光。周逸群惊呆了，他没有见过这么壮观幽美的萤火虫群，像是不慎落在凡间的精灵。

“好美啊！”周逸群脱口而出。

“现在知道我为什么说您不来会后悔了吧？”

“幸好我来了，这么美的景色错过太遗憾了。”

“这里很安静也很舒适，您可以在这里思考，我呢，先躺着睡一会儿，等时间晚了您就叫醒我。”魏莹毫不顾忌地一屁股坐在地上，顺势躺了下来。

古语有云，逢人只说三分话，未可全抛一片心，这是许多人在复杂危险的人世间生存的原则。可魏莹完全不是如此。

周逸群没有见过像魏莹一样的女孩，率性、坦荡，不扭捏作态，对人毫无保留。周逸群和她的交情并不太深，但是她愿意信任他，将她的身世一一告知，她的心就像一面镜子，清澈见底。

从她的讲述中，周逸群能够察觉到一些东西。魏莹虽然还很年轻，但她早早地体会了人情冷暖，洞察了人性，她活得太过深刻、太过透彻，所以，她也感到很孤独。

至于她对世事毫无芥蒂的原因，周逸群就不得而知了。

周逸群思考了一整晚工作的事，咖啡的功效持续到凌晨一点，待他想明白，就随着静夜沉沉地睡去了。

一对一拜访，完成募集

第二天，周逸群带着魏莹开始一对一拜访，周逸群经过昨晚的调查，首先选定的是丰达特钢集团。

他们来到集团的总部，见到了董事长薛凯。薛凯是一个身材高大，长相年轻的男人，他戴着一副金边眼镜，上颚的门牙上有一个小缺口。

落座后，周逸群首先开口：

“薛董好，我们中国华都发展银行是专为企业服务的，今天我们来拜访您，主要是想了解贵公司有什么需求，希望能帮上忙。”

薛凯操着浓浓的蒙山口音，满面愁容地说：“周总，不瞒您说，我们企业目前正面临着严重的资金困难。我们公司是专门生产不锈钢的，在生产过程中需要一种重要的原材料，那就是镍矿。我们公司以前长期从印度尼西亚进口镍矿，谁知去年，印度尼西亚政府突然颁布了一个法令，禁止原矿出口，这一下子就断绝了我们的原料来源。经过一段时间的战略调整，我们把印度尼西亚的镍矿和附近的码头收购了，并准备在原矿附近重建一个不锈钢厂，但是缺乏资金支持，迟迟没能开工，不知道贵行能不能帮忙我们的问题?”

周逸群听薛凯这么说，不忧反乐。他来的目的确实是想要帮企业排忧解难，他想先帮助企业解决他们的难题，然后说服他们获得募资。周逸群是有备而来，他有办法帮丰达特钢解决资金问题。

“你别说，这个忙我们还真能帮你。”周逸群笑着说。

薛凯听言立马满面春风，激动起来：“怎么办?”

他不紧不慢地回答：“我们银行发起设立了一个股权投资基金，专门在东南亚国家投资项目。正好你们的行业和范围都属于这个基金的投资范围，我可以回去后立刻把你们的项目推荐给他们，顺利的话今年内就能解决你们的问题了。”

“太好了！怪不得最近总是听见喜鹊叫，原来是真的有好事来到！这下可以解决我们的大问题了。”

周逸群也非常开心，他接着说：“除了帮你解决资金问题，我这里还有一个能帮你赚钱的机会。”

“真的吗？”薛凯喜不自禁，露出缺了一块的牙齿，“周总，您真是我的贵人，我的福星啊！”

“薛董，您先别急，慢慢听我说。该投资基金的年化投资回报率在15%以上，投资形式是承诺制，投资不需要一次到位，每次投具体项目时，按照投资人的出资比例出资，不会影响你们的日常经营。现在这个基金只剩5000万美元的额度了，如果你要投的话，现在还可以。”

薛凯连忙说：“我投我投。周总，您要是现在带着协议，咱们现在就签！”

“还是到我们总行来一趟，详细看一下协议再签吧。”

商定后，周逸群一行人准备明天启程回北京。这次，魏莹的父亲亲自送走了他们。

回到北京的第三天，丰达特钢的董事长薛凯也随后来到了北京。在项目经理的介绍下，周逸群将股权投资基金的详细情况向他介绍了一遍。

很快，中国华都发展银行与丰达特钢签署了投资协议。至此，10亿美元募集完成。

募资完成后，周逸群重新认识了各个处的处长、副处长，迅速熟悉了新部门的事务，准备翻开他金融生涯中的新篇章。

释　放

炎炎七月如火如荼地到来了，肖萌的部门在牛金水的号召下正在进行大刀阔斧的改革，因此她忙碌地抽不出身来陪逸群。

餐厅里，周逸群正在和肖萌共进晚餐。

“所以，今晚不能陪你了。”肖萌遗憾地说。

“没事啦，你先忙，忙过这一阵儿去就好了。”

“怎么办？我好想知道你给我准备的什么惊喜啊。”

“不是说了让你等着嘛，怎么这么没有耐心？”

“早知道你就不要告诉我，让我一直好奇得不行。”

“谁逼我说的？你以为我不想保密？你都生气了，我能不说嘛？”

“你哄哄我就行了，干嘛吊我胃口。”

“别急，你早晚会知道的。”周逸群用手轻轻揉了揉她的头发。

晚上，空气十分闷热，周逸群闲来无事，叫司机载着他到处闲逛。

车子驶到后海，周逸群让司机把车停下，自己在街道上漫步起来。

每次来到这儿，他都会想起 2003 年的时候，那时正是非典蔓延时期，人人自危，到处都弥漫着恐惧的气息，他和他的兄弟们无处可去，只好来到后海，他们租了一条船，在附近的饭店里点了餐带到船上去吃。

他们整夜整夜地飘荡在后海的水面上，欣赏着两岸着不同的风光。西面是日夜笙歌的酒吧一条街，东面则是古老胡同里的烟火人家，以前的时候，总是西面比东面更加热闹，到了传染病流行时，人们都选择待在家里，闭门不出。

周逸群那时感觉到，家对一个人来说是最安全的港湾，最坚强的堡垒，任外面繁华胜极，灯红酒绿，当危险来临的时候，每个人都是要回家的。

他走过一个转角，听到一家酒吧里传来了熟悉的旋律：“任时光匆匆流去/我只在乎你/心甘情愿感染你的气息/人生几何/能够得到知己/失去生命的力量也不可惜/所以我/求求你/别让我离开你/除了你我不能感到一丝丝情谊……”

他不知不觉走了进去，看到一位绿色长裙的黑发姑娘静静坐在唱台上对着乐谱自顾自唱，灯光旋转闪烁，嗓音清亮婉转。舒缓优雅的布鲁斯旋律像20世纪80年代贮藏的一瓶浓醇的葡萄酒，入口时淡淡的清香让人忍不住偷咽下，直从柔软的舌尖滑到了胃里，甘甜低回，唇齿留香。

几曲唱罢，换上了一个背着花色吉他，金黄色头发扎马尾的酷酷的女孩，她穿着一身黑色朋克范的衣服，帅气地将吉他从背上取下来，鲜艳的红唇一张一盒，仿佛正在向在座的人讲述一个浓烈的故事。一杯入喉，竟被烈酒的辛辣呛出了往事和眼泪。

周逸群忍不住停留在这儿，喝了几杯酒。

“周总，好巧啊。”

没想到在这种地方也能碰到熟人，周逸群回头看，竟是魏莹。

“您怎么在这儿?”

“随便逛逛就走到这儿了，想说进来听听歌。”

“没想到您居然也会来酒吧玩啊。”魏莹笑得十分开心。

“我就是闲着无聊，来你们年轻人玩的地方感受下热闹的气氛。你一个人来的?”

“对啊，正好一起喝一杯啊?”

“好啊。”

魏莹和周逸群点了几杯酒，一边听歌一边喝着，酒吧里的音乐声太大，他们完全听不到对方的话。

喝着喝着，周逸群看了看手上的表，发现已经十点多了。他冲魏莹喊：“十点多了，该回家了。”

“什么？我听不清。”

“我说十点多了，该回家了！”

“才十点，回什么家！”魏莹的脸上已经出现了红晕，她半眯着眼说。

“我送你回家吧，你一个女孩子喝了这么酒，在这种地方不安全。”

“不用管我，我开心着呢。”魏莹已经喝醉了，她吵吵嚷嚷不肯走。

周逸群只好将她的手挂在自己肩膀上，把她架出了酒吧，一出酒吧门，魏莹就跑到前面的树丛中吐了起来。

他想这样也不是办法，得找个她平日里关系最好的同事把她带回家。周逸群想起平时经常和魏莹一起的一个女孩，查到她的手机号，给她打了电话。女孩说二十分钟以后就能赶到。

周逸群就在路边守着魏莹，怕她出事。魏莹已经醉得说不出话来，她只是一个劲地在旁边哭，泪流满面，泣不成声。周逸群看着她哭得这么狼狈，心里很不好受。

这个女孩表面上那么开朗坚强，云淡风轻，其实心里很苦，也就只有喝醉的时候她才能把自己的难过释放出来。今夜，她的悲伤犹如一头困兽重见天日。

这是她第一次喝醉，她的眼里盈满了泪水，可是最终她一句话都没有说出来。

第二天，周逸群和魏莹都像什么都不曾发生过那样。他默默地帮她保守秘密，她也尽力维护着自己的自尊心。

误会，走投无路

肖萌部门改革的任务完成了，会议结束后，她在座位上伸了个懒腰，长长地舒了一口气。

董雨晴把脸悄悄凑了过来：

“肖萌，有件事我不知道该不该和你说。”

“什么事?”

“我纠结了好几天了，一直没敢告诉你。”

“你说就行。”

“我说了，你要控制你自己哈。”

“没关系，你说吧。”

“呐，这是前几天我路过后海时看到的。”董雨晴把手机递给肖萌。

她看到手机上的照片，有个男人正搀扶着一个女人走着，这个男人和周逸群很像，而女孩留着长长的头发，看不清楚脸。

肖萌的心顿时咯噔跳了一下，她不敢相信自己的双眼，又定睛仔细看了一下，真的是他。怎么会是他?他怎么会出现在那里?那个女人是谁?

“这个女孩挺漂亮的，银行里的人都认识她，我还听他们部门的人说，前段时间周总去蒙山市出差就是和她一起去的，还是那个女的的父亲招待的他们……”

肖萌的心跳更快了，她立马想到了最坏的情况，手情不自禁地颤抖起来，她的脚也不听使唤，在会议室里呆了好久好久。董雨晴离开她都没有发觉。

肖萌想，她一定要跟周逸群问清楚，可是她不能太失控，这也许只是一场误会，说明白就好了。如果不是误会，那么她更应该做个了结。

当天中午，她和周逸群约在初次见面的咖啡馆里。肖萌坐在窗边，搅动着杯子里的咖啡，心神不定。

“我来了，找我干嘛?喝咖啡吗?”周逸群把包放在桌子上。

“我有件事要问你。”

“什么事?”

“前天晚上你去哪儿了?”

“我去后海了。”

“和什么人一起去的?”

“我自己去的。”

"你骗我。"

"我真的是一个人去的，不信你问我司机。"

"那个女人是谁?"

周逸群才意识到肖萌可能知道了什么，他不能再替魏莹遮瞒。

"是我部门的一个员工。"

肖萌冷哼了一声："你承认了?"

"我承认什么了?"

"是你先说分手还是我先说?"

"我和那个女人没什么的。"

"没什么，你会半夜和她一起去喝酒？没什么，你会搂着她的腰？还有，前段时间你和她去出差的时候，你们是不是就已经勾搭上了?"

周逸群没料到肖萌竟然误会得这么深，着急地说："你听我解释。"

"分手吧。"

"你听完我的解释再说好吗?"

"我不想听，你可以走了。"

"你要相信我，这是一个误会……"

肖萌沉默了一会儿，说："明天帮我把衣服从家里都带过来吧。"

然后，她站起身离开了。周逸群刚要去追她，就被服务员叫住买单，等他买完单追出去，肖萌已经不见了。

她没有接他的电话，也不回短信，周逸群知道这个时候的女人是失去理性的，她虽然很想听他的解释，可是自尊心不允许她这么做。她告诉自己要控制情绪，可她还是没能做到。

周逸群突然间像回到了多年前，石兰离开的那天一样。他到处都找不到她的身影，她一下子就从自己生活里消失了。

他的生命突然出现了一个缺口，变成了无底的空洞，不停吞噬着自己的灵魂。这样的绝望，他没有力气承受。

他走投无路，只能找到魏莹。

"你帮帮我，行吗?"

魏莹一言不发，苦涩地点了点头。她找到了肖萌，把一切都向她坦白了。

从前，魏莹一直把周逸群当做自己的偶像，从来不曾想过能和他有交集。后来，他们一起出差、喝酒，她信任逸群，所以跟他聊自己的身世，所以敢在他面前喝醉。

她从小缺少父爱，周逸群在她眼里就像父亲一样，她知道他有女朋友，也从没想过要和他在一起。

当晚，她哭得很伤心，她的友人把她接回家了，她再也没有和他联系过。

“周总是我最尊敬的长辈，我从来没见他在我面前失态过，但是这次他来找我，急得话都不会说了。我不了解你，但是我相信你是个通情达理的女孩。我很抱歉让你误会，希望你能回心转意。祝你们幸福。”

说完这番话，魏莹就离开了。说到底，她不知道自己有没有喜欢过周逸群，但是她知道这件事该结束了。

后来，蒙山丰达特钢如愿以偿地在印尼建成了不锈钢厂。

后来，魏莹没有再出现在周逸群的世界里。

重归于好，心有所属

肖萌向周逸群道了歉，他们重归于好。

7 月 23 日，周逸群带着肖萌回到他的老家滨海，他准备带肖萌回去见自己的父母。

他们两个穿着肃穆，捧着鲜花，来到公墓里。

周逸群为父母的墓碑清理掉灰尘和枯萎的花束，他希望父母看到自己找到幸福之后，在天堂里能够放心。

“爸，妈，我回来了。这是我的女朋友，肖萌。我特意把她带回家给你们看，请你们放心，我已经找到我的幸福了。”

“伯父伯母，我会好好照顾逸群和悠悠的，希望你们安息。”

父母的逝去是那么令他措手不及，他还没来得及尽完他的孝道，他们就匆匆离世了。

也许，我们每个人此生都无法偿还父母的恩情，或多或少会留有遗憾，我们能做的只有带着缅怀和祭奠，把他们给过我们的爱传递给我们的子女，代代相传、薪火不息，让母爱和父爱成为人世间永恒的最伟大的爱。

“这就是你给我的惊喜吗?”

“对啊，你不喜欢吗?”

“怎么会？我很开心，只是不知道你的父母喜不喜欢我。”

“你这么可爱，谁会不喜欢你?”周逸群摸了摸她的头。

周逸群顺便带肖萌去他以前生活过的地方看了看。父亲生前居住的房子，他儿时玩耍的院子、念过的学校、走过的街道，他带肖萌参观了她从未参与的过去。

周逸群的内心还是对魏莹充满歉疚，但她是个很好的姑娘，值得遇见更好的人。而周逸群已经心有所属，并且对肖萌情有独钟。

通过魏莹一事，更加坚定了周逸群对肖萌的决心，他一定要娶她。他喜欢那个富有爱心，热爱诗歌和艺术，有生活情趣的肖萌，喜欢那个会为自己吃醋、担心、不舍的肖萌，他喜欢的样子她全部都有。

他开始在心里默默地计划着一件举足轻重的事。

第十五章

竞争收购，财务顾问团队

周逸群接了一个棘手的业务——帮助大光华锂业收购澳洲锂精矿，但是，周逸群是个勇于接收挑战的人。果然，在耗时20天之后，他帮助大光华锂业顺利收购澳洲锂精矿公司19.99%股权，并在规定的时间内完成收购。

跨国并购是指跨国兼并和跨国收购的总称，是指一国企业（又称并购企业）为了达到某种目标，通过一定的渠道和支付手段，将另一国企业（又称被并购企业）的所有资产或足以行使运营活动的股份收买下来，从而对另一国企业的经营管理实施实际的或完全的控制行为。

2003 年 10 月，党的第十六届三中全会通过的《关于完善社会主义市场经济体制的若干重大问题的决定》指出：“继续实施‘走出去’战略……‘走出去’战略是建成完善的社会主义市场经济体制和更具活力、更加开放的经济体系的战略部署，是适应统筹国内发展和对外开放的要求的，有助于进一步解放和发展生产力，为经济发展和社会全面进步注入强大动力”。2005 年，温家宝总理在政府工作报告中提出：“要进一步实施‘走出去’战略。鼓励有条件的企业对外投资和跨国经营，加大信贷、保险外汇等支持力度，加强对‘走出去’企业的引导和协调。建立健全境外国有资产监管制度”。

大光华锂业，跨国收购

2010 年的一天，周逸群正在办公室里整理会议用的资料。

他的助理走了进来。

“周总，大光华锂业的董事长曾铭泰来找您，他已经在门外了。”

“快请进来。”

周逸群站起身整理了下着装，只见助理领着一位面容俊朗的男人走了进来。

他体型偏瘦，穿着一身标准的黑色套装，胸口的右边口袋上别着一支金光闪闪的钢笔。他朝周逸群急步走来，唇色苍白，脸色不太好，但他还是勉强向周逸群挤出笑容。

“周总好。”

“你好，你好。”

他们礼貌性地握了手。

“周总，这次我来找您有很重要的事，希望您能帮忙!”

“有什么事我们坐下聊。”周逸群让他坐下。

曾铭泰把他遇到的问题告诉了逸群。

大光华锂业是一个专门生产锂电池的企业。在这个行业里，没有国营企业，只有民营企业，大光华锂业便是行业的龙头老大。

大光华锂业的产品在中国市场上的份额达到70%，还出口韩国和日本，在日韩市场上也占有重要的份额。大光华锂业在国际锂电池市场上也有一定的话语权。

十几年来，他们一直从澳大利亚进口锂精矿，渠道稳定，价格也稳定。

忽然有一天，市场传来消息，美国一家生产锂电池的公司宣布即将要收购澳洲这家锂精矿公司。这个消息就像一个重磅炸弹，引爆了国际锂电市场。

如果此事成真，那么大光华的原料供应渠道会受阻，成本也有可能大幅上升，大光华锂业像被扼住了咽喉一般，生产和发展都会受到严重制约。

大光华锂业的高层管理者们紧急召开会议研究对策。他们一致认为不能这样任人宰割，一定要跟美国这家锂电池公司一争高下，竞争性收购澳洲锂精矿。

跨国收购涉及到法律、资金财务等多方面的问题，大光华锂业如果要凭一己之力进行收购，几乎是不可能的。

于是，大光华锂业的董事长曾铭泰便第一时间赶到北京，一下飞机，他就马不停蹄地赶到了周逸群的办公室。

他对周逸群说明了事情的紧急，事关企业的生死存亡。最后，他哽咽地要求道：“周总，你一定要帮帮我，不然大光华就完了!”

周逸群听完他的话后，不禁浑身燥热、额头出汗，他深深感到，这件事不仅仅是关系到一家中资企业的生死存亡问题，也关系到国家的利益。

“您放心，我一定会尽我所能来帮助您的。”

周逸群决定要做大光华锂业的财务顾问。他召集部门下的人员，迅速组建了一个顾问团队，来帮助大光华打赢这一仗。

做出决定后，周逸群认真地了解了大光华锂业的财务状况，他感觉到即将到来的是一场硬仗，要有合适的计谋和策略。

他的团队都是业内的精英人士，拥有较高的智商和团队合作能力，最擅长出谋划策。经过半年来对他们的了解，周逸群非常信任他们的能力。

他们对大光华锂业的情况和收购程序进行了快速而精确的分析：

首先，澳洲的锂精矿公司是一家上市公司，根据澳洲法律，如果想要收购上市公司，那么必须首先持有被收购公司不低于 19.99% 的股份，才有资格收购。

当下首要任务就是帮助大光华锂业收购澳洲锂精矿公司的股权。但是，收购股权不能大张旗鼓，否则如果让市场知道以后，不仅股价会大幅上升，收购成本增加，还会打草惊蛇。

美国公司一旦获得消息，一定会提前做好跟大光华锂业竞争的准备。大光华锂业本来就处于劣势，如此一来，美国公司的胜率只增不减。

所以，他们只能悄悄地在股市上一点点从散户的手中收购澳洲锂精矿公司的股权，事情要绝对保密，不能走漏风声，并且要做到天衣无缝。

方案决定好后，接下来要解决的便是资金问题，为此，他带领他的团队飞往了新源市。

由于大光华锂业位于西部地区的新源市，他们的贷款需要向中国华都发展银行新源分行申请。

到达新源分行之后，周逸群直奔新源分行行长黄少强的办公室。

黄少强大概四十岁上下的样子，他身穿浅灰色西装，一米七左右，身材中等，面颊瘦长，肤色较黑。黄少强对周逸群的到来表现得非常热情。

周逸群却顾不上寒暄，直接把来意向黄少强讲明，并告知支持大光华公司收购澳洲锂精矿的情况和重大意义。

“黄行长，请您一定要支持大光华公司的收购活动。”

“没问题，周总，我们一定全力支持。”黄少强殷勤地说道。

很快，新源分行向大光华锂业发放了4亿元贷款，又帮助企业拿到外汇局的批文，把人民币兑换成了澳币。

一切进行得很顺利，不过这只是第一步。资金收到后，周逸群立即指导团队的人对澳洲锂精矿公司进行了股权收购。

事情进行得很隐秘，耗费了整整20天。周逸群在这段时间里经常在银行加班到很晚，虽然他很放心这些投资经理的能力，但他仍旧密切关注市场的动向，一点风吹草动都不放过。他比任何人都表现得认真细心。

散户们的回应都非常积极，只要价格合适，收购他们手中的股权不成问题。所以，很快，在市场毫不知情的情况下，他们顺利完成了澳洲锂精矿公司19.99%的股权的收购。

股权收购完成后，大光华公司便在市场上公开宣布要与美国公司竞争收购澳洲锂精矿公司，收购100%股权。他们竞争收购的价格每股都比美国公司高出1澳元。

然后，大光华公司向澳大利亚的相关机构递交了申请。

不仅如此，如果美国公司提高收购价格或者发生其他的突发事件，周逸群的团队还帮大光华公司制定了相应的应对措施。

大光华公司要竞价购买澳洲锂精矿的消息一出，市场上一片哗然，然而，令他们出乎意料的是美国公司那边却偃旗息鼓，杳无音信。

他们不知道美国公司为什么放弃竞争，但不管怎样，这对大光华企业来说是一个好消息。

根据澳洲相关法律规定，提出收购之后，必须要在20天内完成收购。资金问题的解决又排上了行程。

大光华企业原本资金就不是很充足，作为上市公司，他们所有的自有资金和贷款都用完了，无奈之下，大光华锂业只能通过增发股票筹集资金，但是走程序的时间根本来不及，他们还需要一笔过桥资金来达到与长期资金对接的条件。

“怎么又要出差？刚回来没几天，又要走。”肖萌一边给他叠衣服一边不满地嘟囔。

“有很重要的事要办，你在家乖乖等我回来。”周逸群吻了吻她的额头以示安慰。

“这次去哪儿？”

“去香港。”

“悠悠最近压力挺大的，我看她每晚都学到很晚才睡，我很担心，这样下去，还没考研就累垮了怎么办？”

“她应该有数，多给她做点有营养的食物补补身体，我不在的这几天要辛苦你了。”

“没事，做父母的真不容易，我也算提前感受一下为人父母的心态了。哎，你说我们以后会有个儿子还是女儿？”

“儿子和女儿我都喜欢。”

“已经有悠悠了，再有个儿子比较好。不对，悠悠以后长大了就不能陪着我们了，还是希望是个女儿吧，父母的贴身小棉袄。”肖萌畅想着未来的模样，当她还是个小女孩的时候，她就经常这么想。

小的时候，看多了童话故事，总觉得自己以后会嫁给骑着白马的王子，可是她生活的世界里并不存在王子。长大后，她还是不想将就，不愿倾心于平凡庸常的人，她想，她要嫁就要嫁当世的英雄，至少要在她心目中是。

当她爱上逸群，他就是她的英雄。他不用骑着白马，不用踏着七彩祥云，不用才华盖世，只要他够聪明，够勇敢，够努力，他就是平凡人中的大英雄。

过桥资金，组建银团

鉴于大光华锂业的资金状况，周逸群带着他的团队马不停蹄地飞往了香港，他们打算在香港拜访各家外资银行来谈过桥资金的问题。

欧洲S银行和中国华都发展银行之间一直有频繁的业务来往，此次拜访，欧洲S银行的资金部总经理亲自接待了他们。

总经理是一个身姿风韵的法国女人，名字叫做艾玛·杜兰。她浓密的睫毛下有一双棕褐色的眼眸，鼻梁的轮廓在空中划出一个优美的弧度，眼角处有些许细纹，但仍旧抵挡不住优雅的气质。

艾玛将蓬松的黑发束之脑后，漫不经心地留下几缕刘海，不多也不少，很是清爽，穿着黑色职业装搭配银面红底的高跟鞋，裙子边缘的鱼尾设计使得整体的衣着时尚而不失正式。

周逸群看过很多的法国电影，也接触过一些法国人，但在现实中，如此美艳的法国女性他还是头一次见。

艾玛用饱满的双唇吐出带有浓郁法语气息的英文："周先生，欢迎来到S银行，请坐。"

周逸群和他的团队相继入座。

S银行宽敞的会议室布置得很有欧式古典气息。桌椅均是手工实木制造，具有优美的线条和很好的柔韧性，椅背和桌沿上雕刻着精美细腻的图案，配合扶手和椅腿的弧形曲度，显得优雅矜贵。

周逸群望着面前桌子上摆放着的瓶插百合，闻到了艾玛身上散发着的淡淡的香水味，感觉到一股清新浪漫的气息。

"艾玛小姐，我们中国华都发展银行此次前来，是为了帮助中国的大光华锂业申请贷款。"

周逸群将贷款的用途和所需数目，大光华企业的财务情况及经营情况告诉了艾玛。

"大光华锂业所需的贷款数目实属庞大，我们会考虑作为牵头行，为此组建国际银团来进行融资。"

"好的好的，太感谢你了。"

"不用感谢我，能帮上你的忙我很开心。那我们先商议一下贷款条件吧。"

"好。"周逸群说。"由于贷款数额巨大，我们希望贷款期限能长一点。”

“四个月可以么?”

“能再宽限几个月吗?”

“通过刚才的了解，我认为大光华企业的财务情况现在不是很乐观，我们不敢冒险拖得太长，这样吧，我们将贷款期限定为五个月，然后在还款上可以适当宽松一点，怎么样?”

“虽然大光华锂业目前资金不够，但是一旦收购澳洲锂精矿公司以后，就可以节省巨额的原材料开支，并且还能成为其他国家锂业的进口源，这几乎相当于大光华锂业即将成为全世界锂业的领军企业，我们银行甚至中国政府都很看好大光华企业的发展前景，到时候，大光华锂业的经营状况一定会蒸蒸日上。不仅如此，我们银行还会帮助他们完成A股的增发，对他们来说，还款就很轻松了。我恳请你再给他们宽限几个月的时间，好吗?”

艾玛微微含额，思索了一会儿：“周先生，我很信任您。那就定为七个月吧。”

“谢谢你，艾玛。”

“还有，我们希望大光华锂业能拿出上市公司的所有股份和已经购买的澳洲锂精矿的19.99%的股份作为抵押。”

“没问题。”周逸群答应得很爽快。

“好的，那等我们组建起银团之后，就立马跟您商谈还款的相关事宜。合作愉快!”艾玛站起身，与周逸群握手，一举一动都犹如芭蕾舞一般优雅。

周逸群心想，法国女人向来是“优雅”的代名词，如今一见，果然名不虚传。

经过几天的周转，过桥资金最终敲定。欧洲S银行愿意作为牵头行组建银团，向大光华锂业提供一笔银团贷款，期限为7个月，由大光华锂业拿自己上市公司的股份和已收购的澳洲锂精矿的19.99%股份作为抵押。

智斗股东，完成收购

很快，大光华锂业拿到了贷款，接下来的任务就是要在规定的时间内完成收购。收购进行到一半，周逸群悬着的心放下了一半。

不料，在即将要完成收购的时候，出现了一个比较难缠的交易对手，他的名字叫作帕特瑞克·亨利，作为澳洲锂精矿公司的股东，亨利拥有接近10%的股权，是一个较大股东。

周逸群了解到他的父亲正是澳洲锂精矿公司的董事长，而他并不在公司任职。据小道消息说，亨利平日里不工作，是个游手好闲的公子哥，听说父亲要出售公司，他非常不同意，然而公司董事会已经决定了，他是没有发言权的。

即便亨利极其不乐意，但他也不得不接受这个事实。

中国华都发展银行联系到他时，他很轻蔑地拒绝了。而没过几天，他又主动找到了银行的联系人，表示他可以出售一部分股权，但是要和中国华都发展银行的领导交涉。

周逸群只好亲自出马会一会这个澳大利亚人，他让助理给他买了去澳洲的机票，一起飞往澳大利亚。

澳大利亚是一个神奇而美丽的国度，周逸群每次来都是为了出差，从来没好好玩过，肖萌在他走前跟他说去澳大利亚玩可以租一个有游泳池的小别墅，自己做饭吃，白天去海边玩，晚上就去乡间看漫天繁星。她总能找到最适合一个城市的游玩方式。

周逸群跟她说好下次他们要一起来玩。

这次来澳大利亚的主要目的是说服亨利卖出股权，并且把其他已经谈好价格，只待交易的股权一并收入囊中。

他与亨利约好在一家餐厅见面，周逸群刚下飞机就赶了过去。

位于悉尼的这家西餐厅非常有西欧地中海风情，它坐落在海边，常年受到海风的吹拂。此时的悉尼湿润又清凉，气候宜人，周逸群的心情因此变得很好。

坐在玻璃窗边，周逸群能够看到远处湛蓝的海水追逐着浪花搁浅在耀眼的金黄色沙滩上，人们穿着花花绿绿的暴露的泳衣躺在一旁晒太阳。餐厅里则是另外一番景象，穿戴整齐的服务员端正优雅地推着金属手推车来回传递食物，人们安逸地坐在座位上享受他们的午餐，除了音乐的低鸣，几乎听不到一点声音。

周逸群看到窗外有一个年轻人正在向餐厅走来，他头戴一个黑白棒球帽，身穿牛仔铆钉的深蓝色套装，裤子肥肥的可以套进两条腿。他的脸色有些颓然，眼神空洞无神，像是刚从睡梦中醒来。

他懒洋洋地走进来，在餐厅里西装革履的人们中间显得格外突兀。他寻找着桌位的号码，嘴里嚼着口香糖。

终于，他的目光落在了周逸群身上。

“你好，兄弟。”

周逸群伸出他的右手：“你好，你就是帕特瑞克先生吧？我叫周逸群，是中国华都发展银行的部门总经理，很高兴见到你。”

“叫我亨利就行，”亨利对他伸在空中的手视而不见，直接坐到沙发椅上，“坐吧。”

周逸群虽然感到尴尬，但还是面带微笑地坐下与他交谈：“今天天气不错。”

“没错，非常适合带着兄弟们出去飙车，太酷了！”

“听说你想卖出一部分的股权，是吗？”

“没错，我没有钱花了。”

“你能卖掉多少？”

“我有百分之十，想卖掉一部分，买一台新款英菲尼迪。”

“据您所知，中国的大光华锂业想要收购澳洲锂精矿公司，所以，他们想收购您名下所有的股份。”

亨利偷偷凑过来：“虽然我无权过问，但是我猜，他们想和美国那家公司竞争对不对?”

“原谅我无可奉告。”

“切，没劲。对我来说，竞争是好事，价格越高越好，这样我就可以多花几年了。”

周逸群的表情变得严肃，他没想到亨利这么聪明，可以猜到他们的用意。周逸群已经做好假如亨利想趁机过分加价，他就寻找别的办法的准备了。

“不过你放心，我不会透露给其他股东的，我跟他们素不相识，也无话可说，”亨利压低了帽檐，“不过，我有一个条件。”

周逸群想了想，为了避免亨利走漏风声，最好还是听一听他的条件。

“我想你们已经收购了一部分股权，我可以把我现在所有的股权全部低价卖给你们，并替你们保守秘密。”

周逸群很吃惊；“条件是什么?”

“条件是，等你们收购了我爸的公司，要贷款给我，帮我把这部分股权再买回来，你们可以分期从我的年分红里扣款。”

周逸群明白了亨利的真实意图，虽然他看上去每天不务正业，只会挥霍父亲的钱，但其实他是个很精明的人，他知道只依靠卖出这百分之十的股份的钱会使他坐吃山空，而等中国企业收购了父亲的公司后，澳洲锂精矿企业的经营状况极有可能越来越好，那个时候如果能有百分之十的股份，光每年的分红就够他一整年的开销了。

他现在看似是做出很大的让步，然而他只是为了以后能够继续像从前那样不劳而获做打算。

“但是如果大光华企业收购不成功的话，我要求原价收回我的股权。”

“这个我需要跟大光华企业的负责人联系后才能给你答复。”

“好吧，那等你们商量好了再找我吧。”亨利起身从头到脚拍打了他的衣服，像是坐了太久身上落了一层灰尘一样，然后大摇大摆地离开了。

周逸群立马打电话给大光华企业的董事长曾铭泰说明情况。

“太荒谬了，我没听说过还有这样的要求。”

“曾董，你考虑考虑吧，我觉得好好谈判一下也未尝不可。”

“无论他给出的股价有多低，想要百分之十的股权是不可能的。”

“可是万一他把此事宣扬出去，我们的计划就要失败了。我认为，您可以告诉我您能做出的最大让步，我再进一步和他谈判，如果您觉得可以的话就签合同。”

曾铭泰想了一下，把他认为合适的条件告诉了逸群。周逸群再次和亨利约好第二天在这家餐厅见面。

晚上，向肖萌汇报完在澳洲的情况后，周逸群计划出去逛一逛。

北半球现在正值春暖花开的季节，南半球却是秋风瑟瑟，阴雨绵绵。悉尼的夜晚很迷人，像是一个卷发红唇，优雅性感的美丽的女子。悉尼歌剧院是她的唇齿，如同贝壳一般，在寂静的夜晚发出美妙的歌声；海港大桥是她纤细的手臂，横亘在绵绵的大海上，散发着金色的光。满城的灯火通明是她寂寞的灵魂的香气，飘荡在每处光照耀着的地方，留下难以察觉的余味。

周逸群喜欢住在酒店的高层，从高处俯瞰整座城市，也可以更接近城市的夜空。

悉尼的夜空与北半球很不同。这里的天空没有阴霾，繁星密布，星群体积又大又明亮，还可以依稀辨别出银河的模样，像梵高的画作一样让人感到震撼。月亮被一团云朵包裹着，呈现出内紫外红的颜色，若隐若现，若有若无，没有了那种清冷的感觉，多了一丝妖娆与神秘。

突然间，顿悟了著名诗人顾城为什么单单选择在离这儿不远的那座小岛上了却残生，也可以理解为什么越来越多的人愿意移民到澳洲来。

在这里生活，仿佛置身于与世隔绝的童话世界，无需在意世俗的纷纷扰扰，只需无忧无虑，自由自在地徜徉在天地间，与自己、与星辰作伴。周逸群望着眼前的星空，竟然觉得无比感动，然而苦于无人共享，应是良辰好景虚设。

第二天，周逸群又见到了亨利。这次，他的态度比昨天要好很多。

他端正地坐在沙发椅上，不时盯着周逸群的双眼看。

“亨利，大光华企业表示他们愿意和你谈这笔交易，但是条件还需要再谈判一下。如果你愿意把全部股权低价出售给大光华企业的话，他们愿意在收购澳洲锂精矿公司之后卖给您5%的股权。”

“百分之五怎么能够?”

“这已经是他们给出的最多的股权了。如果你现在不卖，等大光华企业收购锂精矿公司之后，你的股权一定会被收走，而且你再也买不回来了，想必这一点你也是很清楚的。所以，你别无选择。”

“我就喜欢和爽快人谈判，既然这样，那好吧。”

“慢着，他们还有一个条件。”

“还有什么?”亨利皱起了金色的眉毛，他湛蓝色的眼珠清澈见底。

“他们要求你不担任公司的董事。”

“那正好? 反正我什么都不会，我是游手好闲的浪子，这是大家都知道的啊。”

“亨利，恕我直言，你是个很聪明的人，如果你能把这股聪明劲放在工作上，一定会有大的作为。”逸群看到亨利没有对他的话表现出不悦，接着说道，“现在你才二十出头，我的女儿也快要到你这个年纪了，你还有大把的青春，青春就是你的资本，你可以初生牛犊不怕虎，可以为了理想不顾一切。而你的父亲已经年迈了，他只希望你能幸福，不希望看到你坐享其成，一生碌碌无为。更何况，你会有更好的前程的。”

亨利静静听完周逸群的一番话，他没有责怪周逸群多管闲事，也许他一直以来就在等待这么一番话能唤醒自己。

“签合同吧。”

周逸群非常高兴，立即拿出昨晚打印好的合同，填写了相关款项，确认无误后，亨利签了字。

周逸群随即完成了与其他股东的谈判，带着所有剩余的股权回了国。

周逸群和他的团队在短短的不到两个月的时间里圆满地完成了收购任

务，整个过程毫无纰漏，彻底展现了他们超群的财务顾问能力。

增发股票，募集资金

曾铭泰立即亲自前往北京向周逸群表示感谢。再次见面，他的面色已经好看了很多。

“周总，您真是我的救世主啊！”他双手紧紧地握着周逸群的手，眼神中充满了敬佩和感激，“要不是你，我们公司现在肯定已经断绝粮草，走投无路了。多亏了你，我们才能起死回生！我，我……”

说到激动处，曾铭泰的眼眶泛红，再次哽咽了。

“曾董，您的心情我能理解，不过我的任务还没结束呢，等贵公司还清了贷款，我的使命才算完成，到时候您再感谢我也不迟。”周逸群笑着掩饰了他的尴尬。

“好，好。”

周逸群让部门副总经理帮他招待了曾铭泰，因为他要急着回家。这么多天马不停蹄的奔波，他都没在家好好陪陪肖萌。

为了在考研中取得佳绩，悠悠坚持在题海里进行着拉锯战。同样，周逸群的团队也在进行一场艰苦的战役。

他们现在要做的是帮助大光华锂业在 A 股市场上完成股票增发，以获得更多的融资。

经过几个日夜的苦思冥想，他们为大光华锂业制定了增发股票的最优发行方案和募集资金使用的可行性报告。

在大光华锂业的股东大会上，大光华企业的股东们就股票发行的相关事宜做出了决议。

决议完成后，由具有保荐资格的金融机构按照有关规定编制并向中国证监会报送了增发股票的申请文件。

在焦急地等待审核批准的这些天里，周逸群一有空就陪在悠悠身边。虽然他知道自己在考研这件事上帮不上悠悠什么，但是他还是希望能够给予悠悠最好的物质和精神上的支持。

悠悠烦躁的时候也会对他发脾气。

“爸，你能不能不总是陪着我？我压力很大！”

“我已经没有在客厅里待着了，你还要我去哪儿？”

“你去工作，去加班啊，去和我阿姨逛街，总是在家里干嘛？”

周逸群觉得很委屈，又哭笑不得，他知道这个时候悠悠的情绪有波动很正常，为了照顾她的心态，周逸群只好听她的话离开了家。

获得增发的批准后，周逸群的团队紧锣密鼓地开始筹备起来。大光华锂业运用增发获得的资金开始偿还过桥贷款。

浪漫求婚，一生一世

大光华企业的收购问题告一段落后，周逸群开始慢慢筹划自己思考很久的事情，周逸群等待着那一天的到来。他在默默酝酿着一个决定，这个决定会给他们的生活带来彻底的变化，对他、肖萌和悠悠三个人来说，会是一件幸福的事。

7 月 23 日，周逸群和肖萌约好在莫斯科餐厅庆祝他们相恋三周年。

莫斯科餐厅是有着五十多年历史的特级俄式西餐厅，建筑风格华贵高雅，具有浓郁的俄罗斯情调。当时的国家领导人曾在此举办盛大宴会来接待外宾，一度令它成为新兴北京青年贵族的追捧。一直以来，莫斯科餐厅凭借它独特的风格和文化在北京保持着盛名。

他们在莫斯科餐厅提前预定了一个靠窗的位置。临近傍晚，逸群带肖萌来到了这里。

靠近出口的位置摆放着两个拥有金色的头发和翅膀的天使雕塑，大厅悬挂着的几个华丽的水晶灯并没有开，光线比室外要暗得多，也衬托出环境的幽静清雅。

在服务员的引导下，他们就坐了。周逸群有满肚子的话想要跟她说，点完餐后，周逸群就迫不及待地开口了。

“肖萌，还记得我们是怎么认识的吗？”

“当然记得，我第一次相亲就认识你了。我记得当时，我还没看清楚你长什么样就劈头盖脸地说了你一顿，看到你惊讶的表情时，我才觉得你那么眼熟，好像是同事，可把我给丢死了。”

“后来，没有想到我们竟然被安排到一起做业务，也是巧了。”

“可能这就是缘分吧。”

服务员将精美的烛台摆在桌子两侧，然后端来了刚刚打开的葡萄酒。

肖萌漆黑的双眼在烛光的映照下显得十分夺目，红润的脸颊光彩照人。

“你是从什么时候爱上我的？”

“这个问题太难回答了。”周逸群看向窗外，“我也记不太清了。”

“你说嘛，好好想想。”

“可能是当年我父亲去世，你来家里看我的时候，可能是你天天跑到我办公室蹭茶喝的时候，也可能在某一瞬间，这个真不好说。”

“那你呢？你又是从什么时候开始的？”

“我啊，有一次，我看到你从银行门口走过，我本来想上前和你打招呼，然后有位女士匆匆忙忙从后面超过了你，还撞了你一下，你不但没有生气，还很绅士地提醒她小心地滑，别摔倒，当时觉得你可帅可有风度了。而且初次见面那么尴尬，你都没有不耐烦，反而笑着跟我聊天，我对你的第一印象就挺好的。”肖萌认真地说，“你呢？你对我的第一印象是不是很差？”

“没有，我觉得你很可爱。”

“说实话！”

周逸群无奈地说：“好吧，是有那么一点吓到我，不过我一看，居然是位美女，就没有立马解释，听你说了一会儿，觉得你很可爱，也很有自己的主见。”

“我好看还是你们部门的魏莹好看？”

“不是说好不提她了么？当然是你好看啊。”

肖萌突然严肃起来：“其实我一直挺自责的，当时我一看这个女孩那么年轻又漂亮，就气昏头了，找你之前我还想自己一定要克制，可是一看到你，我就控制不住自己，差一点崩溃。后来在跟她的交谈中，我发现她是个自尊心很强的女孩子，所以她能够放下自尊心来找我解释，我很感激她。”

“她喝醉的第二天给我发过一条短信，就是拜托我不要让别人知道她喝醉的事，所以我就没有告诉你，谁知你误会得那么深。我也是没有办法才找到了她。”

“那时，我反思了自己。事情发生后，我居然没有第一时间选择信任你，等到魏莹跟我说了一切，我才相信，我竟然宁愿相信一个陌生女人的话都没有相信你，确实是我的问题。不过如果不是她的出现，我都不知道自己竟然这么喜欢你。”

“所以呢？”

“所以什么？”

“所以你要怎么办？”

肖萌被他问得一愣，只见他笑着站了起来，慢慢从左侧离开了他的位置，然后掏出口袋里的小盒子，面朝肖萌单膝跪在了地上。

此时，像事先安排好的那样，一袭火红色长裙的莫斯科姑娘走到舞台上拉起了手风琴，伴随着悠扬的钢琴的声音，响起了浪漫的旋律。

“所以，你愿意嫁给我吗？”

肖萌捂住了嘴巴，对突如其来的一切感到震惊，她明亮如星辰般的眼眸中透露出惊讶又感动的神采，随即变模糊了。

她丝毫没有预料到周逸群的求婚，虽然她隐隐感到他们之间的感情已经到达了一种最饱满最自然的状态。在琐碎的柴米油盐的生活里，他们毫不厌倦地享受其中的个中趣味，还能互相给彼此带去意外的小惊喜。

她不确定这种状态会不会持续10年、20年，直到生命的尽头，但她仍旧想要陪他一起走下去。就像三年前他对她表白时一样，她仍然保留着这股勇气，怀揣着美好的愿望。

“我愿意。”

听到答案，周逸群激动地难以复加，他小心翼翼地取出戒指，双手颤抖着，像他演习过的那么多次一样，将它戴在肖萌的无名指上。

他们幸福地相拥在一起。

餐厅里的人们给他们送上了祝福的掌声，很多人被这个场景感动哭了。

随后，他们将这个消息通知了所有的家人、朋友。

9月，大光华锂业的过桥贷款已经全数付清，至此，收购澳洲锂精矿的战役以全胜的姿态完成。

周逸群仍沉浸在好事将近的喜悦中，他欢天喜地地忙前忙后，收到了无数亲友们的祝福。

从定日期、挑婚纱、制作请帖，到订场地、设计婚礼细节以及购买一应物品，周逸群都事无巨细地参与了，他要给肖萌一个完美的婚礼，给他们的后半生留下最难忘的回忆。

他们将地点选在了位于印度尼西亚的巴厘岛，这里也是全世界的人们前赴后继的结婚胜地，风景如画。

他们只邀请了为数不多的亲戚和关系最好的几个朋友，周逸群认为婚礼是件非常神圣的事，他生性低调，不喜欢喧闹，对婚礼的要求更是如此。

在小的时候，肖萌像所有的女生一样幻想过自己的婚礼的样子，有过很多很多的想法，而现在她真的要有自己的婚礼了，却别无所求，她唯一想要的就是穿着洁白的婚纱去拥抱她的爱人。

婚礼的日期很快到来了。

10 月 16 日，他们在巴厘岛举办了水上婚礼。

明亮如镜的水面上建有高达 150 米的濒海筑台，玻璃的中间铺满了白色、粉红色的鲜花，鲜花的尽头是证婚人在等待着他们。周逸群和肖萌在众位亲友的注视下，面对着遥远的印度洋，携手向前走去。

透过湛蓝的海色，逸群静静地望着阳光下笑靥如花的肖萌，她黑亮的长发高高盘起，露出光洁秀美的额头，精致蕾丝点缀下的洁白的婚纱随风摇摆。

“我们在这神圣的地方为新郎和新娘完婚。”

他们首先向对方鞠了躬。

“新郎，你是否愿意无论是顺境或逆境，富裕或贫穷，健康或疾病，快乐或忧愁，你都将毫无保留地爱她，对她忠诚直到老去?”

周逸群举起话筒，深情的双目中蕴含着千言万语。他对肖萌的感情并非一朝一夕，也不是心血来潮，一切都发生得那么自然，那么来之不易。

在一起的日子里，周逸群对她仍旧爱护有加，二人举案齐眉，相敬如宾，全心全意地想要永远在一起。

“我愿意。”

就在这一刻，肖萌真正成了他的妻子，成为要和他白头偕老的那个人。

宝格丽度假酒店位于悬崖之上，好似一座中世纪的高贵古雅的城堡，秘密隐藏在高大的城墙之中，露天的游泳池、私家花园，起居室足足有 300 多平方米。他们在这里举办了婚宴，优雅而又庄重。

亲友们一一对这对新人进行祝贺，他们举起酒杯，在碰撞与交叠中，倾泻着酒光，透明得十分鲜艳，在人们喜悦的神情中流转。

“祝贺你们。”山口走到逸群面前。

“谢谢你，山口。”

“我真心祝福你们，肖萌是个很优秀的姑娘，你们能在一起也算是天造地设，希望你们能百年好合，白头偕老。”

周逸群看到山口诚恳的眼神，这些年来对他的愧疚也都释怀了，感情有时候就是这样，喜欢与不喜欢只在一念之间，莫名其妙，不讲任何道理。当面临选择时，几乎所有人都会选择跟随自己的心，肖萌更是如此。

婚礼结束后，他们来到马尔代夫度蜜月，肖萌如愿以偿地来到了她心心念念的地方。

细软的沙滩，澄蓝的海水，如梦幻般的天堂。当然，这不是他们的二人世界，还有悠悠陪伴。

在周逸群的整个人生历程中，他的愿望终于至此得以圆满实现。他的愿望就是每个人的愿望，想要在自己的小世界里发出一点光芒，在孤独的人生中能有家人、爱人的陪伴，便足以宽慰余生。

在金融这个行业里，没有一帆风顺的孤舟，也没有永远被埋没的金子，周逸群成功的原因有他自身的努力，也有朋友的帮助，还有他的家人们的鼓励和陪伴。

在变幻莫测的国际形势中，中国的飞速发展是令全世界瞩目的，短短的几十年里，沉睡的雄狮慢慢苏醒，每个行业如复苏的血脉，缓缓地注入着新的活力，齐头并进。

周逸群亲眼见证了中国的金融行业从弱到强，从萌芽到茁壮成长的过程，他的潜力是无穷无尽的，像一口拥有丰富资源的深井。作为掘井人，金融行业里的每位人士都有着共同的信念，那就是为国效力，为国家经济和金融的发展贡献自己的力量。

不管他的工作年限还有多久，哪怕只有十年，五年，三年，他都愿意继续在他钟爱的金融战场里，在他悲欢离合的人生道路上纵马驰骋，浴血奋战，穷尽一生。

尾声

华都发展银行的工作生活结束了，洗尽铅华，周逸群将迎来全新的生活。他看着晚霞，感慨万分，却也像看透了一切似的……

周逸群注视着长安街的车水马龙，心情逐渐平复，思绪回到了眼前。

手机响了，手机中传来急促的声音，是一个朋友打来的，他说："周总，您下个月一定能退休吧？我们可一直等着您退休出来举大旗呢，可别辜负了兄弟们的期待。"

创业！周逸群喃喃地对自己说道。

华都发展银行的工作生活结束了，新的生活开始了。

一个人的信念，是建立在自己的损益观上的。损益观就是一个人的人生算盘，合我意的，就是好的；不合我意的，就是不好的。但是到底什么是对你好的，什么是对你不好的，不是由你的"意"来定夺的。其实，好与坏和我们的能量和态度有很大关系，如果你保持正念和善意，即使坏事出现，也会变成好事，有的坏事，实际上是帮你生命开启另外一扇窗口。所以不要自以为知道什么一定是对的，什么一定是错的，不要自以为自己要的都是对自己好的。当你要的没有来临的时候，很可能意味着更好的在后面。

周逸群猛地站起来，推开窗户，今天是个晴天，傍晚的夕阳红彤彤。虽然还是冬天，但照得长安街暖洋洋。

人生就像一个漩涡。

每个人都在这个漩涡之中或浮或沉，时隐时现。有人像水底看不见的生物，顽强地从漩涡之中浮出水面，让人们得以看见他的真容。有人像水面上的砂砾，被漩涡旋入水底，从此再没有机会浮出水面。有人则像草木一样，在漩涡中升腾或下沉，终其一生。

人生荏苒，岁月如歌；人生蹉跎，甘来苦尽。很多人在回忆过往经历的时候会说，如果时光倒流，可以重新选择人生的时候，我会做出不一样的选择，让我的人生重新来过。就像苏格拉底说过的那样“人不可能两次踏入同一条河流。可是在现实中，当你遇到同样的选择时，非常奇怪的是，你会再一次地做出同样的选择。究其缘由，性格使然。

诚然，性格决定命运。

终于有一天，你会发现，原来真正的生活是这样的。起起伏伏，曲曲折折，有时陷入谷底，有时又柳暗花明。

想说却还没说的还很多，攒着是因为想写成歌，让人轻轻地唱着、淡淡地记着，就算忘了，也值了。

后　记

碰到不少人都是这样，遇到很多事情，然后告诉自己，不急不急，等以后吧。可是事过境迁、物是人非，等真的想做了，黄花菜都凉了。其实，很多人都是有想法的，就是不知道怎样迈出那一步，然后就想，等着以后时候到了自然就会跨出那一步了。殊不知，岁月不会等你，机会更不会等你，可能下一刻，结果就变了，哭天喊地的后悔已经无济于事了。所以，你想要做什么，那就去做，趁着年轻这股劲，奔着你想要的目标前进，别等以后了。

其实，十几年前就想写一本反映金融职场的书，但一直没有动笔，原因是在金融界从业 30 多年，自己经历的、发生在身边的、发生在金融圈里的故事太多太多，不知道从哪里下笔。直到临近退休，在出版界朋友的一再鼓励之下，才终于决定开始写这本书。金融界的故事层出不穷，圈子外的人想写但写不出来，圈子里的人又无人肯写，于是就造成了金融界，特别是银行界的故事鲜有人写，所以这本书就算填补了一个空白。

书里所描写的故事和人物，不是据实的描写，而是把若干个事件综合到一起，人物也不是按照某一个原型来写，而是把发生在几个人身上的故事集中在了一个人身上，书中出现的机构和人物都采用了化名，也许看起来可能有点像身边的人或事，但千万不要对号入座，因为写的不是你。

书中描述的时间跨度较长，这也许与我从业时间很长有关系，有些事件，年轻读者没有亲身经历过，权作最近的历史故事来读吧，年长一些、有过经历的读者，就作为经历过的职场回放吧。希望所有读了这本书的读者能够从中有所感悟、有所共鸣。

本人曾出版过两本经济金融的专业书籍，但写小说实属第一次，之前也未曾接受过写作的训练，完全没有文学功底，写的很辛苦，所以这本书难免有不妥之处，还希望读者海涵，并给予批评或指正。